NICK TROUT

EIN STREUNER KOMMT SELTEN ALLEIN

GOLDMANN
Lesen erleben

NICK TROUT

EIN STREUNER KOMMT SELTEN ALLEIN

ROMAN

Aus dem Englischen
von Christine Heinzius

GOLDMANN

Die Originalausgabe erschien 2014 unter dem Titel
»Dog Gone Back Soon« bei Hyperion, New York.

Dieses Buch ist auch als E-Book erhältlich.

Der Goldmann Verlag weist ausdrücklich darauf hin, dass im Text enthaltene externe Links vom Verlag nur bis zum Zeitpunkt der Buchveröffentlichung eingesehen werden können. Auf spätere Veränderungen hat der Verlag keinerlei Einfluss. Eine Haftung des Verlags für externe Links ist stets ausgeschlossen.

MIX
Papier aus verantwortungsvollen Quellen
FSC® C006701

Verlagsgruppe Random House FSC® N001967
Das für dieses Buch verwendete FSC®-zertifizierte Papier
Munken Premium liefert Arctic Paper Munkedals AB, Schweden.

1. Auflage 2015

This edition published by arrangement with Hyperion, New York
Redaktion: Ilse Wagner
Satz: Uhl + Massopust, Aalen
Druck und Bindung: GGP Media GmbH, Pößneck
Printed in Germany
ISBN 978-3-442-31413-3
www.goldmann-verlag.de

Besuchen Sie den Goldmann Verlag im Netz

FÜR WHITNEY

Doch mit der Zeit hat mein Herz gelernt,
sich am Glück anderer zu erfreuen
und das Leid anderer mitzufühlen.

Homer

DIENSTAG

EINS

Geh ran, geh ran, geh ran. Nein, nein, nein! »Amy, ich bin's, also ich, Cyrus, ich rufe nur an, um mich zu entschuldigen … für diesen Abend, meine ich. Okay, ich wirke manchmal zu … neugierig, aber zu meiner Verteidigung muss ich sagen, eine Frage ist kein Vorwurf, weißt du!« Ich hole tief Luft, stoße sie in einem langen Seufzer wieder aus und bemerke dann zu spät, dass ich dadurch ungeduldig wirke. »Hör mal, es tut mir leid. Vielleicht könnten wir versuchen …« Das hohe Piepsen in meinem Ohr sagt mir, dass meine Zeit aufgebraucht ist.

Verdammt. Ich lege auf, blinke rechts und fahre den alten Silverado auf den Parkplatz vor meinem neuen Zuhause, der Bedside-Manor-Tierarztpraxis. Ich lasse mich nach vorn aufs Lenkrad fallen, dabei landet mein Kopf auf der Hupe. Genau wie die fehlende Sonnenblende und der kaputte Rückwärtsgang muss die Hupe in Dads Schrottkarre ein Extra sein, denn es passiert nichts.

»Was habe ich getan?«

Ja, ich sage das laut und zu niemand Bestimmtem. Eine Frage, die sich auf zwei spezielle Aspekte meiner neuen Realität bezieht. Es ist Januar in Nordvermont, zehn Grad unter null, und ich habe alles aufgegeben – und ich meine: alles –, um ein schäbiges, wenn nicht gar baufälliges Gebäude zu retten, das gern eine Tierarztpraxis wäre. Anstatt ein einladendes, hell erleuchtetes Tierkrankenhaus zu sein, liegt es im Schatten und sieht aus, als spuke es dort – oder wie eine Räuberhütte oder eine Ecke, in der man illegale Drogen konsumieren kann. Schlimm genug, aber ich habe gerade die letzten 90 Minuten damit verbracht, die beste Chance zu vertun, die ich seit Jahren hatte, Kontakt zu einer Frau aufzunehmen, an die ich ständig denken muss.

Ich steige aus und bemerke einen Schneemann, falsch, eine Schneefrau, die aus einem Wagen kommt, der auf der anderen Seite des Parkplatzes im Leerlauf läuft. Ihre rosigen Wangen, der wehende rosa Schal, ein schwarzer Stetson und eine dicke weiße Schneejacke, die sie wie eine Schneefrau aussehen lassen.

»Das ging schnell«, ruft sie.

»Wie bitte?«

»Ich habe vor ein paar Minuten angerufen. Margot. Wir haben miteinander telefoniert. Doc Lewis, richtig?«

»Nein«, sage ich, »ich bin Dr. Mills. Doc Lewis ist der andere Tierarzt in der Praxis. Kann ich Ihnen helfen?«

Wenn sie mich mit meinem 73-jährigen Komplizen verwechselt, kommt sie ganz offensichtlich nicht aus Eden Falls.

In dieser Stadt kennt jeder jeden.

Ich schaue an ihr vorbei, als eine zweite Gestalt aus ihrem Auto steigt. Das Innenlicht des Wagens fällt auf einen großen, schlaksigen Kerl in einem grauen Kapuzensweatshirt.

»Es geht um Tallulah«, sagt Margot, und dann brüllt sie über den leeren Parkplatz: »Gabe, die Unabomber-Parodie ist doch total abgedroschen.« Und dann, in normalem Tonfall: »Mein Sohn Gabe«, dann ein weiterer Befehl im Kasernenton: »Steh nicht rum! Hilf Tallulah aus dem Wagen.«

Gabe tut wie geheißen, schiebt die Kapuze zurück, wodurch eine Brille mit Metallrahmen und wild gelockte rote Haare sichtbar werden. Als er die hintere Wagentür öffnet, erhasche ich einen Blick auf etwas, das ein großes Meeressäugetier zu sein scheint. Ich schalte eine halbe Sekunde zu spät und laufe los, um zu helfen, kann jedoch nicht verhindern, dass das Wesen vom Sitz auf das raue Eis plumpst und in den Schnee rutscht. Es stellt sich heraus, dass Tallulah trotz ihrer bettelnden Robbenaugen und ihrer Fettschichten tatsächlich ein riesiger Englischer Mastiff ist. Sie kann anscheinend nicht laufen, was sie zu einem außergewöhnlichen Schwergewicht macht.

»Heben wir sie an und bringen sie rein. Haben Sie ein Handtuch oder eine Decke, die wir zum Transport benutzen können?«

Margot zögert nicht. Sie ignoriert die bittere Kälte und öffnet den Reißverschluss ihrer Jacke, wodurch ein Pullover mit einer besonders festlichen Rentierapplikation zum Vorschein kommt, und legt sie wie einen riesigen weißen Kummerbund unter Tallulahs Bauch.

»Wie viel wiegt sie?«, frage ich, schließe die Vordertür auf und schalte das Licht an.

»86 Kilo«, sagt Gabe und kommt näher, um beim Tragen zu helfen.

Der schwerste Hund, der je gewogen wurde, war ein Englischer Mastiff mit 154 Kilo.

»Wie bitte?«, fragt Margot.

Ich halte mich nicht damit auf, ihr zu erklären, dass es mich in stressigen Momenten beruhigt, merkwürdige Fakten und Belanglosigkeiten vor mich hin zu murmeln. »Würden Sie bitte Doc Lewis anrufen? Sagen Sie ihm, dass ich hier bin und er sich wieder hinlegen kann.«

Falls Margot nickt oder etwas antwortet, dann sehe oder höre ich es nicht, da Gabe und ich uns keuchend abmühen, schleppen und durch die Vordertür wanken bis ins hintere Behandlungszimmer. Tallulah ist so beweglich wie eine zeppelingroße Ballonfigur bei Macy's Thanksgiving Day Parade, ihre Beine machen zuckend halbherzige Gehversuche.

»Es ist meine Schuld«, sagt Gabe außer Atem, während sein Hund mitten im Zimmer auf dem Boden zusammensinkt. »Theobrominvergiftung. Sie hat ein ganzes Blech Schokoladenbrownies gefressen, die ich gebacken habe.«

Ich betrachte den Teenager, der seine Brille auf der Nase hochschiebt. Theobromin ist der Bestandteil von Schokolade, der für Hunde giftig ist. Wie viele Highschoolschüler wissen das?

»Wann war das?«

Gabe schaut auf seine Armbanduhr. »Vor 52 Minuten. Wir haben unsere Tierarztpraxis, Healthy Paws in Patton, angerufen und den diensthabenden Arzt anpiepen lassen, aber niemand hat uns zurückgerufen. Deswegen sind wir hierhergekommen.«

Ich beschließe, nicht zu erwähnen, dass Amy vor ungefähr einer Stunde die gesamte tierärztliche Belegschaft von Healthy Paws, lärmend und lallend, am anderen Ende der lauten Bar gesehen hat, die sie für unser erstes, unglückliches Date vorgeschlagen hatte. Ich vermute, das erklärt, warum Gabe nicht zurückgerufen wurde.

»Er geht nicht ran«, sagt Margot, jetzt ohne Stetson, und ich sehe, woher Gabe seine Haarfarbe und die Locken hat. »Mein kleines Mädchen wird doch wieder gesund, nicht wahr?«

Ich hole mein Stethoskop und knie mich neben ihr »kleines Mädchen« auf den Boden. Tallulah ist bewusstlos, den Hals ausgestreckt, den Kopf flach auf dem Boden, die Augen geschlossen, die Lefzen nass und tropfend wie ein trauriges, labbriges Lächeln.

Ich höre ihr Herz ab – 30 Schläge pro Minute. Sehr langsam, selbst für einen Hund dieser Größe.

»Hat sie erbrochen?«, frage ich.

»Nein«, sagt Margot. Sie sieht Gabe fragend an, der anscheinend kurz überlegt, bevor er den Kopf schüttelt. Ich hebe ein schweres Augenlid an. Tallulahs linkes Auge ist unfokussiert und gruselig schwarz, weil ihre Pupillen extrem vergrößert sind.

»Könnten Sie mir das Thermometer dort reichen? Auf der Arbeitsfläche.«

Gabe tut es, aber ich bemerke das nervöse Zittern seiner Hand.

»Das ist deine Schuld, Gabe«, sagt Margot. »Deine und die von deiner Freundin.«

»Sie ist nicht meine Freundin«, protestiert Gabe, aber seine geröteten Wangen sagen was anderes.

Margot verschränkt die Arme über der Brust. »Okay, und was ist mit diesem … Bekannten, der zufällig ein Mädchen ist, passiert? Komisch, dass sie so schnell wegmusste.«

»Ich habe dir doch gesagt, dass sie nichts damit zu tun hat.«

»Ich habe sogar einen Auflauf zum Abendessen gemacht. Warum so spät noch Brownies backen?«

Während ich noch das Thermometer festhalte, wird mir klar, wo ich Gabe schon mal gesehen habe. Oder besser gesagt, jemanden, der aussieht wie er. Ohne Brille ist er Art Garfunkel in *Catch 22*. (Hey, ich liebe Kinoklassiker, aber wenn Ihnen Popkultur lieber ist, dann lassen Sie ihm die Brille und denken Sie stattdessen an *Napoleon Dynamite*.)

Gabe ignoriert die Frage. »Wir müssen sie zum Erbrechen bringen, stimmt's, Dr. Mills? Ich habe im Internet gelesen, dass das die erste Maßnahme bei einer Schokoladenvergiftung ist.«

Ich überprüfe Tallulahs Temperatur: 36 Grad – viel zu niedrig.

Der teuerste Hund, der je verkauft wurde, war ein roter Tibetanischer Mastiff namens Big Splash, der Preis: 1,5 Millionen Dollar.

Ich betrachte Margot und Gabe. Trotz der ähnlichen Gesichtszüge fallen mir zwei sehr deutliche und unterschiedliche Gesichtsausdrücke auf: Sorge bei ihr und Schuld bei ihm.

Ich stehe auf und sage: »War das eine Backmischung aus dem Laden?«

Gabe nickt. »Aber ich habe noch Schokostückchen dazugetan«, sagt er. »Viele Schokostückchen.«

»Wie viele sind viele?«

»Es kann nicht mehr als 150 Gramm gewesen sein, eine halbe Tüte«, sagt Margot. »Mehr hatten wir nicht zu Hause.«

Ein 86 Kilo schwerer Hund frisst 150 Gramm Schokolade.

»Und was für Schokolade war es, Bitterschokolade?«

»Richtig«, sagt Margot. »Hershey's.«

Der Ausdruck in Gabes Augen hat sich von Scham über Reue zu Flehen gewandelt.

Tallulahs Unbeholfenheit, ihre niedrige Körpertemperatur, der langsame Herzschlag und die erweiterten Pupillen sagen mir, dass Gabe vielleicht Brownies gebacken hat, aber sie waren sicher mit etwas gefüllt, das ein Teenager sehr viel spannender findet als Schokoladenstückchen.

Ich höre die alte Ladenklingel über der Vordertür klingeln, und Dr. Fielding Lewis erscheint. Es ist nach elf Uhr abends, aber er trägt immer noch eine seiner für ihn typischen Seidenfliegen – lila-blau kariert.

»Ah, ich sehe, dass sich der liebe Dr. Mills bereits um den Fall kümmert. Worum geht's?«

»Entschuldige, Lewis, Ms …«

»Stiles«, sagt Margot. »Margot Stiles. Und das ist mein Sohn, Gabe.«

Gabe nickt verlegen.

»Ms Stiles hat versucht, dich anzurufen, um Bescheid zu sagen, dass du nicht zu kommen brauchst«, sage ich, »aber da du schon mal hier bist, könntest du mir vielleicht helfen. Wo haben wir noch mal die Aktivkohle? Tallulah hat eine akute Bitterschokoladenvergiftung.«

Lewis betrachtet den zusammengesunkenen Hund auf dem Boden, bevor er mich skeptisch ansieht. Er greift nach unten, fühlt Tallulahs Puls an ihrem Oberschenkel, untersucht ihre Pupillen und bewegt ihr Ohr. Tallulah zuckt nicht mal.

»Bist du dir bei der Diagnose ganz sicher?«, sagt Lewis, holt eine große Plastikspritze aus einer Schublade, füllt sie zur Hälfte mit Wasser und löffelt genug schwarzes Pulver hinein, dass daraus ein ekliger Brei wird. »Für mich sieht es mehr nach …«

»Backschokolade«, sage ich zu laut und reiße ihm die Spritze aus der Hand. »Ja, man könnte meinen … aber Tallulahs klinische Symptome sind praktisch pathognomonisch.«

»Patho… was?«, fragt Margot, offensichtlich misstrauisch angesichts unseres improvisierten Geplänkels.

»Pathognomonisch«, sagt Gabe und zerstreut ihre Skepsis. »Das bedeutet: typisch für eine bestimmte Krankheit.«

»Sehr gut, junger Mann«, sagt Lewis. »Sie haben einen cleveren Sohn, Ms Stiles.«

Margot scheint unentschlossen. Sie ist sich unsicher, ob sie die Diagnose und das Kompliment über ihren Sohn akzeptieren soll. »Nun ja, wenn er aufhören würde, immer auf diesem Computer zu spielen, und mehr darauf achten würde, was in der echten Welt los ist, wäre mein armer Hund jetzt vielleicht nicht in diesem Zustand. Sie wird doch wieder gesund, oder?«

»Ganz sicher«, sage ich, fast zu schnell und gleichzeitig mit Lewis, der »Natürlich« sagt. Wir wechseln einen komplizenhaften Blick wegen dem, was wir beide für uns behalten. Zeit, reinen Tisch zu machen.

»Lewis, würde es dir was ausmachen, die üblichen Informationen von Ms Stiles aufzunehmen, damit wir eine Akte für

Tallulah anlegen können? Gabe und ich werden sie derweil aufwärmen und ein paar Infusionen legen.«

Lewis sieht aus, als würde es ihm tatsächlich etwas ausmachen, bis ich ihm in die Augen sehe und meinen Kopf in Richtung des Wartezimmers bewege. Ich will, dass er Margot von ihrem Sohn trennt, damit ich unter vier Augen mit diesem sprechen kann.

»Hier«, sage ich und reiche Gabe einen Stapel sauberer Handtücher und Decken, »wickel sie darin ein, während ich ein Infusionsbesteck und einen Beutel mit warmer Flüssigkeit hole.«

Gabe tut, was ich ihm gesagt habe, und bastelt ein einladendes Nest. Tallulahs Gesicht ragt verloren heraus, als trage sie ein Kopftuch. Er kniet sich auf den Boden neben sie, schließt die Augen, drückt seine picklige Schläfe an ihre riesige, faltige Kuppel von Stirn und flüstert: »Es tut mir leid.«

Lassen Sie mich eines klarstellen: Ich halte Wildfremden keine aufmunternde Rede oder drücke ihre Schultern. Die letzten 14 Jahre habe ich es genossen, als Veterinärpathologe zu arbeiten. Die einzigen Patienten, die ich untersuchte, waren tot. Diese Art der Arbeit vermied unangenehm peinliche, emotional aufgeladene Konfrontationen mit Tierbesitzern, was mir sehr recht war, bis vor gut einer Woche, als ich die Praxis meines verstorbenen Vaters übernommen habe, Bedside Manor, und ja, ich habe einen Sinn für die Ironie dieses lächerlichen Namens.

»Wenn es dich interessiert«, sage ich, hocke mich hin und deute auf das reglose Tier am Boden, »dein Hund steht kurz vor einem Koma, ausgelöst durch das Verschlucken von Tetrahydrocannabinol. Es ist ziemlich deutlich, dass das Ganja-High für einen Hund keine angenehme Erfahrung ist.«

Gabe kann mir nicht in die Augen sehen. Interessant. Es ist definitiv etwas einfacher, eine Gardinenpredigt zu halten, als sich sanft-mitfühlend zu geben. Solange er nicht denkt, ich würde ihm väterlichen Rat anbieten.

»Woher wissen Sie das?«, flüstert er.

Ich lächle. Er ist wie erstarrt. Ich könnte ihn noch ein bisschen länger leiden lassen, aber stattdessen erkläre ich: »Hör mal, ich sage deiner Mom nichts, entspann dich.«

Gabe streckt die Hand aus und streichelt Tallulah. Sie öffnet ihre Augen. Sie verdrehen sich nach oben, wodurch sich am Rand Halbmonde zeigen. Der Verirrtes-kleines-Mädchen-Effekt verstärkt Gabes Schuldgefühl offensichtlich.

»Meiner bescheidenen Meinung nach sind tödlich verlaufende Marihuanavergiftungen bei Hunden unbekannt. Und ich habe es herausgefunden, weil ihre Symptome komplett anders sind. Eine Schokoladenvergiftung putscht Hunde auf, macht sie nervös, ihr Puls rast. Tallulah ist eindeutig stoned. Sie ist diejenige, die heute Abend bekifft ist. Ich zeige dir mal, wie man eine Vene anhebt, damit ich diesen Katheter anlegen kann.«

Gabe scheint unbedingt helfen zu wollen, und während wir ihr Infusionen anlegen, erzählt er von einem Rezept für Potbrownies, das er im Internet gefunden hat. Er benutzt das Wort »legendär« deutlich anders als ich.

»Mom bringt mich um, wenn sie es herausfindet. Ich werde ewig keinen Computer benutzen dürfen … eine ganze *Woche* oder so.«

Ich schnipse ein paar Luftblasen im Schlauch weg, genau wie im Film. Bei Gabe klingt eine internetfreie Woche wie ein Todesurteil.

»Ich schwöre, dass ich ihr nie wehtun würde. Sie wird doch keinen bleibenden Schaden behalten, oder?«

Ich schaue auf Tallulah, die bequem daliegt, und denke über Gabes Frage nach.

Mastiffs stehen auf Rang acht auf der Liste der – wie soll ich das am besten formulieren? – intellektuell eingeschränktesten Hunderassen.

»Nein«, sage ich und schlucke, »jedenfalls nicht so, dass es auffallen würde.«

»Danke, Doc, für alles. Sie wissen schon … dafür, dass Sie das … für sich behalten. Ich schulde Ihnen was.«

»Klar, aber nur keine Sorge.«

Gabe schiebt wieder seine Brille auf der Nase hoch. Es ist wie ein nervöser Tick.

»Woher kommen Sie, Doc? Wegen Ihres Akzents.«

Ich weiß nicht, ob er nur Small Talk macht oder schnüffelt.

»Ursprünglich von hier, aber ich habe die letzten 25 Jahre in Carolina verbracht.«

Gabe steht auf, er denkt ganz offensichtlich nach und fragt dann: »Sind Sie verheiratet? Haben Sie eine Freundin? Eine bessere Hälfte?«

Er schnüffelt eindeutig. Er versucht doch nicht etwa, mich mit der Schneefrau zu verkuppeln?

»Konzentrieren wir uns lieber auf die Patientin«, sage ich und nicke in Richtung des schlafenden, gestrandeten Wals.

Der Junge schaut mich mit einem leeren Gesichtsausdruck an, der seines kraushaarigen Doppelgängers würdig ist, als seine Mom, Lewis im Schlepptau, wieder ins Behandlungszimmer kommt.

»Wie geht's?«, fragt sie.

»Gut«, sage ich, während Lewis mir die neu angelegte Akte reicht. »Wir haben Tallulah für die Nacht versorgt. Ich bin mir ziemlich sicher, dass sie morgen nach Hause gehen kann.«

Margot kniet sich hin, kneift in Tallulahs teigige Hundewangen und drückt einen langen Kuss auf die Hundeschnauze wie die gruselige Tante, der die Kinder bei Familientreffen immer aus dem Weg gehen wollen.

»Die teuersten Brownies aller Zeiten.« Margot wedelt mit

der Hand, damit man ihr beim Aufstehen hilft. »Gabe, was sagst du den Ärzten?«

Gabe hilft seiner Mom auf, bevor er zu Lewis geht und brav den Kopf neigt. Dann zeigt er auf die braune Akte in meiner Hand und sagt zu mir: »Wenn Sie je eine papierlose Praxis wollen, sagen Sie mir Bescheid.«

Margot strahlt. »Vielleicht können wir wegen der Rechnung ja noch verhandeln? Mein Sohn ist ein Computergenie.«

Das Angebot scheint Lewis zu interessieren.

»Danke, Ms Stiles«, sage ich, »aber ich bin mir ziemlich sicher, dass wir unsere Unterlagen noch nicht so bald auf Computer umstellen werden.«

Ich hoffe, das klang wie eine höfliche Ablehnung und nicht so, als ob wir dringend Bargeld bräuchten.

Lewis erkennt ihre Enttäuschung und schaltet sich ein. »Wir können uns morgen um die Rechnung kümmern«, sagt er und führt sie zur Tür. »Einen schönen Abend noch. Rufen Sie uns morgen früh an.«

Keiner von uns sagt etwas, bis das Klingeln der Ladenglocken bestätigt, dass sie gegangen sind.

»Backschokolade?«, sagt Lewis mit einem vergnügten Grinsen. Es ist fast Mitternacht, und dieser alte Mann mit seinem stahlgrauen Haarschopf ist nicht nur hellwach, er amüsiert sich auch noch.

»Ich weiß. Zum Glück war Marihuanavergiftung eine der wenigen Vergiftungen, an die ich mich aus Unizeiten erinnere. Also bei Hunden, nicht bei Menschen. Ich meine, ich habe nie …«

»Natürlich, Cyrus«, unterbricht mich Lewis. »Ich muss sagen, ich bin beeindruckt von deinem … deinem …«

»Was?«

Er sucht nach dem richtigen Wort. »Fingerspitzengefühl«, sagt er und sieht zufrieden aus.

Falls das ein Kompliment sein soll, ignoriere ich es. Mein Motiv war simpel – erkenne das Problem und löse es. Und vermeide dabei unangenehme Szenen.

»Cleverer Junge, aber offensichtlich nicht clever genug«, sagt Lewis. »Mom hörte gar nicht mehr auf, von seiner Computersucht zu reden. Hoffen wir, dass das die geringste ihrer Sorgen ist. Jetzt zu einem dringenderen Problem. Hast du alles geklärt wegen deiner Zulassung?«

»Ja, Sir.« Falls das »Sir« zu formell klingt, dann liegt das wohl an meiner Zeit in den Südstaaten. Die letzten drei Tage war ich noch mal in Charleston, um sicherzustellen, dass ich nicht wegen Hochstapelei verhaftet werde.

»Ausgezeichnet. Du bist schon so früh wieder hier?«

Er meint mein lang ersehntes, aber immer wieder verschobenes erstes Date mit Amy, einer der Kellnerinnen aus dem Miss Eden Falls Diner im Stadtzentrum. Lewis entgeht nicht viel. Der Spruch, dass ein Elefant nichts vergisst, bezieht sich darauf, dass diese Dickhäuter ein genetisches Gedächtnis von Wegen und Orten, darunter auch die Gräber ihrer Lieben, weitergeben. Lewis erinnert sich vielleicht nicht an alles, aber er beobachtet mich augenscheinlich sehr genau.

»Ja«, sage ich knapp und hoffe, dass er es damit gut sein lässt.

»Wie ist's gelaufen?«

Tut er nicht.

»Nicht gut.«

Lewis verschränkt die Arme vor der Brust, lehnt sich zurück und wartet offensichtlich auf Details.

»Hör mal, ich bin bei diesem Flirtkram ziemlich aus der Übung. Amy hat einen Anruf bekommen, den sie unbedingt annehmen musste, also drehe ich geschlagene zwölf Minuten lang Däumchen, und dann will sie nicht sagen, wer es war und …«

»Nun, so wie ich Amy kenne, muss es etwas Wichtiges gewesen sein. Hat sie sich entschuldigt, weil sie telefoniert hat?«

»Ja.«

»Aber sie hat dir nicht erzählt, mit wem sie gesprochen hat?«

»Sie wollte keine meiner Fragen beantworten.«

Lewis beugt sich vor. »Fragen, im Plural? Keine gute Idee.«

»Das habe ich auch gesagt. ›Vielleicht war das keine so gute Idee.‹ Und Amy hat gesagt: ›Heute Abend oder zurück nach Eden Falls ziehen?‹ Das war, kurz bevor sie davongestürmt ist.«

»Lass mich raten, du hast ›Beides‹ geantwortet?«

Ich lasse beschämt den Kopf hängen und spüre dann seinen typischen Hummergriff an meinem linken Bizeps und sehe diesem kleinen, alten Mann in seine schiefergrauen Augen.

»Glaub es jemandem, der seit 50 Jahren verheiratet ist«, sagt Lewis, »Frauen fühlen sich von aufdringlichen, unsicheren Männern nicht angezogen.«

Wie um seine Aussage zu betonen, landet jetzt auch mein rechter Bizeps im Schraubzwingengriff.

»Ruf sie an. Entschuldige dich.« Er wartet eine Sekunde, bevor er hinzufügt: »Außerdem, geht es hier nicht gerade um zweite Chancen?«

Wie macht Lewis das nur? Er legt seinen Kopf schräg und schaut dann, ohne zu blinzeln, in dein Innerstes.

»Ich habe beobachtet, was letzte Woche mit dir geschehen ist«, sagt er. »Nach Hause zu kommen, diese Praxis zu übernehmen. Etwas, das lange Winterschlaf gehalten hat, ist in dir aufgewacht, stimmt's?«

Ich sage nichts. Ob es nun an einem Schuldgefühl oder dem Wunsch nach Wiedergutmachung lag – jedenfalls habe ich mein altes Leben als angesehener Pathologe verlassen (okay, da war auch diese Sache mit der suspendierten Zulassung und den enormen Gerichtskosten) und mich der Rettung der schwer kriselnden, verschuldeten Praxis des verstorbenen Bobby Cobb verschrieben. Nach dem Tod meiner Mutter habe ich meinen Vater 15 Jahre lang weder gesehen noch gesprochen. Letzte Woche hat mich Bedside Manor gelehrt, was für ein Narr ich gewesen war. Es ist sein Erbe, alles, was von ihm übrig ist, und ich bin aufgewacht, weil ich einen Blick auf etwas erhascht habe, für das es sich zu kämpfen lohnt.

Ein letztes beidseitiges Drücken, und Lewis richtet seine Aufmerksamkeit darauf, Tallulah noch einmal rektal die Temperatur zu messen. Unsere Patientin bemerkt es kaum.

»37. Viel besser. Schön, Healthy Paws die Schau zu stehlen«, sagt er. »Wir bekommen nicht oft neue Kunden aus Patton.«

Patton liegt auf der anderen Talseite, und da es fünfmal so groß ist wie Eden Falls, kann es sich ein Einkaufszentrum, ein Kino und Restaurantketten leisten, was es im Vergleich zu unserer Kleinstadt zu einer Metropole macht.

»Amy und ich waren dort ausgegangen«, sage ich. »Im Yardarm. Sie hat die Tierärzte von Healthy Paws gesehen. Sie feierten offensichtlich etwas. Die Bar war proppenvoll, und ich konnte sie nicht richtig erkennen, abgesehen von einem Typen mit einem nervigen, auffallenden Lachen.«

Lewis nickt weise. »Lass mich raten, ein Eselsschrei gemischt mit einem hustenden Schwein?«

»Genau der.«

»Das ist ihr Büromanager. Und diese Lache ist wohl noch seine charmanteste Eigenschaft. Laut Doris hat er Bedside Manor den Krieg erklärt.«

Doris ist die einzige andere Angestellte von Bedside Manor – eine kettenrauchende, geriatrische Sekretärin mit Bienenkorbfrisur, die es sich zur Aufgabe gemacht hat, alles über alle zu wissen. Es wundert mich nicht, zu hören, dass ihr Klatschnetzwerk bis nach Patton reicht.

»Ach komm schon. Krieg?«

»Das hier ist ernst, Cyrus. Hier bei uns bietet Doris bessere Informationen als eine CIA-Drohne. Healthy Paws war davon überzeugt, dass du die Praxis entweder nicht als Erbe annehmen oder sie ihnen verkaufen würdest. Anscheinend hat unser kleiner Trick mit dem Gratiswochenende sie alarmiert.«

Bevor ich nach Charleston gefahren war, haben wir einen Tag der offenen Tür in der Praxis veranstaltet und gehofft, durch einen Gratis-Check-up der Tiere neue Kunden zu gewinnen. Um ehrlich zu sein, waren die Gratisgetränke und Schnittchen wahrscheinlich die größte Attraktion. Irgendwie wurden genug lange ausstehende Rechnungen bezahlt, um die Praxisschließung durch den unausstehlichen Mr Critchley von der Green State Bank abzuwenden.

»Sieh dir diesen Laden an. Manchmal frage ich mich, ob mein Vater das Manor anstelle von Klinik oder Hospital benutzt hat, um dem Vorwurf des unlauteren Wettbewerbs aus dem Weg zu gehen. Wir spielen nicht in derselben Liga.«

Lewis kommt mir mal wieder zu nah, und ich bemühe mich, nicht zusammenzuzucken. »Sicher, wir haben nicht ihren ganzen Schnickschnack. Aber wir als Konkurrenten machen ihnen trotzdem Sorgen.«

»Das ist lächerlich.«

»Überhaupt nicht. Denk mal drüber nach: Healthy Paws ist eine landesweite Kette. Doris' Quelle schwört, dass ihre Ärzte neidisch darauf sind, wie wir Tiermedizin praktizieren können. Und ich meine die beängstigende Art von Neid.«

Eine beängstigende Art von Neid? Habe ich die an den Tag gelegt, als Amy darauf bestand, nach nur zehn Minuten unseres Dates diesen Anruf anzunehmen, ganz großäugig und unruhig mir gegenüber wurde und so tat, als würde sie sich entschuldigen, und gleichzeitig mit dem Anrufer am anderen Ende der Leitung kicherte?

Ich schnaube skeptisch.

»Ich mache keine Scherze«, sagt Lewis. »Healthy Paws verspeist kriselnde Praxen zum Frühstück. Ihr inoffizielles Motto lautet: ›Wenn wir dich nicht haben können, dann kann dich auch niemand anderes haben.‹«

Was habe ich getan? Ich war drei Tage lang weg, und jetzt habe ich einen Rivalen um Amys Gunst und einen geschäftlichen Rivalen. Dabei bin ich hoffnungslos überfordert, was Romantik angeht, und Bedside Manor hat bereits die Letzte Ölung bekommen.

Ich atme tief ein, sammle erneut Entschlossenheit. »Nun, wie du gesagt hast, Lewis, hier geht es um zweite Chancen. Ja, ich spiele außerhalb meiner Liga, meiner Komfortzone und wahrscheinlich auch meines Verstandes, aber wenn du bereit bist, mit mir zusammen zu kämpfen, dann bin ich es auch. Ich meine, wie schlimm kann es werden? Ein bisschen Konkurrenz wird uns doch guttun?«

Lewis schaut mich mit seinem durchdringenden Blick an, seine schmäler werdenden Krähenfüße verunsichern mich noch weiter. »Hör auf mich. Im Vergleich dazu sind die Verhandlungen mit der Bank einfach. Bezahle, und dann lässt dich wenigstens die Bank in Ruhe. Das hier ist anders. Hier geht es um den guten Ruf. Hier geht es um die Servicequalität. Die Angestellten von Healthy Paws spielen nicht fair und würden unsere Fehler und unsere altmodischen Methoden liebend gern anprangern. Sie werden versuchen, jede Schwäche herauszustellen, weil Healthy Paws das hier persönlich nimmt. Es geht um Kränkung. Ich wünschte, es ginge nur um Konkurrenz, aber ich sage dir, sie wollen nicht mit uns konkurrieren. Sie wollen uns auslöschen. Sie wollen Bedside Manor in die Knie zwingen.«

MITTWOCH

ZWEI

Wie schon als Kind in der Wohnung über der Praxis zu wohnen, das ist Segen und Fluch zugleich. Morgens ist der kurze Weg zur Arbeit toll, aber man hat auch keine Möglichkeit, der Arbeit richtig zu entfliehen. Angesichts dieser neuen Entwicklung ist das vielleicht keine schlechte Sache. Wenn die rivalisierende Praxis denkt, Bedside Manor würde sich auf den Rücken rollen und wie ein unterwürfiger Hund pinkeln, liegt sie völlig falsch. Und deswegen laufe ich die Treppe hinunter und betrete voller Elan das Wartezimmer wie der Präsident, wenn er aus der Air Force One tritt.

Es ist mein erster Morgen mit Terminen, seit ich zurück nach Eden Falls gekommen bin, und was ist das? Ein Weihnachtswunder – das Wartezimmer ist voll.

»Guten Morgen, Doris. Ich vermute, dass es keine dringenden Nachrichten für mich gibt?«

Die mokant hochgezogene, nachgemalte Augenbraue reicht mir als Antwort. Verdammt. Immer noch nichts von Amy.

»Ein Wort zur Warnung, Dr. Mills«, sagt Doris, ein nikotingelber Zeigefinger, der mich näher heranwinkt, unterstreicht ihre Aufforderung.

»Sieht nach einem vollen Haus aus«, flüstere ich und bemühe mich, meine Freude nicht zu zeigen. »Es hat sich anscheinend herumgesprochen.«

Doris neigt den Kopf nach vorn und kneift die Augen zusammen, als könne sie sich nicht entscheiden, ob sie mich bemitleiden oder ohrfeigen soll. Nur zur Info, Doris' Loyalität gilt immer noch meinem Vater, dem verstorbenen Doc Cobb, und sie hegt immer noch Groll gegen den Sohn, der nie für ihn da war. Ich bin mir nicht sicher, ob sie mir je vergeben wird oder ob ich das verdiene, aber ich spüre, dass es Momente gibt, wenn auch nur kurz, in denen sie das, was ich tue, um diesen Laden zu retten, fast gutheißt. Dieser Augenblick gehört eher nicht dazu.

»Sehen Sie diesen Haufen?«, fragt Doris. »Schauen Sie sie sich näher an.«

Ihre Augenbrauen zucken mit einer »Na los, machen Sie schon«-Vehemenz, und ich tue wie geheißen. Es scheint, als starre jeder – mit zwei, vier oder ganz ohne Beine (eine gelbe Python liegt auf der Schulter eines Teenagers, der anscheinend einen Schlagring auf den Hals tätowiert hat) – mich an, und bis zu einem gewissen Grad sehe ich, was sie meint. Zerfaserte Seile anstelle von Hundehalsbändern und -leinen, Katzen sitzen nicht in Transportboxen, sondern in Nyloneinkaufstaschen oder schäbigen Skijacken.

»Ich hätte Ihnen gleich sagen können, dass diese Gratisuntersuchung letzten Samstag eine Schnapsidee war«, sagt Doris. »Dadurch sind nur all die finanzschwachen Tierbesitzer wieder hier, denen wir schon Inkassoleute geschickt hatten. Aus dem Haufen werden Sie keinen Cent rausbekommen.«

Ein imaginäres Jucken in meinem Nacken überkommt mich. Ich hasse es, eine öffentliche Ansage zu machen, aber ich denke, es ist an der Zeit, eine unangenehme Wahrheit unters Volk zu bringen.

Ich drehe mich um, um zu einer ausdruckslosen, aber aufmerksamen Menge zu sprechen. »Meine Damen und Herren, äh … vielen Dank Ihnen allen, dass Sie heute Morgen gekommen sind, aber ich muss Sie auf diese spezielle Notiz aufmerksam machen.«

Ich zeige auf meinen handgeschriebenen Aushang an der Wand.

DIE VOLLSTÄNDIGE RECHNUNG IST SOFORT NACH DER BEHANDLUNG ZU BEGLEICHEN.

»Ich hasse es, so äh … so direkt zu sein, aber das hier ist keine Tierpraxis für kostenlose Behandlungen.«

Der Raum füllt sich mit Stöhnen und Fluchen. Ich höre sogar ein »Hab ich dir doch gleich gesagt«, während Tiere munter werden und Leute aufstehen, um dann durch die klingelnde Vordertür zu schlurfen, als seien sie ganz offensichtlich an der falschen Adresse gelandet. Innerhalb von Sekunden wird aus einem rappelvollen Wartezimmer eines mit zwei Leuten und zwei Hunden. Da ist eine streng blickende, sehr aufrechte Frau mit einem nervösen, überaktiven Boxer neben sich und ein mittelalter Mann mit einem Pudel. Der Mann schaut mir in die Augen, mustert mich. Sein Gesicht ist mehr als hager, seine Haut eher durchscheinend als fahl. Der Hemdkragen steht weit ab, wodurch sein Kopf auf seinem Pfeifenreinigerhals noch betont wird. Und dann ist da sein schwarzer, fast wolliger Hund, mit ein paar braunen Schnurrhaaren an seiner Schnauze. Dieses strubbelige Exemplar muss die größte Version der Pudelrassen sein, ein Großpudel, im Gegensatz zu Klein- und Zwergpudel. Er trägt keine Leine, steht perfekt still, sieht zu seinem Herrchen hoch und ignoriert seine Umgebung, als warte er auf einen Befehl.

»Hier ist die Krankenakte Ihres ersten Patienten«, sagt Doris und reicht mir einen hauchdünnen Umschlag.

Ich öffne ihn, und mir fällt sofort auf, dass es keine Krankengeschichte gibt – eine neue Kundin, die in einem Nachbarort Pattons wohnt. Interessant.

»Ms Sauer und … Sox«, verkünde ich, dabei fällt mir auf, dass alle vier Pfoten des tänzelnden hellbraunen Boxers strahlend weiß sind. »Wenn Sie mir bitte folgen wollen.«

Ich gehe voran in das Behandlungszimmer. Der Großpudel zuckt und blinzelt nicht, so vollkommen ist seine Ergebenheit gegenüber dem kränklich aussehenden Mann.

»Ich bin hier, weil ich diese andere Tierarztpraxis, Healthy Paws, nicht ausstehen kann«, sagt Ms Sauer, »besonders diese ... nun ich werde das Wort nicht aussprechen ... aber diese ... diese Dr. Honey.«

Ms Sauer würgt fast, als sie den Namen ausspricht. Sie ist eine kleine Frau mit zusammengekniffenem Gesicht, Raubtieraugen und so schmalen Lippen, dass kaum Platz für den rosa Lippenstift ist. Obwohl ihre Stimme schrill ist, sind ihre Worte Musik in meinen Ohren. In meinem früheren Leben als Tierpathologe habe ich es geschafft, allem banalen Geplapper mit Tierbesitzern aus dem Weg zu gehen. Jetzt, da ich ein echter Tierarzt bin, besteht Lewis darauf, dass ich warmherzig, direkt und sympathisch sein soll. Was er tatsächlich meint, ist, ich soll aufhören, so distanziert, unnötig wissenschaftlich und geradezu feindselig zu sein. Nun, was Ms Sauer angeht, bin ich ganz bei ihm, denn hier ist eine Frau, die nicht nur mein Ego streichelt, indem sie mich um eine zweite Meinung fragt, sondern außerdem noch meine beruflichen Rivalen verabscheut. Ich kann es kaum erwarten, mehr über diese schreckliche Dr. Honey zu hören.

»Hier sind seine Unterlagen.« Ms Sauer reicht mir einen dicken Stapel kopierter Notizen. »Sox ist erst ein Jahr alt, und abgesehen von Impfungen und Wurmkuren und so was geht es hier eigentlich nur um seinen Knoten.«

Ich schaue mir Sox an. Er schnauft und gurgelt tief im Rachen, während er sich durch das Zimmer schnüffelt und schnaubt, als suche er nach Trüffeln. Da bemerke ich seine auffälligste Eigenschaft – seinen Schwanz. Er hat tatsächlich einen – keinen Stumpf, keinen kupierten Schwanz – ausgewachsenen, wedelnden Schwanz.

»Schön, einen Boxer mit einem Schwanz zu sehen«, sage ich und nehme ihre Notizen an mich.

»Wir haben sie aus Nova Scotia. Dort ist das Kupieren verboten.«

Ich höre kaum hin, weil ich von den medizinischen Unterlagen, den Rechnungen und vor allem einem Bündel Coupons fasziniert bin. Die Untersuchungen an etwas, das beschrieben wird als roter, erhabener, ein mal ein Zentimeter großer, haarloser Hautknoten über Sox' rechter Schulter, sind sowohl ausführlich als auch, nach allem, was ich sehe, extrem teuer. Ms Sauers Mastercard hat ordentlich Dollar berappt, und einige dieser Tests scheinen, nun, fragwürdig zu sein, wenn nicht unnötig. Warum musste Sox' Urin untersucht werden? Was hat ein Test auf Lyme-Borreliose mit einem Hautproblem zu tun? Ich werde Dr. Honey erst mal nicht verurteilen und annehmen, dass sie einfach nur genau war, nicht willkürlich.

Bei den Hochglanzbroschüren bin ich weniger nachsichtig. Da gibt es ein Angebot für 50 Dollar Rabatt auf alle Ultraschall- und Röntgenuntersuchungen und eines für eine Gratisschur und eine entspannende Hundemassage, wenn man seinen Hund bei Healthy Paws sterilisieren und impfen lässt. Eine entspannende Hundemassage? Seit wann fühlt sich die Tiermedizin an wie Sonderangebote im Supermarkt? Es hat sich offensichtlich viel verändert, seit ich meinen Uniabschluss gemacht habe.

»Wie lange hat er diesen geheimnisvollen Knoten schon?«

»Ungefähr einen Monat«, sagt Ms Sauer, »sie hat all diese Tests gemacht, wie der Computer es ihr gesagt hat, und wir sind immer noch keinen Schritt weiter.«

»Sie heißt Dr. Honey?«

»Ja.«

»Und sie … sie … äh, kommuniziert durch einen Computer?«

»Nein, natürlich nicht«, zischt sie. »Die Praxis ist komplett digitalisiert. Dr. Honey tippt in ihr Laptopding, und schon ploppt eine Liste der Tests und Untersuchungen auf, die nötig sind, um die Krankheit zu diagnostizieren und zu heilen. Ziemlich modern, bloß hat es bei Sox nicht gut funktioniert.«

Ich lehne mich zurück und spitze meine Lippen, völlig perplex. »Nur damit ich das richtig verstehe. Healthy Paws hat ein Computerprogramm, das den Ärzten sagt, was sie tun sollen?« Ich hätte fast gesagt: »… und was sie denken sollen?«

»Ganz genau«, bestätigt Ms Sauer mit großen Augen, während Sox knurrt, anscheinend wegen eines Zehennagels unter einer Arbeitsfläche, zum Glück außer Reichweite seiner wendigen rosa Zunge.

»Oh, sie sagen einem, dass es ›optimale Patientenversorgung‹ garantiert.« Sie malt Anführungszeichen in die Luft. »Aber ich glaube, dass es nur ein ausgeklügeltes System ist, noch den letzten Penny aus einem herauszuquetschen.«

Mein Blick schweift zum Korkbrett, das an der grünen Wand hinter ihr hängt. Daran befindet sich eine Collage von Familienfotos. Es ist das Bild genau in der Mitte, auf das ich mich konzentriere. Da sitze ich als kleiner Junge auf dem Schoß meiner Mutter, mein Vater, Robert, sitzt mit halb geschlossenen Augen lächelnd neben uns. Es ist die einzige echte Erinnerung, die ich an uns drei zusammen als Familie habe, und ich frage mich, wie der Mann, der mir diese kränkelnde Praxis hinterlassen hat, diese schöne neue Welt der Tiermedizin finden würde.

Bobby Cobb war der klassische, altmodische Tierarzt, aus demselben Holz geschnitzt wie Lewis. Er hat nur dafür gelebt, kranke Tiere zu heilen. Stell die richtigen Fragen, untersuche das Tier mit deinen Händen, vertraue auf deine fünf Sinne, nutze dein Gehirn, deine Erfahrung und dein Bauchgefühl und arbeite exakt. Geld zu verdienen gehörte nie zu diesem Rezept. Die Beziehung zum Patienten und zum Besitzer des Tiers war alles, was zählte. Kein Wunder, dass Cobb als örtlicher Heiliger verehrt wurde, während seine Praxis pleiteging. Wie finde ich einen goldenen Mittelweg?

»Äh, also wann ist Ihnen der Knoten das erste Mal aufgefallen?«, frage ich. Ich schüttle mich aus meinem Tagtraum und versuche, wie mein verstorbener Vater zu sein.

Ms Sauer spannt sich an. »Das haben Sie bereits gefragt. Wie gesagt, vor ungefähr einem Monat.«

»Richtig. Verstanden. Wird er größer, kleiner?«

Ms Sauer zuckt mit den Schultern. »Er bleibt ungefähr gleich.«

Komm schon, Cyrus, mach weiter. Vielleicht ist das Computerprogramm von Healthy Paws gar keine so schlechte Idee, besonders wenn es einem Tipps gibt, was man als Nächstes sagen kann.

»Stört er ihn? Versucht er, daran zu kratzen, zu reiben, zu lecken?«

»Nein, er ist ihm völlig egal.«

Was noch? Was noch?

Und dann, schnell, als hätte ich keine Zeit mehr: »Ach ja, und ist dieser Knoten der einzige, den er hat?«

Meine Begeisterung, eine relevante Frage gefunden zu haben, lässt Ms Sauer mich nur noch skeptischer betrachten. Oder ist das Reue?

»Soweit ich weiß, ja«, sagt sie und wird ungeduldig.

»Hören Sie, Doc Honey hat eine Nadel hineingestochen und das Sekret dann an irgendeinen tollen Pathologen zur Untersuchung geschickt. Selbst der konnte nicht sagen, was es war.«

Ich könnte ihr erklären, dass es manchmal vorkommt, dass eine Probe trotz aller Anstrengungen zu keinem Ergebnis führt, aber stattdessen schüttle ich den Kopf, spitze die Lippen und schließe mich einen Moment lang ihr an, wie sie die Augen vor Erstaunen und Abscheu verdreht.

»Jetzt will Doc Honey den armen Sox unters Messer legen und ihn abschneiden, obwohl weder sie noch ihr verdammter Computer sagen können, was es ist. Sie meint, es könnte ein Mückenstich sein oder Krebs und dass die Operation die einzige Möglichkeit sei, es sicher zu erfahren.«

Hmm, Boxer sind die Hunderasse, die bei Weitem am häufigsten Hautkrebs bekommt.

»Wie bitte?«

»Ach, nichts, ich dachte nur gerade, dass Boxer zwar relativ häufig Hautkrebs bekommen, aber dass es bei einem so jungen Hund ungewöhnlich wäre.«

Allerdings nicht unmöglich, das behalte ich für mich. »Also dann, schauen wir es uns mal an.«

Sox lehnt sich an mich und lässt fröhlich einen Tropfen klebrigen Sabber auf die Leiste meiner Chinos tropfen, während ich mir den erdbeerfarbenen, kahlen Knoten auf der Spitze seiner Schulter ansehe.

Meine Finger drücken diese mysteriöse Läsion, gleichzeitig geht mein Gehirn die Möglichkeiten durch. Wahrscheinlich hat der Healthy-Paws-Computer auf Lyme-Borreliose testen lassen, für den Fall, dass ein Zeckenbiss den Knoten verursacht hat. Aber was ist mit dem Biss einer Braunen Einsiedlerspinne? Was mit einer Zyste oder einem eingewachsenen Haarfollikel? Was, wenn das Programm eine Störung hat oder der Computer abstürzt?

»Ich würde gern eine Nadel in den Knoten stechen, ein paar Zellen entnehmen und sie mir selbst ansehen.«

»Warum sind Sie sich so sicher, dass Sie das besser können? Und noch wichtiger, wie viel wird all das kosten?«

Lewis hat mich vor den Leuten hier gewarnt und gemeint, dass sie am besten auf eine ehrliche, direkte Antwort reagieren, die ich mit meiner Südstaatensensibilität fast als unverschämt empfinde.

»Nun, ich bin ziemlich gut am Mikroskop.« Sie lehnt sich etwas zurück, neigt den Kopf zu einer Seite und schiebt den Unterkiefer vor, sodass sie mir ihre gesamten unteren Zähne zeigt. Hat sie diesen Trick von Sox gelernt? Ich weiß nicht, ob sie mich frech oder arrogant findet. Taktik Nummer zwei – wenn sonst nichts hilft, an den Geldbeutel appellieren. »Wissen Sie was, wenn ich keine Diagnose bekomme, werde ich Ihnen dafür überhaupt nichts berechnen.«

Selbst über dieses großzügige Angebot muss Ms Sauer nachdenken, aber sie stimmt schließlich zu. Ein paar Minuten später, bewaffnet mit einem Objektträger mit Zellen aus Sox' Knoten, gehe ich zurück in das Behandlungszimmer und treffe dort auf Lewis, der mit einem Kaffeebecher in der Hand und der heutigen Ausgabe der *Eden Falls Gazette* an der Arbeitsfläche lehnt.

»Morgen, Cyrus. Schön zu sehen, dass es deinem Mastiff besser geht.«

Lewis hebt seinen Becher in Richtung von Tallulah, die auf ihren Vorderläufen steht, schwanzwedelnd und auf Aufmerksamkeit wartet oder vielleicht auch auf eine Riesentüte Cheetos. »Was hast du da?«

Lewis sieht, wie ich meinen Objektträger in eine Reihe kleiner Glasbehälter mit blauer und roter Farbe tunke und ihn dann schwenke wie eine Wunderkerze am Nationalfeiertag. Es muss trocken sein, bevor ich die Probe unter die Mikroskoplinse legen und ihr Geheimnis enthüllen kann.

»Eine zweite Meinung«, sage ich und setze mich ans Mikroskop, »für eine verärgerte Kundin unserer Todfeinde von Healthy Paws. Was hältst du von dem hellseherischen Computerprogramm, das sie dort benutzen?«

Lewis blättert um und trinkt einen Schluck Kaffee. »Lächerlich. Man kann doch keine Auswahl von Formularen benutzen, die auf alle Tierkrankheiten passen.« Er schaut mir in die Augen und zwinkert. »Außerdem macht es so doch gar keinen Spaß mehr, stimmt's?«

»Vielleicht, aber möglicherweise ist es wirtschaftlich sinnvoll«, sage ich. »Maximale Möglichkeiten zur Erstellung von Rechnungen, getarnt als gute Medizin.«

Lewis stellt seinen Becher ab, schlägt die Zeitung zu und kommt zu mir. Wieder drückt er meine Schulter mit seinem vulkanischen Todesgriff.

Ich lerne gerade, dass der Schmerz proportional ist zur Schwere dessen, was er verkünden wird. »Der Tag, an dem ich einen Test oder eine Tablette verordne, nur um Geld zu machen, ist der Tag, an dem ich mein Stethoskop an den Nagel hängen werde. Wir beide sollten uns auf gute Medizin konzentrieren, dann werden die Rechnungen schon bezahlt.«

Er hat recht. Und dann geht mir ein Licht auf. »Das ist es. Das werden wir tun. Was du und mein Vater immer getan habt. Wir werden uns von anderen absetzen, indem wir unseren altmodischen Tiermedizinansatz vermarkten.«

Lewis' buschige graue Raupenaugenbrauen ziehen sich zu einer zusammen. »Ich bin mir nicht sicher, ob wir das Altmodische betonen sollten. Es klingt antiquiert, überholt, bereit für den Friedhof.«

»Nein, nein. Ich rede über unseren Stil: wie wir praktizieren und welche Dienste wir anbieten. Denk an etwas Klassisches, vintage und zeitlos. Denk an freundlich, warmherzig und gemütlich.«

Lewis sieht mich noch skeptischer an.

»Hast du gerade gemütlich gesagt?«

»Okay, aber du bist auf jeden Fall freundlich. Der Punkt ist, die Behandlung ist persönlich, nicht computergestützt.«

Lewis nickt zustimmend. »Hey, vielleicht sollten wir mal

fragen, ob Tallulahs Besitzer, Panama Red, sich in ihr Programm hacken und es abstürzen lassen kann. Dann werden wir ja sehen, ob die Tierärzte bei Healthy Paws tatsächlich selbst denken können.«

Ich nehme an, dass er Witze macht. Wenigstens hoffe ich das.

»Na, am besten wir arbeiten weiter. Falls du später mal Zeit hast, dann würde ich mich über deine Meinung zu einem meiner Hausbesuche freuen.«

»Natürlich«, sage ich und lege die vorbereiteten Objektträger unter das Mikroskop. Meine Finger nesteln an den Knöpfen, um die Schärfe einzustellen, ich schaue durchs Okular.

»Wunderbar«, höre ich hinter mir. »Frag Doris nach den Unterlagen.« Meine Antwort ist nur ein beiläufiges Grunzen. Das, was Sox' Probe mir sagt, lenkt mich ab, es ist in der wohlbekannten Sprache schaumigen Cytoplasmas und saftiger, runder Zellkerne geschrieben. Meine Zellprobe ist gut, viele gute Zellen. Was ich nicht sehe, ist genauso wichtig wie das, was ich sehe.

»Tut mir leid, dass Sie warten mussten, Ms Sauer, aber ich habe gute Neuigkeiten.«

Ich lächle, als ich voller Elan ins Behandlungszimmer zurückkehre, und genieße diese Möglichkeit, Healthy Paws eins auszuwischen. »Es hat sich herausgestellt, dass dieser kleine Knoten tatsächlich dringend nach einer OP verlangt.«

»O mein Gott. Was sagen Sie da? Sox muss dringend operiert werden?«

Ms Sauer fällt auf die Knie, ihre stetig nach unten hängenden Mundwinkel sehen aus wie ein Barschmaul. Sie schlingt die Arme um den Hals ihres Boxers, und Sox macht sich sofort an die Arbeit und leckt ihre Tränen ab. Mein Versuch ärztlichen Humors ist offensichtlich in die Hose gegangen.

»Nein, nein, nein«, stottere ich. »Sox geht es gut. Der Knoten ist ein sogenanntes kutanes Histiozytom. Es ist völlig gutartig. Die meisten verschwinden von allein.« Ich sehe, dass sie mich nicht versteht. »Die meisten verschwinden innerhalb eines Monats oder zwei von selbst. Verstehen Sie? Es ist ein alter Tierarztwitz.«

Schniefend wischt sie sich mehr Hundespucke als Tränen von den Augen und sagt: »Was ist ein Witz?«

»Die dringende OP. Wenn Sox nicht bald operiert wird, ist es zu spät. Man hat dann die Chance verpasst, Geld zu verdienen, weil der Knoten von selbst verschwunden ist.«

Ich hebe meine Augenbrauen, was »Verstanden?« bedeuten soll, aber ihre dünnen Lippen verziehen sich zu einer blassen und beleidigten Grimasse.

»Das ist nicht witzig. Wollen Sie mir sagen, dass Healthy Paws meinen Sox einer riskanten Anästhesie und einer sinnlosen Operation unterziehen wollte, nur wegen eines Knotens, der von selbst verschwindet?«

»Nun, ich bin mir sicher, dass das nicht ihre Absicht war, als ...«

»Ich wusste es. Ich wusste, dass diese Schlampe von Ärztin mich nur ausnehmen wollte.« Ich nehme an, dass Ms Sauer wütend genug ist, um jetzt das Sch-Wort auszusprechen.

»Bitte, Ms Sauer«, sage ich und breite die Arme wie ein Priester aus. »Seien wir einfach froh, dass ich die Diagnose stellen konnte.« Aber dann kann ich nicht anders, als in meiner süßesten Stimme zu ergänzen: »Wenigstens wissen Sie, dass Sox in Bedside Manor gut versorgt wird.«

Ich bin mir ziemlich sicher, dass sie erkennt, dass mein künstliches Lächeln weniger aufrichtig als schadenfroh ist.

Ms Sauer atmet tief durch, steht auf und denkt nach, bevor sie Sox' Leine ergreift.

»Ich bin dankbar«, sagt sie etwas angespannt. »Und ja, ich

werde mit Sox jetzt zu Ihnen kommen. Aber diese Leute von Healthy Paws werden noch von mir hören.«

Auch wenn diese Drohung negativer Werbung für unsere Rivalen sich als nützlich erweisen könnte, gefällt sie mir nicht so ganz.

»Ms Sauer, darf ich ganz offen sein? Ich bin mir nicht sicher, ob die beste Art, damit umzugehen, die ist, sich an die staatliche Veterinärbehörde zu wenden oder an die *Eden Falls Gazette*.«

Sox schüttelt den Kopf, Speichelflocken fliegen in hohem Bogen auf mein Hemd. Ms Sauer sieht mich entsetzt an.

»Oh, keine Sorge, so etwas hatte ich nicht im Sinn.«

Ich strecke die Hand aus, um ihre zu schütteln. »Das ist toll. Ich bin erleichtert.«

Sie hält meine Hand, und ich sehe, wie Teufelchen in ihren Augen tanzen.

»Ich werde auf dem Weg nach draußen einfach nur mit Doris plaudern.«

Ihr zufriedenes Grinsen trifft auf eine Lähmung in meinem Unterkiefer, sodass ich jetzt einen sabbernden Boxer imitiere.

In dieser Stadt kennt jeder jeden. Und das gilt ganz besonders für Doris. Die Geschichte, von der ich annehme, dass Sox darin dem Tod von der Schippe hüpft, wird bald allgemein bekannt sein.

DREI

Als ich ins Wartezimmer zurückkehre, springt ein Mann vom Stuhl hoch und kommt auf mich zu, aber nicht der, den ich erwartet habe. Dieser Mann ist untersetzt und hat einen Schnurrbart, er streckt die Hand geschäftlich zur Begrüßung aus. Ich versuche, an ihm vorbeizusehen, um nachzuschauen, was aus dem kränklichen Mann und seinem ergebenen Großpudel geworden ist. Ich frage mich, warum sie gegangen sind.

»Cyrus. Wie schön, Sie endlich kennenzulernen. Guy Dorkin. Ich war gerade in der Nähe und dachte, hey, was soll's, da ergreife ich doch gleich mal die Gelegenheit, mich vorzustellen, obwohl ich keinen Termin habe.« Dorkin dreht sich theatralisch nach links und rechts um, als betrachte er den leeren Raum. »Scheint, dass ich keinen brauche.«

Und dann lacht er ein ungestümes, auffälliges Lachen, das ich sofort wiedererkenne. Es ist diese Mischung aus heiserem Eselsruf beim Einatmen und Hyänenkeckern beim Ausatmen, bei der sich mir die Nackenhaare aufstellen. Es ist das Lachen, das ich gestern Abend in der Bar gehört habe. Der Mann, der meine Hand nicht loslässt, ist niemand anderes als der Manager von Healthy Paws.

Mir fallen rasch drei Dinge bei dieser Begrüßung auf. Er versucht, mir die Hand zu zerdrücken, er versucht, mich zu sich zu ziehen, und er verdreht sein Handgelenk so, dass seine Hand oben liegt. Was soll das alles? Ich schaffe es schließlich, mich zu befreien, doch ein unangenehmes, klebriges Gefühl bleibt in meiner Handfläche. Hoffentlich ist das nur ein Rest des extrastarken Gels, das er benutzt, um den Tim-und-Struppi-artigen Bürzel über seinem Haaransatz zu stylen.

»Ziemlich mutiger Schachzug, das vor ein paar Tagen.« Dorkin muss in meinem Alter sein – Ende dreißig, Anfang vierzig –, sein schwarzer Kaschmirmantel über einem Nadelstreifenanzug und passenden Seidenschlips wirkt ein bisschen zu elegant, ein bisschen zu modisch für diese Gegend. Und der Schnurrbart muss ein schiefgegangenes Experiment sein. Vielleicht hat er als Vollbart angefangen, sich dann in einen Ziegenbart verwandelt und wurde schließlich zu seinem aktuellen Format verkleinert. Nicht ganz wie ein Pornostar der Siebziger, lenkt er doch den Blick auf Dorkins fleischige Lippen und die auffallende Lücke zwischen seinen Schneidezähnen.

»Ich kann Ihnen nicht folgen, Mr Dorkin.«

»Guy, Guy. Entspannen Sie sich, Kumpel.« Er schlägt mir jovial auf den Oberarm. »Die Gratisuntersuchungen, die Sie letzte Woche angeboten haben. Ich kann das total verstehen. Spekulieren, um zu akkumulieren. Entweder kommen die Leute massenhaft zu Ihnen, oder sie nutzen es aus, und Sie sehen sie nie wieder.« Er wirft die Hände hoch, das Lachen wird von einem mitfühlenden, tröstenden Kopfschütteln ersetzt. »Ich denke, Sie haben Ihre Antwort bekommen.«

»Uns geht es gut … Guy«, sage ich und betone seinen Namen, dabei deute ich mit dem Kinn zum Empfang. »Genug zu tun. Gerade geht eine unserer neuen Kundinnen«, sage ich und nicke zur Empfangstheke.

Ms Sauer, die verschwörerisch mit Doris konferiert, schaut zu uns, das zischende Flüstern erstirbt. Ich sehe zufrieden zu, wie Dorkins Gesichtsausdruck von Gleichgültigkeit zu Verwirrung wechselt, schließlich in einem plötzlichen Wiedererkennen (ob des Hundes oder der Besitzerin ist unklar) explodiert und mit einer Maske extremer Sorge endet. Er braucht ein paar Sekunden, um sie abzuschütteln.

»Hören Sie«, sagt er und bemüht sich immer noch, Mr Jovial zu sein, »ich bin vorbeigekommen, weil mich Critchley von der Green State Bank angerufen hat. Er sagt, Sie seien definitiv nicht mehr an einem Verkauf interessiert.«

Dorkins Grimasse beharrt darauf, dass Mr Critchley einen Fehler gemacht haben muss.

»Das ist korrekt. Bedside Manor steht nicht länger zum Verkauf.«

Dorkin verlagert sein Gewicht und gibt sich überrascht. »Tatsächlich?«

»Ja, tatsächlich.«

Sein gespielter Augenblick des Zögerns wird von einem weiteren typischen Auflachen unterbrochen, gefolgt von einem spielerischen Hieb auf meinen Oberarm.

»Gut für Sie, Cy. Gut für Sie.«

Cy. Niemand hat mich jemals Cy genannt. Innerhalb von Minuten hat sich Dorkin von einem Wildfremden zu jemandem verwandelt, der mir einen neuen Spitznamen verpasst. Und was soll dieser ganze Körperkontakt? Sehnt er sich nach der guten alten Zeit in seiner Studentenverbindung Tau Kappa Epsilon?

»Nein, das ist toll. Aber – ganz ehrlich – Ihr Timing könnte besser sein. Okay, Ihr Timing ist Mist. Ich meine, ich wünsche Ihnen das Beste, aber es ist ein hart umkämpfter Markt, wissen Sie?«

In meinem Kopf höre ich Lewis, wie er mir sagt: *Sie wollen uns auslöschen. Sie wollen Bedside Manor in die Knie zwingen.*

Ich kann nicht anders.

»Warum war Healthy Paws denn dann daran interessiert, diese Praxis zu kaufen?«

Dorkin formt seinen schiefen Daumen und spitzen Zeigefinger zu einer Pistole, zielt damit auf mich und schnalzt mit der Zunge. »Gute Frage. Aber um sie zu beantworten, sollten Sie wissen, mit wem Sie es zu tun haben.«

Ich sage fast: »Einem Vollpfosten?«, halte aber den Mund.

»Im letzten Quartal ist meine Praxis so richtig abgegangen.«

Das »meine« entgeht mir nicht.

»Nummer eins aller Healthy Paws in New England, wenn man pro Kopf der Bevölkerung rechnet.«

Ich bin kein großer Schauspieler, aber mein Versuch, beeindruckt auszusehen, könnte auch als ungläubig angekommen sein.

»Grund zum Feiern, vermute ich.«

»Darauf können Sie wetten«, sagt Dorkin. »Die Tierärzte und ich sind gestern Abend ausgegangen. Haben richtig gefeiert.«

Ich nicke und erinnere mich an die Szene in der Bar, wünschte, ich könnte die Zeit zurückdrehen und mit Amy noch mal von vorn anfangen. Ich frage mich, welcher Tierarzt bei all dem Hintergrundkrach aus betrunkenem Gegröle vergessen hatte, seinen Pieper auf Vibrationsalarm zu stellen, und dadurch den Notruf wegen Tallulah, dem zugekifften Mastiff, verpasst hat.

»Na, mein Punkt ist jedenfalls, dass ich die Zahlen durchgerechnet habe, Sie können also davon ausgehen, dass sie korrekt sind, und ja, wenn ich einen unserer bereits angestellten Ärzte von Patton nehme und niemanden neu engagiere, könnte diese Praxis als Ableger dienen.«

»Ableger?«

»Ja, hier kümmern wir uns um den Kleinkram, aber die richtigen Fälle verweisen wir zurück ans Mutterschiff, wo wir alles ordentlich erledigen können.«

Dorkin beugt sich nah genug vor, sodass ich in den vollen Genuss seines Kaffeeatems komme.

»Sehen Sie, Cyrus« – seine Stimme ist jetzt ein ehrfürchtiges Flüstern – »ich habe ausgerechnet, dass diese Praxis in Vollzeit unhaltbar ist. Warum? Das ist einfach. Eden Falls ist nicht groß genug, und was Sie tun, wird niemals die große Kohle bringen.«

Dorkin zieht die Augenbrauen hoch, als hätte er den sicheren Beweis geliefert, wartet einen Moment, dann schlägt er mich auf den Arm: »Hey, Sie und ich sollten mal zusammen ein Bier trinken gehen.«

Wenn er mich noch einmal schlägt, werde ich vielleicht zurückschlagen müssen. Bloß werde ich dann auf sein Gesicht zielen.

»Ja, Sie können mein Copilot sein.« Dorkin fängt an, seine Hüften kreisen zu lassen, die Hände flach vor sich ausgestreckt, als trommele er einen Rhythmus auf Fantasiebongos.

»Sie haben diese Melancholie, die anziehend wirkt, sehen gut aus und am allerbesten ist dieser Südstaatenakzent. Lassen Sie mich raten – Charleston?«

Dorkin hat ganz offensichtlich seine Hausaufgaben gemacht, denn er muss Charleston gar nicht raten. Aber gut aussehend? Man hat mir gesagt, dass ich die netten blauen Augen meines Vaters habe, aber ich wirke nicht »anziehend« auf das andere Geschlecht. Da reicht es, Amy zu fragen.

Und Copilot? *Ich spüre die Gier … die Gier nach Tempo in mir.* Ich schwöre, ich werde niemals der Goose von Maverick sein.

»Ja, Charleston. Aber Sie wollen mir erzählen, dass Patton, eine Stadt, die fünfmal so groß ist wie Eden Falls, vier Vollzeittierärzte ernähren kann, aber Eden Falls nicht mal einen?«

Dorkin seufzt gequält, als könne er nicht fassen, dass ich es immer noch nicht begreife. »Hören Sie, wir kommen gerade aus einer Rezession, die Leute müssen sparen, langsam machen, und zum ersten Mal bezahlen die Haustiere den Preis. Wissen Sie, ich war Vorsitzender in einem landesweiten Komitee von Healthy Paws zur Zukunft der Tierarztpraxen. Dieser Ratschlag ist aktuell, korrekt und gratis. Drei Worte: Packen Sie ein. Wenn Praxisketten sich auf eine harte Zeit einstellen, dann werden Familienpraxen wie diese überfahren und plattgemacht.«

An der Vordertür klingelt es. Ms Sauer und Sox gehen also, Doris ruft ihnen hinterher: »Ich rufe Sie dann an, wenn es Zeit für seine Impfungen ist.« Lustig, wie Doris ihre Lautstärke auf elf hochgedreht hat und Sox' baldige Rückkehr nach Bedside Manor verkündet.

Inzwischen habe ich mehr von Mr Guy Dorkin gehört, als ich ertragen kann, und wenn ich vernünftig wäre, würde ich mich höflich entschuldigen, ihm für den Besuch danken und dem Risiko einer weiteren Konfrontation aus dem Weg gehen. Das Problem ist, er hat genau das falsche Wort gesagt: Familienpraxis. Ich war Zeuge von Schweiß und Tränen, die meine verstorbenen Eltern in diese Praxis investiert haben. Ihre Präsenz füllt jeden Raum, jede stockfleckige Ecke, und im Moment brauche ich sie noch an meiner Seite.

»Wissen Sie, Guy, ein Teil von mir vermutet, dass Healthy Paws sich Sorgen wegen der Konkurrenz macht. Vielleicht ist es genau umgekehrt. Vielleicht wird Bedside Manor einige der reichen Kunden aus Patton anziehen.« Ich wappne mich gegen ein höhnisches Lachen, aber das kommt nicht. »Welchen der vier, jawohl vier, Vollzeittierärzte vergessen Sie gerade, Cy?«

Obwohl sein Gesichtsausdruck hölzern bleibt, beweist der Wandel vom spaßigen Plappern zum Sarkasmus, dass ich einen Nerv getroffen habe.

»Vier bedeutet, dass wir rund um die Uhr unsere Dienste anbieten können. Vier« – er wedelt mit den Fingern seiner rechten Hand – »bedeutet, dass man sonntags einen Termin bekommen kann. Und, nur zur Info, Healthy Paws ist eine Aktiengesellschaft, ich meine ›Hallo, Mr NASDAQ‹. Wir unterhalten topmoderne Praxen in 36 Staaten. Wir kaufen en gros bei allen großen Pharmafirmen und Tierfutterherstellern. Die Preise, die wir unseren Kunden bieten, sind daher unschlagbar. Wissen Sie, was in der Tiermedizin Profit bringt? Futter und Medikamente. Alles andere ist Beilage, und lassen Sie mich Ihnen eines sagen: Die Tierbesitzer lieben unsere Beilage.«

Falls er darauf wartet, dass ich damit kontere, etwas Einzigartiges über Bedside Manor zu verkünden, dann weiß ich nicht, was ich sagen soll. Dass unser Fax funktioniert? Dass ich gerade eine Ladung gefährlicher Chemikalien für unser altertümliches Röntgengerät gekauft habe?

Er beendet seinen Monolog mit: »Sie sollten mal vorbeikommen. Ich würde Ihnen gern alles zeigen.«

Obwohl ich lieber mit einer Käsereibe meine Augen massieren würde, zwinge ich mich zu einem Lächeln und sage: »Sicher. Und ich weiß Ihre … Erkenntnisse zu schätzen, aber ich denke, ich bleibe dabei und gebe dieser Praxis eine Chance.«

Dorkin spitzt die Lippen und schüttelt den Kopf, mein großer Fehler schmerzt ihn.

»Ich habe Ihrem Vater die Chance zum Verkauf gegeben, aber er hat's vermasselt, er blieb bei seinem Kurs und hielt sich an seine veralteten Techniken. Erinnern Sie mich rasch, wie ihm das bekommen ist?«

Er breitet seine Arme weit aus, als stünde er vor einer Gemeinde.

»Welches Erbe hat er Ihnen zur Rettung überlassen?«

Ich sehe zur Seite, knirsche mit den Zähnen, schaue ihm in die Augen und sage: »Die Art von Erbe, die wesentlich ist. Die Art, die kein Preisschild trägt.«

Ich weiß nicht, ob es an dem liegt, was ich gesagt habe, oder ob er meine Aufrichtigkeit spürt, auf jeden Fall bekomme ich wieder das Hyänen-Esels-Lachen ab.

»Es tut mir leid, Cy. Ich habe Ihren Vater respektiert, aber die Zeiten haben sich geändert. Wir leben in einer Welt mit Hundetagesstätten, Modeaccessoires für Hunde, Halloween-Kostümen für Haustiere, Haustierpsychologen, Tiersittern – die Liste geht endlos weiter. Die Tiermedizin muss sich entwickeln. Die Öffentlichkeit fordert das. Wenn Fido einen Herzschrittmacher bekommt, dann weiß Fidos Frauchen, dass sie den nicht einfach gegen eine Tasse Tee und ein Stück Kuchen eintauschen kann.«

Ich frage mich, ob es für Fidos Herzschrittmacher eine entspannende Hundemassage gibt.

»Die Tage von James Herriot sind vorbei. Er ist tot und begraben, und mit ihm sein urtümlicher Stil zu praktizieren.«

Eine Hand drückt meine Schulter. Ich zucke zurück, aber er lässt nicht los. »Der Stärkste überlebt, Cy, fressen und gefressen werden. Healthy Paws kann Ihnen einen Weg nach vorn bieten. Behalten Sie diese Praxis, arbeiten Sie einfach nur mit einem anderen Geschäftsmodell.«

Mein Blick geht nach links und konzentriert sich auf seine Hand, als wäre sie eine haarige Tarantel.

»Sagen Sie nichts. Versprechen Sie mir nur, dass Sie darüber nachdenken. Hier, meine Karte.«

Er greift in seine Manteltasche und zieht eine Visitenkarte heraus. Ich stecke sie in meine Hosentasche, ohne einen Blick darauf zu werfen.

»Die Handynummer steht drauf. Und schauen Sie sich meinen Twitteraccount an. 58 Follower können sich nicht irren.«

Er geht zur Vordertür, packt ein Juicy-Fruit-Kaugummi aus und stopft ihn sich in den Mund. Warum wünsche ich mir, es wäre etwas Krebserregenderes wie zum Beispiel Kautabak? Dorkin streckt Daumen und kleinen Finger seiner rechten Hand in der Telefongeste aus und formt mit den Lippen das Wort: »Anrufen«, bevor er durch die klingelnde Tür verschwindet.

VIER

Ich sehe zu, wie Dorkins schwarzer Audi vom Parkplatz herunterrast, und rieche das Nikotin, bevor ich Doris neben mir bemerke.

»Ein Prachtkerl, nicht wahr?« Doris sieht aus, als wolle sie sein Auto mit purer Willenskraft zerstören. »Ein Geier. Er hat den richtigen Moment abgepasst. Hat gewartet, bis Ihr Vater krankenhausreif war, dann stieß er zu. Er hat es ein Gnadenangebot genannt, ein Akt aus Mitleid für eine Praxis kurz vorm Eingehen. Glauben Sie das?«

Jetzt sieht sie mich an, und zum allerersten Mal betrachtet sie mich auf eine andere Art. Ihre Aggressionen wurden jetzt auf ein anderes Ziel gelenkt, auf einen gemeinsamen Feind, und ich bin eingeladen, bei der Rebellenallianz mitzumachen. Es fühlt sich wie ein Olivenzweig an, auch wenn daran schmerzhafte Erinnerungen an meine Fehler als Sohn hängen.

»Er will immer noch, dass ich verkaufe. Komisch, letzte Woche gehörten noch etliche Bedingungen zu seinem Angebot – vor allem ordentliche monatliche Umsätze. Jetzt kann er es gar nicht mehr erwarten, die Praxis in seine Finger zu bekommen.«

Doris greift in die Tasche ihrer Skijacke und nimmt ihr Zippofeuerzeug und ein Päckchen Marlboros heraus.

»Das liegt daran, dass Sie ihn nervös gemacht haben.« Und nach einer Sekunde des Zögerns: »Irgendjemand muss nette Sachen über Sie erzählen.«

Diese letzte Bemerkung klingt mehr nach einem Bericht als nach einem Kompliment, als ob sie durch die Betonung »irgendjemand« sich selbst als unentschiedene Geschworene präsentiert. Doris und ich haben noch einen langen Weg vor uns, bis das Eis wirklich geschmolzen ist. Und doch nehme ich es als Kompliment. Ich sehe die Gier in ihren Augen, als sie eine Zigarette aus der Packung nimmt und auf den Deckel klopft.

»Nun, Dorkin wird enttäuscht sein. Ich würde die Praxis lieber abbrennen, als ein Jünger der Kirche von Healthy Paws zu werden.«

Doris zieht am unsichtbaren Zugband ihrer klebrigen orangefarbenen Lippen, sodass ein besorgter Schmollmund entsteht.

»Ich war schon einmal an diesem Punkt, mit Ihrem Vater. Sie sind bereit für eine Revanche?«

Ich schweife ab und konzentriere mich auf eine langsame, raue Imitation von Russell Crowe in *Gladiator*.

»Ich werde mich dafür rächen, in diesem Leben oder im nächsten.«

»Was reden Sie da?«, sagt Doris, zeigt mir ihre kalte Zigarette und geht zur Vordertür.

Ich räuspere mich, ohne Erklärung. »Hey, was ist aus dem Mann mit dem Großpudel geworden?«

Sie zuckt mit den Schultern. »Keine Ahnung. Vielleicht ging's dem Hund besser, oder vielleicht hat der Besitzer Muffensausen davor bekommen, Sie zu treffen?« Die Uhr schlägt, und sie hält inne. »Elf Uhr. Dr. Lewis wollte Sie im Garvey's treffen. Erinnern Sie sich an den Weg dorthin?«

»Natürlich.«

»Der Bauernhof, nicht der Haupteingang.«

»Verstanden.«

Und da lächelt sie ein angsteinflößendes zitronengelbes

Lächeln. »Und Dr. Lewis meinte, Sie sollen Ihre Gummistiefel mitbringen.«

Ich weiß nicht, ob Doris glaubt, dass das keine Erklärung braucht oder verdient, ich mache mir jedenfalls ernsthaft Sorgen. Die Aussicht auf das, was mich erwartet, bringt sie tatsächlich zum Kichern wie ein freches Schulmädchen.

Eden Falls ist einer dieser »Einmal geblinzelt und schon verpasst«-Orte. Keine Stoppschilder, keine Ampel, kein Grund, nicht weiterzufahren. Die Main Street könnte man auch in Only Street umtaufen. Aber Garvey's Baumschule und Gartencenter liegt jenseits einer überdachten Brücke am anderen Ende des Dorfs, was mehr als genug Zeit bedeutet, um es noch mal bei Amy zu versuchen. Wieder nur ihre Mailbox. Sie muss meine Anrufe wegklicken. Ich will schon auflegen, um es später noch mal zu probieren, aber während ich meine Feigheit vor mir rechtfertige, wird mir klar, dass sie genau das von mir erwartet. Jetzt könnte der richtige Augenblick gekommen sein, um etwas zu sein, was ich eigentlich nicht bin – unvorhersehbar.

»Ich bin's.« Dieses Mal verdränge ich den meiner Unsicherheit geschuldeten Wunsch zu erklären, dass »ich« Cyrus bedeutet. »Ich dachte, ich könnte zum Mittagessen im Diner vorbeischauen. Ich bin mir nicht sicher, ob du dann arbeitest, aber wenn, toll. Wenn nicht« – mach weiter locker-flockig – »dann null Problemo.« *Null Problemo? Welcher Idiot sagt null Problemo?* »Hey, ich würde dich gern wiedersehen.« Schon besser, fröhlich, aber locker. Und dann fällt mir etwas ein. »Sieh es wie meine Rückkehr nach Eden Falls. Es geht immer um eine zweite Chance.« Ich warte einen Moment, bevor ich auflege. Was ist nur mit mir los? Ich sollte mir Strategien überlegen, wie ich einen bevorstehenden Angriff von Mr Guy Dorkin abwehren kann. Stattdessen bin ich von einer Frau besessen, die ich kaum kenne. Am schlimmsten ist, dass ich eine unruhige Nacht damit verbracht habe, mir einzureden, dass meine Entscheidung, mein früheres Leben in Charleston aufzugeben, nach Hause zu kommen und Bedside Manor neues Leben einzuhauchen, überhaupt nicht von etwas so Klischeehaftem wie der Anziehungskraft einer möglichen Partnerin beeinflusst wurde.

In einem Augenblick der Klarheit versuche ich, Amys Zauber zu brechen, indem ich die einzelnen Elemente ihrer Anziehungskraft analysiere. Leider ist es schwierig, ihre Selbstlosigkeit zu übersehen. Sie ist eine Frau, die ihre Ausbildung klaglos unterbricht – sie macht einen Master an der UVM – und für den Mindestlohn in unserem örtlichen Diner arbeitet, um für ihren sterbenden Großvater da zu sein. Ihre scharfe »Es werden keine Gefangenen gemacht«-Zunge lässt sich allerdings auch nicht ignorieren, Wörter, die wie Kugeln aus einer Uzi geschossen kommen. Manche Leute meinen, sie sagt, was sie denkt. Ehrlich gesagt glaube ich, dass sie sagt, was sie fühlt. Und ja, ihre Gesichtszüge haben die perfekte Symmetrie einer attraktiven Frau, abgesehen von ihren heterochromatischen, aber nicht weniger hypnotischen Augen – eines ist blau, eines ist braun –, während sie eine offensichtliche Gleichgültigkeit gegenüber ihrem Aussehen an den Tag legt. In einer anderen Welt würde diese Frau mir nicht mal sagen, wie viel Uhr es ist, doch hier, in der nördlichsten Ecke des ländlichen Vermont, ist ihre Schönheit kein Werkzeug, das man nutzen oder herumzeigen kann. Wenn überhaupt, dann setzt sie ihre Schönheit als Test ein, als Herausforderung, genauer hinzusehen.

Ich bin ganz offensichtlich kein Experte, was Frauen angeht. Ich habe diese Herausforderung wider besseres Wissen angenommen. Wenn ich mich öffne, dann tue ich das in sorgfältig kontrollierten Dosen, doch Amy bringt mich dazu … brachte mich dazu, es versuchen zu wollen. Okay, das ist eine lächerliche Reaktion auf eine Frau, die ich kaum und noch dazu aus einem Diner kenne und mit der ich in einer Röntgendunkelkammer gefangen war, aber ich hörte damit auf, die Facetten von mir zu zensieren, die sie nicht sehen sollte – ja sogar die nicht fassbaren, emotionalen Dinge –, weil ich Chancen spürte. Kurz gesagt, ich wurde unachtsam.

Ich überprüfe das Display meines Klapphandys – der Akku ist voll und das Signal gut. Keine Ausreden. Es ist offensichtlich sinnlos, so von Amy besessen zu sein. Am besten wende ich mich wieder dem zu, was funktioniert – klinische Objektivität. Sieh dir das ganze Bild an, wäge deine Möglichkeiten ab, finde die Störung, eliminiere sie, vereinfache und mach weiter.

Der Wagen, den ich im gesprungenen Rückspiegel sehe, weckt lange vor der überdachten Brücke meine Aufmerksamkeit. Es ist ein grauer Minivan, und auch wenn das spiegelkabinettartige Bild undeutlich ist, bin ich mir ziemlich sicher, dass ich zwei Personen darin erkennen kann, eine weiße und eine schwarze. Sie folgen mir, seit ich Bedside Manor verlassen habe, sie halten einen sicheren Abstand, aber jetzt bin ich davon überzeugt, dass ich verfolgt werde. Zwei Schläger, um einen Teil meiner vielen Schulden zu kassieren, oder zwei Auftragskiller, die Dorkin engagiert hat? Am Schild, das zu Garvey's führt, blinke ich rechts. Vielleicht verwechsle ich Paranoia mit genauer Beobachtung.

In *Zurück in die Zukunft* benutzt Michael J. Fox einen DeLorean Sportwagen als Zeitmaschine. Meine Version ist Dads alter Chevy Silverado, aber er bringt mich zu einem Garvey's, das nicht mehr viel mit meinen Kindheitserinnerungen gemein hat. Als Erstes sind all die Holzgebäude und glänzenden Gewächshäuser neu und vermitteln den Eindruck, dass Garvey's eher ein kleines Dorf ist statt eines örtlichen Ladens. Hierher kamen Mom und ich, um Äpfel zu pflücken, Heuwagen zu fahren, Halloween-Kürbisse und unseren

Weihnachtsbaum zu kaufen. Jetzt sieht es mehr wie ein Vergnügungspark aus – eine Disney-Version von Vermont.

Der früher einmal heruntergekommene Minigolfplatz wurde durch Brunnen und einen Eiffelturm künstlich geschmückt. Reste des Maislabyrinths, das jedes Jahr in einem Feld aus Futtermais angelegt wurde, sind verschwunden, ersetzt von einer dürren Ligusterhecke, die besser zu einem englischen Herrenhaus passen würde. Es gibt ein Gebäude allein für Ski- und Snowboardausrüstung und eines für Angel- und Jagdutensilien. Die rostigen Schaukeln und Rutschen wurden durch einen supermodernen Spielplatz ersetzt, Moms Spucke oder eine Tetanusspritze sind dank der Handdesinfizierung am Eingang nicht mehr nötig.

Während ich langsam am Streichelzoo vorbeifahre, wirft mir eine junge Mutter mit Kleinkind auf dem Arm einen tödlichen Blick zu, den sie wahrscheinlich für mutmaßliche Pädophile aufspart. Sie hat meinen überraschten Gesichtsausdruck offensichtlich missverstanden. Runtergekommene Ställe, ein Schweinekoben und Stacheldraht sind verschwunden, jetzt stehen dort beeindruckende Scheunen und weiße Lattenzäune. Im Hintergrund kann ich gerade noch die Reste der Originalfarm erkennen – Boxen, Silos, Melkstände –, aber alles glänzt verdächtig, kein rostiges Gerät oder einsamer Traktorreifen in Sicht.

Als der Asphalt des ordentlich geräumten und mit Kies bestreuten Parkplatzes endet, rutschen die Reifen des Silverado auf dem Eis eines Wegs, der direkt zum Farmhaus führt. Lewis' Wagen parkt davor, und ich stelle mich daneben. Wie üblich achte ich darauf, dass genug Platz ist, um zu wenden, ohne zurücksetzen zu müssen. Weil Dads alter Truck vielleicht das einzige Erbstück ist, das immer nach vorn ausgerichtet ist – sein Rückwärtsgang funktioniert nicht.

Es ist einer dieser trostlosen bleigrauen Morgen, die Möglichkeit von mehr Schnee hängt wie ein Dolch bedrohlich in der bitterkalten Januarluft. Direktes Sonnenlicht gibt's nicht, und deswegen erscheint mir der Mann mit der Sonnenbrille merkwürdig, der, während ich ein paar grüne Gummistiefel von meinem Vater anziehe, aus dem Haus auf mich zugestürmt kommt.

»Nein. Nein«, schreit er und wedelt mit den Händen über seinem Kopf, als wäre ich kurz davor, auf eine Landmine zu treten. »Keine Vertreter. Hier nicht.«

Die Füße fest auf dem Boden, winke ich in einer »Ich komme in Frieden«-Geste, die er ignoriert. Er rennt fast gegen mich.

»Was verstehen Sie nicht an dem Wort ›Privatgelände‹?«

Der Mann hat vorn bereits schüttere Haare, einen Mittelscheitel und einen Pferdeschwanz, als wäre er darauf versessen, jedes Härchen auf seinem Kopf zu behalten. Das in sein Kinn gemeißelte Kirk-Douglas-Grübchen ist auffällig, aber es ist seine verspiegelte Pilotenbrille, die meine Aufmerksamkeit weckt. So eine habe ich seit Jahren nicht mehr gesehen. Mir fällt sofort der Gefängniswärter in dem Paul-Newman-Film *Der Unbeugsame* ein.

»Ich bin Dr. Mills von Bedside Manor. Ich arbeite mit Dr. Lewis zusammen.« Ich zeige auf Lewis' Wagen, als würde dieses leblose Objekt meine Aussage bestätigen. »Lewis hat mich gebeten, ihn hier zu treffen.«

Für eine scheinbare Ewigkeit stehen wir da, atmen die Atemwolken des anderen ein. Meine Erklärung hat den Mann offensichtlich aus dem Konzept gebracht. Er ist ungefähr so groß wie ich, einen Meter achtzig – wie die meisten Männer, die eins neunundsiebzig sind, runde ich gern nach oben auf. Ich habe keine Ahnung, was hinter diesen Spiegeln vor sich geht, aber ohne Vorwarnung zuckt er zusammen und schlägt sich mit der Faust gegen die Stirn.

»Haben Sie in Ihrer Tasche irgendwas gegen Migräne?«

Ihm ist aufgefallen, dass ich die Arzttasche meines verstorbenen Vaters trage.

»Möglicherweise Ibuprofen.«

Ich schwinge die Tasche auf meinen Oberschenkel und öffne sie.

»Lassen Sie«, blafft der Mann. »Ich habe heute Morgen 800 Milligramm genommen. Hat nichts genutzt. Haben Sie was Stärkeres?«

»Tut mir leid, nein«, sage ich. Mir fällt ein Aroma auf, das in der Kondensluft zwischen uns hängt. Es ist auffällig, der süße Geruch von Nagellackentferner, typisch für eine Krankheit namens »Ketose«.

Der Mann flucht und stampft mit einem Fuß in den Schnee wie eine wütende Ziege. Er trägt nur Pantoffeln.

»Haben Sie heute Morgen Ihren Zuckerspiegel gemessen?«, frage ich.

Der Mann lässt seinen Kopf ein winziges bisschen zurücksinken, aber es ist unmöglich zu sagen, ob er von meiner Schlussfolgerung beeindruckt ist. Keton auszuatmen deutet auf eine schlechte Glukoseregulierung hin, wahrscheinlich braucht er künstliches Insulin. Da der Mann sehr dünn ist und auf seinen Fingerspitzen Narben zu sehen sind, tippe ich auf Typ-1-Diabetes. Die Narben sind das Ergebnis von jahrzehntelangem, täglichem Testen des Blutzuckerspiegels mit winzigen Nadeln.

»Natürlich habe ich das«, motzt er. »Das« – er bohrt einen Zeigefinger in seine Schläfe – »hat nichts damit zu tun.«

Dann stöhnt er, macht einen Schneeball und drückt ihn an seine Schläfe, er hält ihn dort fest und genießt die kurzfristige Linderung, während Eiswasser seine Handgelenke und seinen Unterarm entlangläuft.

»Wenn es so schlimm ist, Mr … Mr …«

Er macht keinerlei Anstalten, mir weiterzuhelfen.

»Dann würde ich vorschlagen, ins Krankenhaus zu fahren.«

In der Ferne kommen zwei Männer auf uns zu. Einer von ihnen ist Lewis.

»Ach, da ist er ja. Ich werde Sie dann nicht mehr länger aufhalten ...«

Aber Mr Pferdeschwanz hört schon nicht mehr zu. Er kehrt mir den Rücken zu und geht zurück in die Zuflucht seines Hauses. Die Feindseligkeit und fehlenden Manieren führen mich zu der Überlegung, ob er vielleicht psychische Probleme und Angst hat, mit einem Fremden zu reden.

Lewis spaziert auf mich zu, er ist angezogen wie ein Farmer aus einem Film – ein gerötetes Gesicht durch die Kälte, eine Schiebermütze und eine grüne Barbourjacke.

»Cyrus, das ist Mike Garvey junior.«

»Nett, Sie kennenzulernen«, sagt ein untersetzter Mann mit einer Blue-Jays-Baseballkappe. Er hat auch dieses Kirk-Douglas-Grübchen in seinem Kinn.

Wir geben einander die Hand.

»War das Ihr Sohn, mit dem ich gerade gesprochen habe?«, frage ich und deute auf das Haus, wo der Schatten einer Gestalt hinter der Haustür steht.

Mike Garvey jr. winkt, aber der Schatten verschwindet.

»Ja, mein Sohn. Michael Garvey der Dritte. Wir nennen ihn Trey. Ich befürchte, er ist in letzter Zeit nicht ganz er selbst gewesen. Er benimmt sich etwas seltsam.«

»Doris hat den Unfall in seinem Wagen erwähnt«, sagt Lewis. »Wann bekommt er seinen Führerschein zurück?«

»Er hat ihn gar nicht abgeben müssen«, sagt Mike, und dann zu mir: »Er ist durch einen Alkoholtest gefallen, aber sein Blutalkoholspiegel war null. Chief Devito musste ihn gehen lassen.«

Interessant.

»Vielleicht liegt das merkwürdige Verhalten Ihres Sohnes an einem schlecht eingestellten Diabetes«, sage ich. »Wie alt war er bei der Diagnose?«

Garvey betrachtet mich, sein Gesichtsausdruck irgendwas zwischen besorgt und beeindruckt. »Zwei Jahre. Aber er hat doch sicher nicht erwähnt, dass er Diabetiker ist, oder?«

Lewis erkennt, wohin das führen wird, und fängt an zu grinsen. »Ich hab dir doch gesagt, dass er clever ist, Mike.«

Mike sieht nicht überzeugt aus.

»Kann sein«, sagt er. »Aber mit Trey kann man reden. Bei Ermintrude ist das nicht so einfach.«

Ermintrude.

Lewis' Grinsen verschwindet nicht.

»Ich bin mir sicher, Cyrus sieht sie sich gern mal an«, sagt er, und beide drehen sich zu mir um.

»Sicher«, sage ich und klinge überhaupt nicht so.

Mike führt uns hinter dem Haus vorbei über einen Weg, der in den tiefen Schnee gegraben wurde, zu den Hauptgebäuden des Hofs, die jenseits der öffentlichen Wege liegen.

»Lewis hat mir erzählt, dass es schon eine Weile her ist, seit Sie in Eden Falls gelebt haben.«

»25 Jahre«, sage ich.

»Ach, damals hat mein alter Herr den Laden noch geschmissen.«

»Ihr Vater war ein kluger Mann«, sagt Lewis. »Er hat erkannt, was mit den Milchviehhöfen in dieser Gegend passieren würde, und hat deswegen etwas unternommen.«

Garvey zuckt bei dem Kompliment zusammen, und ein paar Sekunden lang ist das einzige Geräusch das zufriedene Knirschen von zusammengedrücktem Schnee unter unseren Füßen.

»Wahrscheinlich«, sagt er, »jedenfalls hat er so angefangen. Dad hat die Ökoschiene, antibiotikafreie Milch, Käse und Joghurt, eingeschlagen, lange bevor es Mode war. Und niemand hat damals versucht, seltene Rinder-, Schaf- oder Ziegenrassen zu erhalten. Geschweige denn biologisch angebautes Obst und Gemüse, zusätzlich zu anderen Nutzpflanzen und Bäumen, und er dachte, er könnte mit dem weitermachen, was er liebte, weiterhin Bauer sein und einfach nur arbeiten.« Garvey lacht bitter und schüttelt den Kopf.

»Garvey's gehört zur Kultur von Eden Falls«, sagt Lewis, während wir drei nebeneinander hergehen.

»O ja«, sagt Garvey, »wenn man Minigolf und einen Streichelzoo mag. Dad ist wegen der sinkenden Milchpreise ausgestiegen. Benzin und Dünger haben mehr gekostet, als die Milch einbrachte. Er fing an, Tiere aus der Herde zu verkaufen, und sah sich nach anderen Möglichkeiten um, das Land zu beackern. Hey, es gehört jetzt mir. Ich bin keinen Deut besser. Sehen Sie dahinten?«

Er zeigt auf eine Lichtung am Hügel.

»Wenn wir nächstes Jahr noch im Geschäft sind, werde ich dort eine Flutlichtanlage und eine Bahn fürs Reifenrodeln anlegen, und mit etwas Glück werden die Kids dort die ganze Nacht durch rodeln. Nicht gerade meine Vorstellung von einem Bauernhof.«

»Vielleicht nicht«, sagt Lewis, »aber sicherlich meine.«

Lewis bemerkt meinen skeptischen Blick.

»Das stimmt. Ich habe die Arbeit auf einem Bauernhof nie gemocht. Ich hasse die Entscheidung, ob man eine Behandlung rechtfertigen kann oder den Verlust im Schlachthaus klein halten soll. Garvey's ist anders. Was ist schon verkehrt daran, wenn aus Nutztieren Kuscheltiere werden?«

Kuscheltiere? Jetzt mache ich mir Sorgen.

»Der Hof hat ein großes Lifting bekommen, seit ich das letzte Mal hier war«, sage ich.

»Das musste sein«, erklärt Garvey, »das Gesundheitsamt

bestand auf einigen Modernisierungen. Das Geld der Versicherung nach dem Hurrikan Irene hat geholfen, aber das meiste hier verdanke ich einem Kredit von der Green State Bank.«

Ah, die Green State Bank und der charmante Mr Critchley.

»Ich befürchte, die Öffentlichkeit möchte Farmleben, das gut riecht und hübsch aussieht. Hier ist es.«

Wir sind an einigen Ställen vorbeigegangen – ich bin erleichtert, dass Ermintrude anscheinend keines der riesigen Clydesdale-Pferde ist, die hier leben –, und Garvey führt uns in eine große, luftige Scheune. Es ist, als betrete man eine Modelltierhaltung: dampfende Tiere, die fleißig wiederkäuen, dazu das authentische Aroma von Schlamm, Mist und feuchtem Stroh. Der Stall ist hell und warm, das *V* der Decke gute sechs Meter über uns. Unser Kommen löst einen Chor von Meckern und Muhen aus, der an das Kinderlied Old MacDonald erinnert.

»Sie ist ganz hinten am Ende«, sagt Garvey, aber ich bin von den Tieren abgelenkt, die auf beiden Seiten des Mittelgangs einzeln hinter Metallgittern stehen.

Ich sehe ein geflecktes schwarz-weißes Schaf mit vier Hörnern. *Das ist ein Jakobsschaf, eine Rasse, die vermutlich vor 3000 Jahren im Mittleren Osten entstand.* Daneben steht eine kleine schwarze Kuh mit einem weißen Fellband um den Bauch. *Sie ist eine Belted Galloway. Ihr Fell besteht aus 4000 Haaren pro fünf Quadratzentimeter, wodurch sie extreme Kälte gut aushält.* Abgesehen von diesen nutzlosen Informationen und der Fähigkeit, seltene Rassen zu identifizieren, habe ich seit dem Studium nicht mehr an Nutztierkrankheiten gedacht.

»Komm schon, Cyrus«, sagt Lewis. Die beiden sind vor mir, und ich gehe schneller, um sie einzuholen.

»Sind das Tauben, Mike?«, frage ich und zeige auf die

Querbalken nahe der Decke. Hunderte von lärmenden grauen Vögeln scheinen am anderen Ende des Stalls, wohin wir gehen, zu schlafen – und zu kacken.

»Ja, schon«, sagt Garvey.

»Fliegende Ratten«, sagt Lewis. »Am besten nicht hochsehen, wenn du weißt, was ich meine.« Er lüftet die Spitze seiner Mütze. »Du hättest so eine tragen sollen.«

»Aber es sind so viele. Sind es Brieftauben?«

»Keine Ahnung«, sagt Mike. »Aber sie sind gut fürs Geschäft. Die Leute lieben es, sich mit ihnen zu fotografieren. Streuen Sie sich Samen auf die Arme und schauen Sie, wie viele Tauben auf Ihnen landen werden. Trey hält immer noch den Rekord: 32. Sie scheinen auf ihn zu fliegen. Hier ist sie. Dr. Mills, das ist Ermintrude.«

In einer isolierten Box, die mit Heu- und Strohballen von den anderen Kühen abgetrennt ist, steht eine beige Kuh mit schwarzen Hufen und einem schwarzen Haarbüschel am Schwanzende. Ich vermute, eine Jersey, aber was mir Sorgen macht, ist die Art, wie sie ihren Kopf an die Wand drückt. Das Zucken und Drehen ihrer großen Ohren deutet darauf hin, dass sie unsere Anwesenheit spürt, aber es sieht so aus, als hätte sie den schlimmsten Kater ihres Lebens.

Wir drei stellen uns an das Gitter und stützen unsere Ellbogen drauf.

»Ich erinnere mich, dass du mir erklärt hast, dass du vergleichende Pathologie magst«, sagt Lewis zu mir.

»Ich?«

»›Krankheit ist Krankheit‹, hast du gesagt, ›ob bei einem Menschen oder einem Schnabeltier.‹ Nun, hier ist deine Chance bei einer Jerseykuh. Ermintrude ist zwölf Jahre alt, und wie du siehst, hat sie trotz guten Appetits viel Gewicht verloren. Was mir am meisten Sorgen bereitet, ist das, was in ihrem Kopf vorgeht.«

Lewis macht Mike ein Zeichen, irgendetwas geht zwischen ihnen vor, dann klatscht Mike in die Hände und ruft laut.

Ermintrude erschreckt sich, als wäre sie aus einer Trance erwacht, sie zuckt mit den Ohren, alle vier Beine stampfen unkoordiniert, während sie über den rutschigen Schlamm schlittert. Ihre Vorderbeine knicken ein, ihre großen Augen rollen weg, von schwarz zu weiß und wieder zurück zu schwarz. Sie ist panisch und versucht verzweifelt, die Sicherheit der am weitesten entfernten Ecke zu erreichen.

»Nicht schön, was?«, sagt Mike.

»Wie lange geht's ihr schon so?«

Lewis kaut mal wieder mit seinem oberen Schneidezahn auf seiner Unterlippe.

»So schlimm geht's ihr erst seit ein paar Tagen. Stimmt's, Mike?«

»Stimmt. Aber sie benimmt sich schon eine Weile merkwürdig.«

»Merkwürdig?« Ich ziehe die Augenbrauen hoch und schaue den Bauern mit meinem besten »Das müssen Sie schon genauer erklären«-Blick an.

»Es hat im Herbst angefangen. Trey kümmert sich um sie, und ihm fiel auf, wie … ich weiß nicht … aufdringlich, grob, sogar aggressiv sie war, besonders zur Futterzeit. Wir dachten, sie wird alt, schrullig – hey, werden wir das nicht alle?«

»Schließen Sie nicht von sich auf andere«, sagt Lewis.

»Also waren wir nachsichtig mit ihr, bis zu dem Zwischenfall im Streichelzoo. Ermintrude gehört seit Jahren dazu, besonders weil sie sogar bei schreienden und groben Kindern die Ruhe selbst bleibt. Aber an diesem speziellen Tag ist sie bei einem fünfjährigen Jungen ausgerastet. Sie hat ihn fast in die ewigen Jagdgründe getreten. Trey hat es gesehen, aber seine Mutter Gott sei Dank nicht. Sonst hätte ich jetzt bestimmt einen Prozess am Hals.«

»Ich weiß, dass das hier nicht dein Spezialgebiet ist, Cyrus«, sagt Lewis, »aber ich habe gesehen, wie dein Gehirn arbeitet. Du liebst die merkwürdigen Details bei Krankheiten. Ihr Calcium-, Magnesium- und Glucosespiegel sind in Ordnung. Sie hat nie Fieber gehabt, ihr Futter ist gut, ihre Lymphknoten sind normal, ebenso ihr Pupillenreflex. Das auffallendste pathologische Symptom ist ihre Geräusch- und Lichtempfindlichkeit…«

»Und dass man Angst hat, in ihrer Nähe zu sein.«

»Wie meinen Sie das?«, frage ich.

»Sagen wir so«, sagt Garvey, »Sie sollten nicht da hineingehen, es sei denn, Sie sind ein ausgebildeter Matador.«

»Das stimmt«, sagt Lewis. »Ich wollte nur, dass du sie dir selbst ansiehst, vielleicht fällt dir etwas ein, was mir nicht eingefallen ist. Ich habe es mit anderem Futter versucht, mit Antibiotika, Multivitaminen, Nahrungsergänzungsmitteln, allem. Und ich habe so ziemlich jede neurologische Krankheit ausgeschlossen, die mir einfiel.«

»Es geht ihr immer schlechter, und zwar sehr schnell. Schauen Sie sie nur an«, sagt Garvey.

»Wenn Sie ihr nicht helfen können, Dr. Mills, und das sofort, wird sie geschlachtet werden müssen.«

Falls ich ängstlich aussehe, dann hoffe ich, dass Lewis und Garvey denken, dass es nur an der Last der Verantwortung liegt. Ehrlich gesagt ist das die letzte meiner Sorgen. Lewis hat recht, ich war immer besessen von den winzigen Details bizarrer Krankheiten, und auch wenn ich nur aus Pflichtgefühl gegenüber meinem Kollegen hierhergekommen bin, bin ich insgeheim total fasziniert von diesem Fall, auch wenn es eine Kuh ist.

»Ich werde mein Bestes tun«, sage ich, und selbst in meinen Ohren klingt diese Antwort total unehrlich. Vielleicht weil ich meinem Bauchgefühl nachgebe, der reflexartigen

Reaktion auf das, was ich gerade gesehen habe: Ermintrudes Überempfindlichkeit auf jegliche Stimuli. Und genau so ist es in meiner Erinnerung auf einem körnigen Video ähnlich erkrankter Kühe in Großbritannien Ende der Achtziger zu sehen. Könnte die Krankheit der armen Kuh etwas mit ihrem Pfleger Trey zu tun haben?

Ich befürchte, er ist in letzter Zeit nicht ganz er selbst gewesen. Er benimmt sich etwas seltsam.

Was, wenn Trey und Ermintrude an Varianten derselben Krankheit leiden? Falls das so ist und falls es das ist, woran ich denke, dann sind die Folgen für mich, Eden Falls und eine Multimilliardendollar-Industrie unberechenbar.

Einen beängstigenden Nachrichtenzyklus lang bekäme ich ungewollt mehr Medienaufmerksamkeit als die Kardashians. Wenn ich meinen Verdacht der FDA-Behörde melde und er bestätigt wird, dann wird jedes einzelne Tier auf diesem Gelände gekeult, bevor Garvey's, diese feste Einrichtung seit drei Generationen in Eden Falls, dem Erdboden gleichgemacht wird.

»Was geht in deinem Kopf nur vor?«, fragt Lewis lächelnd. »Hast du eine Idee?«

Ich schüttle den Kopf. Es ist beängstigend genug, an meinen Hauptverdacht auch nur zu denken, geschweige denn ihn auszusprechen. Es wäre am besten, wenn ich falschliege, denn wenn nicht, dann wird aus Ermintrude, Trey und Garvey's Farm aus den völlig falschen Gründen eine landesweite Sensation.

FÜNF

Zwölf Uhr dreißig, und das Miss Eden Falls Diner ist proppenvoll mit Leuten in der Mittagspause, die darauf versessen sind, Treibstoff zu bekommen. Ich vermute, dass ich Amy mit etwas Glück kurz sehen kann, von Reden keine Spur. Ich versuche, die Haare auf meinem Kopf zu glätten, dort, wo sich eine widerspenstige Strähne befindet, ärgere mich, dass ich nicht gut aussehe, als sich eine Bärentatze in meine Richtung streckt und mich am Ärmel packt.

»Cyrus, schnell, setz dich.«

Der Befehl stammt von Peter Greer, Chefredakteur der *Eden Falls Gazette* und ein guter Freund und Unterstützer meines verstorbenen Vaters und Bedside Manors.

Ich lasse mich an einem schmalen Zweiertisch auf den Platz ihm gegenüber fallen. Es ist nicht sehr praktisch, dass Greer ein großer Kerl ist, der sich über die rot karierte Tischdecke zwischen uns beugt, um mir linkisch kumpelhaft die Hand zu schütteln.

»Wunderbar, dich zu sehen, alter Junge.«

»Ist es zur Mittagszeit immer so voll hier?«

»Am Trog herrscht in dieser Gegend immer ein bisschen Gedrängel. Keine Sorge, du wirst dich daran gewöhnen.«

Habe ich erwähnt, dass Greer Brite ist mit einem perfekten Upperclass-Akzent, mit dem er auch die BBC-Nachrichten vorlesen könnte?

»Wie läuft das Geschäft?«, fragt er. »Brummt es nach meinem genialen Einfall?«

Greer meint die Gratisuntersuchungen von letztem Samstag. Es war seine Idee gewesen, damit ich mich auf diese Art den Leuten im Ort vorstellen kann.

»Wenn ich die Tatsache ignoriere, dass alle denken, Bedside Manor würde kostenlose Tiermedizin anbieten und nie nach Geld fragen, dann brummt der Laden.«

Greer beugt sich vor und streicht mit der Hand seine schicke Mähne nach hinten.

»Sieh es positiv, du hast die Opposition so richtig geärgert.«

»Die Opposition? Healthy Paws?«

Greer kichert. »Oh, es wird besser, aber hast du schon bestellt? Das solltest du, sonst dauert's ewig.«

Mein Blick zur Theke und zu den anderen Tischen ist in alle Richtungen von einem wogenden Meer aufgepumpter Daunenjacken versperrt. Wo ist der Hauptgrund, wegen dem ich zum Essen hierhergekommen bin?

»Da ist sie.«

Obwohl er sitzt, hilft Greers Größe ihm, als er, um Aufmerksamkeit zu erregen, mit der Hand wedelt, als winke er ein Londoner Taxi heran.

»Bitte schön«, sagt Amy und schiebt einen Teller über den Tisch. »Baconburger mit Zwiebelringen.«

»Wunderbar«, sagt Greer, »und könnte mein lieber Freund Dr. Mills vielleicht auch etwas bestellen?«

Amy dreht sich zu mir um, als wäre ihr noch gar nicht aufgefallen, dass ich hier bin. Kein Lächeln, kein Wiedererkennen. Ich starre verzaubert in ihre besonderen Augen und werde mit einem gleichgültigen Schulterzucken belohnt.

»Äh … was ist gut?«, frage ich, ihre Distanz und Ungeduld bringen mich durcheinander.

Sie beugt sich vor. »Was gut ist?«, wiederholt sie.

Ich nicke, aber ich mache mir Sorgen.

»Hmm, die Frage impliziert die Tatsache, dass du meiner Meinung nicht nur vertraust, sondern sie auch schätzt. Würdest du da zustimmen, Peter?«

»Von ganzem Herzen«, sagt Greer, der gerade Ketchup auf seinen Teller spritzt und einen Zwiebelring zwischen den Fingern hält.

»Ich dachte, es sei eine einfache Frage«, stammle ich.

»Aber das ist es nicht. Es geht um persönlichen Geschmack, Vorlieben und gegenseitiges Verständnis. Oh, ich könnte dir sagen, was ich sagen soll: ›Ja, das Fischsandwich ist fantastisch‹, weil dem Koch aufgefallen ist, dass das Verfallsdatum des tiefgefrorenen Kabeljaus abgelaufen ist, und er ihn loswerden will, aber so bin ich nicht. Also, wenn du wissen willst, was ich zu Mittag esse, weil ich den Geschmack mag, dann sage ich dir, es ist der griechische Salat.«

Ich schaue zu Greer, dessen Zwiebelring auf halbem Weg in seinen Mund ist. Greer sieht ängstlich aus.

»Dann also einen griechischen Salat. Und … danke für die Erläuterung.« Ich sage das mit einem absolut ernsten Gesichtsausdruck und beobachte Amy, wie sie herauszufinden versucht, ob ich das ernst meine. Es dauert eine Weile, aber dann ist da ein Funke in ihren Augen.

Das Geräusch des Zerkauens des Zwiebelrings bringt mich zurück ins Jetzt.

»Mann, Mann, das war aber ziemlich seltsam. Ich vermute, das erste Date ist nicht so gut gelaufen?«

Ich schaukle auf meinem Sitz zurück. »Woher wusstest du, dass ich ein Date mit Amy hatte?«

Greer beißt in seinen Burger, kaut, schluckt und sagt ein Wort: »Doris.«

Es scheint, dass mein gescheiterter Versuch, ein Liebesleben zu bekommen, dank meiner Rezeptionistin öffentlich bekannt ist.

»Es hätte besser laufen können«, sage ich und ziehe Handschuhe und Jacke aus.

»Also, ich würde mir keine großen Gedanken machen«, erwidert er.

»Wie kannst du das sagen? Du warst nicht dabei.«

Greer spricht zwischen seinen Fingerspitzen hindurch, um mir den Anblick von halb gekautem Essen zu ersparen.

»Weil Amy Lippenstift aufgelegt hat. Als sie meine Bestellung aufgenommen hat, war der noch nicht da. Ich vermute, dass sie ihre Nase nur für dich gepudert hat.«

Diese Enthüllung bringt mich zum Lächeln, ich bin zufrieden genug, um mir einen Zwiebelring von ihm zu klauen.

»Der Abend war eine Katastrophe«, sage ich und atme tief ein, um den heißen Teig abzukühlen, der meine Zunge verbrennt. »Aber es war nicht allein meine Schuld.«

Greer hat einen roten Tropfen Ketchup am Kinn, der schwer zu ignorieren ist.

»Nur weiter«, sagt er und kaut fröhlich, während er auf meine Geschichte wartet. Seine aufmerksame Art ist die eines erfahrenen Don Juans, der es kaum abwarten kann, sein Wissen, wie man eine Dame richtig umgarnt, zu teilen.

»Es lief gut, bis Amy einen Anruf bekommen hat und darauf bestand, ihn anzunehmen.«

»Offensichtlich was Wichtiges.«

»Offensichtlich. Und etwas Aufregendes und sehr Amüsantes – wie ein Flirt.«

Greer greift sich eine Serviette und wischt seine Lippen ab, verpasst aber den Ketchupfleck.

»Du hast einem Privatgespräch gelauscht?«

»Natürlich nicht. In der Bar war es laut. Sie hat im Flur vor den Toiletten telefoniert, aber ich konnte ihre Körpersprache genau beobachten. Sie hat ihre Haare um den Finger gezwirbelt, mit ihrer Kette gespielt, große Augen gemacht und sogar … gekichert.«

Greer lehnt sich etwas zu theatralisch zurück. »Kein Kichern!«

»Hey, bei mir hat sie noch nie gekichert. Ich kann nur annehmen, dass dieser bedeutende Anruf von einer alten Flamme stammte und sie den Kontakt begeistert erneuert. Obwohl sie mit mir ein Date hatte.«

»Woher weißt du, dass es ein Mann war? Woher weißt du, dass es nicht eine lange verschollene Cousine war?«

»Weil ich gefragt habe. Sie hat gesagt, dass es jemand von früher war. Jemand sehr Besonderes. Gut, aber du lässt mich zwölf Minuten lang hängen und weigerst dich dann, genauer zu erklären, das ist doch einfach nur unverschämt. Oder?«

Greer sieht entsetzt aus.

»Daher Amys Lektion, dass Vertrauen wichtig ist. Ist völlig logisch.«

»Hey, ich war nervös. Ich wollte, dass das Date gut läuft, dass es was Besonderes ist. Aber dieser Laden war ein Zoo, und zu allem Überfluss interessierte sie sich sehr viel mehr für jemanden am anderen Ende der Telefonleitung als für mich. Glaub mir, ich bin kein Kontrollfreak. Ich muss nicht jedes Detail ihrer Liebesvergangenheit wissen.«

»Und was weißt du über ihre Vergangenheit, mit oder ohne Liebe?«

»Praktisch nichts.«

Das Ketchup tropft endlich auf einen Rezeptor, den Greer spürt, und die Serviette findet ihr Ziel.

»Lass mich dir sagen, dass sie in diesem Ort sehr beliebt ist, nicht zuletzt weil sie sich um ihren kranken Großvater Harry kümmert. Es gibt sonst niemanden. Ihre Mutter ist mit irgendeinem Kerl nach Montreal durchgebrannt, und ihr Vater ist an Kohlenmonoxidvergiftung gestorben.«

Als er mein Entsetzen sieht, fügt er hinzu: »Ein Unfall im Schneesturm. Vor ein paar Jahren. Er war in seinem Wagen gefangen. Der Schnee hat den Auspuff verstopft. Er ist einfach eingeschlafen.«

»Das ist furchtbar.«

Greer nickt und schluckt den letzten Bissen runter.

»Ihr beide habt mehr gemeinsam, als du weißt. Die Eltern sind tot oder getrennt und …«

»Und?«

»Ihr seid beide … schwer zu durchschauen.«

Ich denke darüber nach. Er hat recht, und ich kann nichts entgegnen.

Ich hänge mich jedoch an das Wort *beide*, das er verwendet hat. Ich beuge mich vor und sage leise: »Ich habe noch nie eine Frau wie sie kennengelernt. Ich habe die letzten 14 Jahre an einem Mikroskop gearbeitet, und die einzigen Frauen, die ich getroffen habe, waren … na ja … direkt, höflich, wissenschaftlich … okay, Nerds, wenn nicht sogar prüde. Und Frauen aus den Südstaaten sind einfach anders. Die sagen einem genau das, was sie denken. Nicht dass das mein Liebesleben vereinfacht hätte.«

Greer lacht.

»Dann hoffen wir mal, dass Amy Mint Juleps mag, sonst hast du ziemlich viel mit einem ganz anderen Vogel zu tun.«

»Schön, dass du das lustig findest. Mein Problem ist, wenn sie lieber bei jemand anderem wäre, dann sollten wir nicht unsere Zeit verschwenden.«

Plötzlich taucht Amy mit meinem Salat auf. »Wer verschwendet deine Zeit?«

Ihre Anwesenheit bringt mich sofort zum Schweigen, ein schuldiges, verlegenes Erröten macht die Situation nicht besser.

»Liegt es an mir, oder ist es hier drinnen heiß?« Mehr bringe ich nicht hervor.

Amy schaut mir in die Augen, und dieses Mal spüre ich, dass aus der Frustration Neckerei geworden ist. »Es liegt an dir.« Sie hält den Teller immer noch in der Hand. »Ein griechischer Salat.«

Ich strecke mich, um ihn anzunehmen, unsere Fingerspitzen berühren sich eine Sekunde länger als nötig, bevor sie loslässt. Ich danke ihr flüsternd wie ein Junge.

»Bei dir alles klar, Peter?«

»Passt kein Blatt mehr rein, wie bei der sprichwörtlichen Ziege. Kompliment an den Küchenchef.«

Amy verdreht die Augen. »Hier ist die Rechnung. Wann immer du bereit bist.« Sie schiebt ein Stück Papier über den Tisch und verschwindet.

Greer greift sich die Rechnung und beugt sich vor, die Ellbogen auf dem Tisch, sein Gesicht nur Zentimeter von meinem entfernt, eine Gabel voller grüner Blätter zwischen uns.

»Glaub einem Mann, der ein oder zwei Dinge über Frauen weiß. Diese Frau« – er deutet mit dem Daumen über seine Schulter – »ist immer noch an dir interessiert.«

Meine Zähne bearbeiten eine Gabel voll Grünzeug, während ich darüber nachdenke.

»Wenn ich du wäre, würde ich um ein zweites Date bitten, irgendwo, wo es ruhig und entspannt ist. Um Himmels willen, sprich dieses Mal über etwas Unverfängliches. Eine Frau zu verführen, das ist kein medizinischer Notfall. Die eigenen Dienste werden nur selten sofort benötigt, und für die Situation ist auch keine peinlich genaue Analyse von allem, was zu diesem Augenblick geführt hat, notwendig. Einfach gesagt, lass sie zu dir kommen. Glaub mir, Frauen wollen sich öffnen, aber um an die wertvolle Frucht im Innern zu gelangen, musst du die äußeren Schichten mit Geschick und Takt und Geduld abziehen. Erinnere dich, alter Junge, Romantik muss kultiviert und genährt werden und darf niemals gehetzt wirken.«

Ich pikse ein Stück Feta auf und schüttle den Kopf. All das von einem Mann, dessen rote Seidenboxershorts vom Labrador seiner Geliebten gefressen wurden, während ihr Ehemann auf Reisen war.

»Was wolltest du mir über Healthy Paws erzählen?«, frage ich.

»Ach ja, stimmt.« Greer greift nach seiner Brieftasche und legt einen Zehndollarschein auf den Tisch. »Heute Morgen hat mich Mr Guy Dorkin angerufen, der Manager von …«

»Ich weiß, wer er ist.«

»Aha. Also, Dorkin will es dir nachmachen und einen Tag der offenen Tür samt Gratisuntersuchung in seinem schicken Laden in Patton anbieten. Die Sache ist die: Er will in der *Gazette* annoncieren. Er versucht, die Tierbesitzer von Eden Falls für sich zu gewinnen.«

Ich lege meine Gabel ab. »Was für ein vollkommenes …«

»Exakt mein Gedanke.«

»Aber du weißt, dass Bedside Manor sozusagen nur noch am seidenen Faden hängt. Wir können es uns nicht leisten, die Kunden, die wir noch haben, zu verlieren.«

»Ich weiß. Aber was soll ich tun? Dorkin will für seine Anzeige diesen Freitag eine komplette Seite.«

»Sag ihm, er hat den Abgabetermin verpasst. Sag ihm, es gibt keinen Platz mehr.«

»Zu spät. Er ist persönlich vorbeigekommen. Einer meiner Lakaien hat sein Geld bereits angenommen.«

Ein Fluch entwischt mir trotz meiner zusammengebissenen Zähne.

»Tut mir leid.«

»Keine Sorge«, sagt Greer und streckt sich über den Tisch, um auf meinen Unterarm zu klopfen. »Ich arbeite bereits an einem gerissenen Plan. Der Idiot wird den Tag verfluchen, an dem er in der *Gazette* annonciert hat.«

Und damit steht Greer auf, und als er Amy auf mich zukommen sieht, zwinkert er mir zu und wünscht mir Glück.

»Alles okay?«, fragt sie, während sie schon nach meinem Teller greift.

»Ja, danke.«

»Nur die Rechnung?«

»Ja, bitte«, antworte ich. Als sie sich umdreht, platze ich heraus: »Wie geht es Clint und Harry?«

Trotz des Namens ist Clint der weibliche, lustig aussehende Labradormischling, den ihr Großvater Harry seinen besten Freund nennt. Letzte Woche hatte Clint Probleme mit einer eigensinnigen Schweinerippe.

»Es geht ihnen sehr gut«, sagt sie, schaut mich an, und es ist, als würde ich dabei zusehen, wie sich ein Sicherheitstor öffnet, und ich erhasche den ersten unverstellten Blick auf die Person dahinter. »Nett, dass du fragst.« »Grüß sie von mir«, sage ich.

Sie wartet eine Sekunde. »Während du Clint operiert hast, warst du trotz des Drucks ganz cool«, sagt sie. »Da habe ich gesehen, wozu du fähig bist.«

Ich ziehe vor Nervosität eine Art Schweineschnauze, die definitiv nicht cool ist. »Ich bin mir nicht sicher, dass das stimmt.«

»Nein? Also, du hast bewiesen, dass du auf jeden Fall mit einem schwierigen Weibchen klarkommst.«

Sie lächelt. Ich hoffe, sie meint Clint.

Wieder will sie gehen.

»Warte. Hast du schon deine Mailbox abgehört?«

Amy kommt zum Tisch zurück und sieht verwirrt aus.

»Äh … weil … ich dir eine Nachricht hinterlassen habe. Hör mal … ich weiß, dass es gestern, na ja, nicht nach Plan lief.«

Nonchalant berührt sie das oberste, leere Knopfloch ihrer

Bluse. »Ach, du hattest also gedacht, du bekämst mich beim ersten Date ins Bett?«

»Nein«, rufe ich, woraufhin sich mehrere Köpfe zu uns herdrehen, dann finde ich meine Fassung wieder. »Niemals.«

»Niemals, weil es dir niemals eingefallen wäre, weil ich nicht dein Typ bin?«

»Nein, ich meine, ja, es ist mir … ich meine, nein, ich bin nicht die Art von Mann.«

Das Lächeln, das um ihre Mundwinkel spielt, braucht ein wenig, um sich auszubreiten, aber die Zeit reicht, um maximal viel Blut in meine Wangen zu pumpen.

»Und welche Art von Mann ist das genau?«

Dass sie vor mir steht, sodass ich schräg nach oben schauen muss, verstärkt mein Unbehagen nur noch. Zu meiner Überraschung merkt sie es und hockt sich hin, sodass wir uns Aug in Aug gegenübersitzen.

»Hey, es tut mir leid, wenn ich irgendwie …«

»Unhöflich war«, schlage ich vor.

Amy spitzt die Lippen. »Ich gestehe abrupt ein, vielleicht sogar schnippisch. Aber glaube mir, ich habe mich zu deinem Besten so verhalten.«

Ich schaffe es, langsam zu nicken, und zwinge mich dazu, die nächste Frage: »Was soll das denn heißen?« umzuformulieren zu: »Können wir es noch mal versuchen?«

Während sie leidenschaftslos nachdenkt, wird es still im Raum, passend zum Augenblick der atemlosen Erwartung. Es mag etwas Wahres an der Vorstellung sein, dass attraktive Frauen manchmal übersehen werden, weil sie unnahbar oder sogar unerreichbar erscheinen, ich vermute aber, dass die Tatsache, dass Amy Single ist, an ihrer direkten, brutalen Ehrlichkeit liegt, die so verstörend wie verführerisch ist.

»Klar, warum nicht?«

Stelle ich mir das nur vor, oder wird der Hintergrundlärm wieder so laut wie vorher?

»Solange das grünäugige Scheusal nur nicht wieder sein hässliches Haupt erhebt.«

»Das grünäugige Scheusal?«, frage ich.

»Oh, bewahrt Euch, Herr, vor … dem grüngeäugten Scheusal, das besudelt die Speise, die es nährt!«

Habe ich schon erwähnt, dass Amy englische Literatur studiert?

»Shakespeare«, sagt sie, »*Othello*. Es geht um Eifersucht.«

»Ich war nicht …« Ich konnte es gerade noch runterschlucken und den Drang, mich zu verteidigen, auch. Ich fühlte mich wie ein Voyeur, als ich mich an ihr unwiderstehliches Lächeln und Lachen erinnerte und daran, wie locker dieser geheimnisvolle Mann am anderen Ende der Leitung sie gefangen nahm – wie ich es wohl nie schaffen würde.

»Natürlich«, sage ich. »Neustart. Alles auf null. Ich vermute, heute Abend hast du keine Zeit?«

Sie zuckt zusammen und atmet zwischen zusammengebissenen Zähnen ein. »Leider nicht, hab schon Pläne.«

Und ich bemerke, dass sie mich betrachtet, als sei dies ein Test, ihre Pläne der Köder, um zu sehen, ob das Scheusal in mir zuschnappt.

»Kein Problem«, sage ich, obwohl ich mir nicht sicher bin, dass es sie überzeugt, »dann ein anderes Mal.«

»Das wäre nett«, erwidert sie, jetzt weicher. »Meine Leute werden deine Leute anrufen. Bald, okay?«

Ich wusste es. Ich wusste, dass ich nicht paranoid bin. Gegenüber vom Diner parkt ein schmutzig grauer Minivan auf der Straße. Hinter dem Lenkrad drückt sich eine Person tief in den Sitz, Gangstastyle, aber ich kann seinen Partner nicht sehen. Genervt gebe ich einem seltenen Augenblick der Spontaneität nach, schlurfe über den matschig braunen Schnee, um ihnen gegenüberzutreten. Ich blinzele durch das kondensierte Wasser innen am Fenster und werde von weißen Zähnen und einer Explosion dröhnenden Bellens begrüßt.

»Ruhig, Stash«, befiehlt eine Stimme, das Fenster wird geöffnet, eine Hand wie bei einem Pseudokarateschlag an den Hals geführt. Das Bellen hört sofort auf, und da erkenne ich den hageren, kränklichen Typ, den ich heute früh im Wartezimmer gesehen habe. Auf dem Beifahrersitz sitzt breit und aufmerksam sein schwarzer Großpudel.

»Hey, Doc«, sagt der Mann und scheint erfreut, mich zu sehen. »Ich hatte gehofft, dass ich Sie erwische. Ich wollte fragen, ob wir uns unterhalten können. Unter vier Augen.«

»Worum geht's?«, frage ich.

Der Mann zögert, schaut zu seinem Partner, Stash – komischer Name –, bevor er sich wieder mir zuwendet, sein Gesicht unfassbar ausdruckslos.

»Ich muss um einen Gefallen bitten. Einen großen Gefallen. Etwas, das nur Sie zu schätzen wissen.«

Wenn er die Bitte unheilvoll klingen lassen wollte, dann ist es ihm gelungen.

»Das sollten Sie erklären«, sage ich.

Ein Wagen fährt vorbei und spritzt frostiges Eiswasser hinten auf meine Hose, während ein paar zufriedene Kunden aus dem Diner und auf uns zukommen.

»Klar. Irgendwo, wo es ruhig ist?«

Ich würde anbieten, mich auf den Beifahrersitz zu setzen, aber der Hund sieht nicht so aus, als wolle er den Platz aufgeben.

»Ich bin auf dem Weg zurück in die Praxis. Ich kann Sie dort treffen.«

Bevor der Mann antworten kann, klingelt mein Handy.

»Wo sind Sie?«

Kein Gruß. Keine Nettigkeiten. Direkt zur Sache.

»Guten Tag, Doris. Ich habe gerade mein Mittagessen im Diner beendet.«

Ich trete vor den Van, um einem weiteren Auto aus dem Weg zu gehen.

»Könnten Sie vielleicht …«

Die Bitte geht in einem Rauschen unter.

»Moment mal.« Ich laufe die Straße entlang, als könne ich irgendwie erraten, wo der Empfang besser ist. »Können Sie mich jetzt hören?«

Weitere unzusammenhängende, gemurmelte Konsonanten. Ich laufe zum Diner auf der anderen Straßenseite.

»Jetzt besser?«

»Ich habe gefragt, ob Sie mir ein Päckchen Marlboro an der Tankstelle auf der anderen Straßenseite kaufen können. Und Sie sollen zu einem Hausbesuch.«

»Doris, ich fühle mich nicht wohl dabei, Ihre Sucht zu unterstützen.«

»Wie Sie wollen, aber dann muss ich die Praxis allein lassen, um sie mir zu kaufen.«

Sie weiß genau, was sie sagen muss. »Okay, gut, wie lautet die Adresse?«

Sie rattert einen Straßennamen herunter, den ich nicht kenne.

»Das liegt an der Route 62, näher an Patton als an Eden Falls.«

»Patton?«

»Vielleicht bekommen Sie bereits einen guten Ruf.«

Ich bin sprachlos. Hat Doris mir gerade ein Kompliment gemacht?

»Oder vielleicht wussten die es nicht besser.«

Sie legt auf, bevor ich etwas erwidern kann.

Ich schaue zur anderen Straßenseite nach dem grauen Minivan.

Er ist weg.

Das Zuhause einer gewissen Marmalade Succabone (ja, ich habe Doris gebeten, den Tiernamen zu wiederholen) ist ein auffallend einsames Haus im Kolonialstil, umgeben von leeren Grundstücken, aufgegebenen, halb zu Ende gebauten Holzkonstruktionen und etwas, das anscheinend eine grüne Campingtoilette ist, die auf der Seite liegt. Obwohl die Einfahrt in ihre Straße professionelles Mauerwerk in Form einer neuen Mauer bietet und Reihen von Thujen den Besucher im begehrenswerten Deerfield Meadows begrüßen, ist der Bauunternehmer offensichtlich pleitegegangen, nachdem er ein Haus fertiggestellt hat. Es gibt keine Anzeichen dafür, dass das restliche Projekt bald weitergebaut werden wird.

In der Auffahrt steht ein brandneuer pinkfarbener Jeep, die lebensgroße Version von etwas, das Barbie fahren könnte. Ich gehe daran vorbei und denke, dass da jemand extrem selbstbewusst ist.

»Dr. Mills?«

Ein Mädchen steht an der Haustür, 16, vielleicht 17 Jahre alt, sie trägt ein dünnes T-Shirt mit Leopardendruck über hautengen schwarzen Hosen, wie ich sie zuletzt an Olivia Newton-John in der Schlussszene von *Grease* gesehen habe. Das Problem ist, dass die Ähnlichkeit zu Ms Newton-John damit endet. Ich weiß nicht, wie ich das sagen soll, und bitte, ich bin einfach nur objektiv, ich urteile nicht, aber sie ist ungefähr einen Meter siebenundfünfzig groß, und ich vermute, dass sie 100 Kilo wiegt.

»Das bin ich.«

»Das dachte ich mir«, sagt sie. »Kommen Sie rein.« Sie reicht mir die Hand zur Begrüßung, etwas, das mir für ihre

Generation etwas seltsam vorkommt und gleichzeitig sehr schön ist. Sie hat ein hübsches Gesicht, und ihr Lächeln strahlt nichts als Wärme aus.

»Ich bin Charlie, Charlie Brown.«

Ich muss verwirrt aussehen.

»Die Abkürzung von Charlize«, ergänzt sie erklärend.

»Aha.«

Wir stehen in einem Eingang, ein formelles Esszimmer links von mir und augenscheinlich das Wohnzimmer rechts. Das Haus ist sauber, aber riesig und viel zu leer, als bräuchte es viel mehr Möbel.

»Sind deine Eltern nicht zu Hause?«, frage ich.

»Nein«, sagt Charlie, »es sind nur meine Mom und ich, und sie ist bei der Arbeit.«

Ich schaue übertrieben deutlich auf meine Armbanduhr.

»Ist die Schule heute früher zu Ende?«

Sie spitzt die Lippen, als überlege sie, welche Ausrede sie benutzen soll. »Sport. Letzte Stunde. Ich bin abgehauen.«

»Im pinkfarbenen Jeep.«

»Gefällt er Ihnen?«

»Er ist sehr … auffallend«, sage ich.

»Danke.« Sie strahlt, als hätte ich ihr ein Riesenkompliment gemacht. »Hey, kommen Sie mit, dann zeige ich Ihnen Marmalade. Möchten Sie etwas trinken? Kaffee, Tee, etwas Stärkeres?«

Etwas Stärkeres? Ich bemerke, wie sie auf meine Reaktion wartet. Dieser Teenager versucht, mich zu provozieren.

»Danke nein«, sage ich und folge ihr in eine offene Küche, dabei fallen mir ein paar gerahmte Fotos an den Wänden auf. Darauf ist eine Frau zu sehen, eine umwerfend gut aussehende Frau. Und bitte, bevor Sie jetzt denken, dass ich eine rosarote Brille aufhabe, wenn es um das andere Geschlecht geht, oder dass Nordvermont eine Oase voller schöner Menschen ist, lassen Sie mich den Unterschied zwischen Amy und dieser speziellen Frau erklären. Amys Schönheit ist ein Gesamtpaket. Diese hier ist mit Airbrush zu einem professionellen Glamour-Bild geschminkt worden.

»Das ist meine Mom. Da versucht sie, nach der Scheidung heiß auszusehen.«

»Wirklich? Warum? Nicht dass sie nicht heiß aus… Entschuldigung, ich hätte das nicht sagen …«

»Schon okay. Ihr Therapeut sagt, dass es ein normaler Teil ihrer Regeneration ist. Es geht ihnen beiden besser. Es ist bloß Mist, dass Mom entweder arbeitet oder völlig peinlich komplette Loser online trifft, und Dad ist nach Wisconsin gezogen. Hat eine dumme Blondine geheiratet und eine neue Familie gegründet. Zwillinge. Sie sind eigentlich richtig süß. Da ist sie.«

Etwas, das wie ein pelziger orangefarbener Medizinball aussieht, spaziert vorbei und wird von Charlie hochgehoben, mit Schwierigkeiten, möchte ich ergänzen.

»Dr. Mills, das ist Marmalade Succabone.«

Ich strecke die Hand aus, um einen aufgepumpten Zeppelin von Katze zu streicheln.

»Wow, sie ist …«

»Was?«

Ich kämpfe darum, die Worte zu finden, um Marmalades Dimension zu beschreiben.

»Üppig.«

Charlie strahlt. »Das gefällt mir«, sagt sie. »Üppig.« Sie fährt mit der Hand über die Leibesfülle des Tiers, und die Katze genießt es mit einem Geigerzählerschnurren.

»Was ist das Problem?« *Abgesehen von ihrem pathologischen Übergewicht und der echten Chance, den Guinnessweltrekord für die fetteste lebende Katze zu brechen, der übrigens bei 24 Kilo liegt.*

»Sie machen Witze«, sagt Charlie Brown, sie muss die Haltung des Mammuts in ihren Armen ändern. »Sehen Sie sie an. Sie ist total übergewichtig. Und niemand weiß, warum.«

Ich hätte diesen letzten Satz ignorieren können, aber mein Gehirn stürzt sich darauf.

»Ihr wart deswegen schon beim Tierarzt?«

Zum ersten Mal erwische ich Charlie dabei, wie ihr Selbstbewusstsein ins Wanken gerät, genau wie ihr Griff bei der megaprallen Katze, die mit einem seismischen Plumps auf den Boden fällt.

»Ja, also wir waren beim Tierarzt hier, aber die waren irgendwie unfähig.«

»Du meinst Healthy Paws?«, frage ich und bemerke, dass ich kurz davor bin, breit zu grinsen.

»Ja, die konnten überhaupt nicht helfen. Wissen Sie, die haben versteckte Kameras in jedem Behandlungszimmer.«

Diese unerwartete Information überrascht mich. Wir haben nicht mal eine Alarmanlage an der Tür von Bedside Manor, und die haben Kameras in jedem Raum?

»Das ist kein Witz, mein Freund Gabe ist einmal mit mir hingefahren. Sie haben ihn schon getroffen.«

Gabe. Mr Haschbrownie.

»Na, er hat gesagt, dass er gestern Abend diesen Tierarzt kennengelernt hat, der ihn nicht an seine Mom verriet. Und dass Sie cool sind und Marmalade vielleicht helfen können?«

Gabe ist also der Grund, warum ich diesen Hausbesuch mache. Das klingt logisch. Highschool »Freaks und Geeks«, die hübsche, aber übergewichtige Außenseiterin ist die beste Freundin des nerdigen Computerfans mit einer Schwäche für Marihuana.

»Gabe kennt sich mit Spionagekram aus. Er hat die Kamera in der Decke entdeckt.«

Klingt, als hätte Napoleon Dynamite ein paar Verschwörungsfilme zu viel gesehen.

»Ich weiß nicht, was ich dir sagen soll, aber schauen wir uns doch mal Miss Marmalade an.«

Ich muss nicht weit gehen, um die Katze zu finden, die Vermont aufgefressen hat.

»Ist das die Speisekammer?«

»Ja. Da ist ihr Fressen.«

Marmalade sitzt vor der Tür und leckt eine Pfote, obwohl ich das Gefühl habe, sie würde lieber an einem saftigen T-Bone-Steak oder einem Babygnu knabbern.

Ich knie mich auf den Holzfußboden neben sie, lege meinen Schlips über die Schulter (Marmalade scheint ihn für ein Spielzeug zu halten) und höre ihre Brust ab. Alles scheint in Ordnung. Obwohl ich das Abtasten ihres Bauchs eher als Teigkneten beschreiben würde, fällt mir wieder nichts Unnormales auf.

»Irgendwas Besonderes?«

»Eigentlich nicht. Ich nehme an, dass man ihr Blut getestet hat?«

Charlie greift über die Theke und holt eine Akte. Sie wedelt damit in meine Richtung.

»Ja, Blut, Pipi, was geht, es wurde alles gecheckt. Ich mag diese Katze, aber Mom? Mom liebt die Katze. Sie betet sie an. Diese Katze kann nichts falsch machen.«

Ich werfe einen Blick auf die Akte, sehe das bekannte Healthy-Paws-Logo auf allem, und mir fällt auf, dass die Ärztin in diesem Fall, die »unfähige« Ärztin in diesem Fall, niemand anderes ist als Dr. Honey. Die Daten deuten jedoch nicht auf einen offensichtlichen Grund für das Gewichtsproblem der Katze.

»Womit wird sie gefüttert?«

»Normales Katzenfutter. Es ist sogar Diätfutter. Sehen Sie selbst, wenn Sie mir nicht glauben.«

»Natürlich glaube ich dir«, sage ich, mir fällt ihr rechtfertigender Tonfall auf.

Wir sehen einander an, dann bemerke ich den orangefarbenen Koloss, der fröhlich vor der Speisekammertür wartet.

»Warum haben Sie noch nicht die offensichtliche Frage gestellt?«

»Welche?«, frage ich völlig verwirrt.

»Ihr Name. Marmalade Succabone. Finden Sie ihn nicht komisch?«

»Ein bisschen. Aber ich habe gelernt, keine Vermutungen über die Namen anzustellen, die die Leute ihren Haustieren geben.«

»Ehrlich? Sind Sie nicht neugierig?«

Es ist ziemlich offensichtlich, dass sie es mir erzählen möchte.

»Also, warum Marmalade Succabone?«

Sie strahlt. »Es ist ihr Pornostar-Name.«

»Wie bitte?«

»Ihr Pornostar-Name. Sie wissen schon, man nimmt den Namen von seinem ersten Haustier, dann hängt man den Namen der ersten Adresse, wo man gewohnt hat, dran, dann hat man seinen Pornostar-Namen. Sie ist mein erstes Tier, und als ich geboren wurde, haben wir in der Succabone Avenue gewohnt. Jetzt Sie.«

»Äh … nein, nein, ich finde wirklich nicht, dass das …«

»Wie hieß Ihr erstes Haustier?«

Mein Kopfschütteln trifft auf zusammengekniffene Augen.

»Tommy«, gebe ich seufzend nach.

»Sehr gut. Und wo haben Sie zuallererst gewohnt?«

Ich erinnere mich, mein Gedächtnis drückt auf den Abspielknopf eines Gesprächs mit meiner verstorbenen Mutter, Ruth, damals, als ich zehn Jahre alt war. Sie zeigte aus dem Auto auf ein Haus, während wir durch eine Straße fuhren, und sagte: »In der Wohnung haben wir gewohnt, bis du neun Monate alt warst.« Die Straßenschilder blitzen vor meinem inneren Auge auf, und mein Gehirn stellt die Verbindung her. Blut steigt mir in die Wangen, als ich die Aufregung, die Spannung in Charlie Browns Augen sehe.

»Ich sollte jetzt gehen«, sage ich, streiche meinen Schlips glatt und packe mein Stethoskop in die Tasche.

»Ach, kommen Sie. Nicht bevor Sie es mir gesagt haben.«

Ich hole lang und tief Luft. »Wir haben zuerst in einer Wohnung in der Lovelace Terrace Nummer vier gewohnt.«

Sie runzelt die Nase, während sie eine Faust ballt. »Es klappt jedes Mal.«

Ich schüttle den Kopf und gehe in Richtung Haustür.

»Dürfte ich diese Akte mitnehmen? Dann kann ich sie mir genauer ansehen und ein bisschen nachforschen.«

»Ja, klar.«

Wir schaffen es bis zur Haustür.

»Haben Sie eine Freundin, Dr. Mills?«

»Das ist eine sehr, äh, direkte Frage an jemanden, den man gerade erst getroffen hat.«

»Und, haben Sie oder nicht?«

Ich denke an Amy. Ich überlege, was sie antworten würde, wenn jemand sie am Arm packen und fragen würde: »Hey, sind Sie nicht Cyrus Mills' Freundin?«

»Wenn du es wissen musst, und offensichtlich musst du das unbedingt, die Antwort ist… nicht richtig… nicht endgültig.«

Charlie Brown wirkt außergewöhnlich zufrieden. »Ich nehme das als ein Nein.«

Es ist Zeit, das Gespräch wieder auf das Geschäftliche zu bringen. »Ich befürchte, dass für diesen Besuch eine Rechnung fällig ist. Soll ich deine Mutter anrufen?«

»Nein«, sagt sie, viel zu schnell und viel zu laut, und greift in die Vordertasche ihrer Hose. Sie dreht und windet sich, um etwas herauszuziehen, von dem ich annehme, dass es eine

Rolle Scheine ist. Das ist es nicht. Es ist ein Eisgutschein von Garvey's.

»Äh, ich kann einfach eine Rechnung schicken. Das ist kein Problem.«

Sie schüttelt den Kopf und sagt: »Hören Sie, geben Sie mir Ihr Handy.«

Misstrauisch reiche ich ihr das Telefon.

Sie nimmt es, als hätte ich ihr eine Reliquie gegeben.

»Wow, Gordon Gekko hat angerufen, er will sein Handy zurückhaben.«

Obwohl ich eigentlich über die Kritik an meinem uralten Modell beleidigt sein müsste, bin ich beeindruckt, dass sie sich auf den Film *Wall Street* bezieht.

»Bist du ein Oliver-Stone-Fan?«, frage ich.

Sie runzelt die Stirn und bewegt die Hand hin und her. »*Platoon* war okay, aber was Vietnamfilme angeht, bin ich total für *Apocalypse Now*. Martin war immer viel besser als Charlie.«

Wow, noch ein Kinofan. Ich bin beeindruckt. Aber nicht überrascht. Wahrscheinlich zu viele Abende allein zu Hause.

Ihre Daumen klicken auf die Handytasten, als tippe sie einen Code ein.

»Es ist okay«, sagt sie. »Ich bin Profi.«

Das ist sie zweifellos.

»Das werde ich machen. Ich werde meine Mom anrufen, damit sie das Geld vorbeibringt. Ich habe meine Nummer in Ihr Telefonbuch eingegeben, damit Sie mich anrufen können, falls es Probleme gibt, *capisce*?«

Falls sie versuchen sollte, mich mit einem berühmten Spruch aus Coppolas *Der Pate* von ihrem verdächtigen Verhalten abzulenken, dann funktioniert es nicht.

»Und, ähm, das nur als… Sie müssen Freunde finden. Bis dahin gönnen Sie sich ein Eis.«

Charlize reicht mir den Eisgutschein zusammen mit meinem Handy. In die Karte sind neun perfekte Löcher gestanzt, drei Reihen mit drei Löchern, dazu das Versprechen, dass das zehnte Eis aufs Haus geht.

Ich danke ihr und trete hinaus in die Kälte.

»Nein«, sagt sie, »ich danke Ihnen, Tommy Lovelace.«

SECHS

Auf dem Praxisparkplatz steht nur noch ein anderer Wagen – der graue Minivan. Er hat hinten fensterlose Doppeltüren, und an der Seite wurde wahrscheinlich eine Geschäftsanzeige oder ein Logo von Hand mit unpassender Hausfarbe übermalt.

Scheint, als brauche jemand immer noch diesen großen Gefallen.

Ich steige aus dem Silverado, als die Fahrertür geöffnet wird.

»Haben Sie jetzt Zeit für mich?«, fragt der hagere Mann hinter dem Lenkrad.

Obwohl der Hund neben ihm keinen Muskel bewegt, kann ich seine Anspannung fast spüren.

»Sicher. Kommen Sie rein.«

Der Mann schwingt seine Beine seitlich hinaus, schiebt sich an den Rand des Sitzes und bereitet sich vor aufzustehen. Seine Jeans rutscht über die Socken hoch, entblößt knochige Fußgelenke und blaue Flecken auf einer alabasterweißen Haut.

»Brauchen Sie Hilfe?«

»Nein«, lehnt der Mann ab, »wir haben das hier. Stash, Stock.«

Der Befehl klingt ruhig und entspannt, wie beiläufig, aber Stash springt zwischen den Vordersitzen nach hinten in den Van und taucht mit einem Holzspazierstock im Maul wieder auf. Irgendwie schafft der Hund die 90-Grad-Drehung und kommt an Sitzen und dem Lenkrad vorbei wie ein geschickter Kellner, der eine Platte mit Petits Fours durch ein volles Restaurant trägt.

Was dem Hund äußerlich fehlt (er hat ein wildes Dreadlockfell), ersetzt er durch bemerkenswertes Geschick. Er legt den gebogenen Griff in die offene Hand seines Herrchens. Kein Lob, einfach nur die nächste Anweisung. »Stash, steh.« Sofort dreht sich der Pudel um und stellt sich neben die offene Tür. Mir fällt auf, wie Stash Kopf und Hals ein kleines bisschen hängen lässt und seinen ganzen Körper anspannt, bevor er die Hauptlast des wankenden Gewichts des Mannes auf sich nimmt, während dieser sich aufrichtet, den Spazierstock eher zur Balance als zur Unterstützung in der Hand.

Sekunden vergehen, der Mann atmet eiskalte Luft ein und sagt dann: »Stash, komm.« Ich halte die Tür auf, und die beiden schlurfen ins Wartezimmer, eine Leine ist nicht nötig, die Hundenase ist nie mehr als ein paar Zentimeter vom linken Oberschenkel des Mannes entfernt.

»Geben Sie doch schon mal Doris Ihre Daten. Sie legt eine Akte an, und dann können wir ins Behandlungszimmer. Ich muss nur gerade meinen Kram ablegen.«

Ich hebe meine Arzttasche hoch und gehe zu der Tür, auf der PRIVAT steht und die zu den Behandlungszimmern führt.

»Eine Akte ist nicht nötig«, sagt der Mann. »Ich will nur schnell etwas besprechen. Privat.«

Es ist schwierig, das Alter des Mannes zu schätzen, aber ich wette, er ist viel jünger, als er aussieht. Eine schwarze Wollmütze betont seine kükenhaften Gesichtszüge und die abstehenden Ohren, die Farbe seiner Augen kann ich nicht erkennen, weil sie tief in den Höhlen liegen. Seine Bomberjacke aus Leder sieht leer und steif aus, als wäre sie voller Helium, der weiße Pelzkragen lenkt den Blick auf den hervorstehenden Adamsapfel unter seinem eckigen Kinn, der Knorpel tritt scharf hervor und bewegt sich unruhig auf und ab.

Der Pathologe in mir stellt sich alle möglichen schlimmen Krankheiten vor. Er erinnert mich an diese tragischen, letzten Fotos von Rock Hudson oder Patrick Swayze. *Schnell etwas besprechen.* Wie groß kann dieser Gefallen sein?

Doris starrt mich an. Stash starrt sein Herrchen an. Doris' Gesichtsausdruck ist schwer zu interpretieren – misstrauisch oder genervt oder beides. Ich bin mir ziemlich sicher, dass sie glaubt, er würde für meine Zeit nicht bezahlen.

»Okay«, sage ich, »hier entlang.«

Ich ignoriere Doris, die kopfschüttelnd mit der Zunge schnalzt. Falls der Mann ihre Missbilligung wahrnimmt, lässt er es sich nicht anmerken. Ich deute auf die Holzbank, damit der Mann sich hinsetzt, aber er lehnt das Angebot wohl aus praktischen Gründen ab.

»Was kann ich für Sie tun, Mr …«

»Es ist besser, wenn Sie meinen Namen nicht kennen, Dr. Mills. Besser, Sie wissen überhaupt nichts über mich, Punkt.«

Oh-oh. Vielleicht hatte Doris recht.

»Okay. Erzählen Sie mir doch einfach, worum es geht.«

Der Mann lehnt sich an den Behandlungstisch. Er bewegt die Finger der linken Hand, eine subtile, bittende Geste, und Stash setzt sich sofort und nimmt eine Stellung ein, in der seine Flanke das Jeansbein seines Herrchens berührt.

»Wissen Sie, ich habe mit den Leuten in der Stadt gesprochen. Sie haben mir von Ihnen erzählt, haben gesagt, Sie seien ein guter Mann, dass Sie einem schwangeren Mädchen geholfen, einen vermissten Hund gefunden und Gratisuntersuchungen angeboten haben.«

Mann, jeder liebt es, etwas gratis zu bekommen.

»Ich dachte, Sie könnten die Art von Mensch sein, der empfänglich für meinen Vorschlag ist. Ich dachte, Sie sind ein Arzt mit Herz. Ein Arzt mit einem Gewissen.«

Worauf läuft das hinaus? Ich erinnere mich, wie ich vielleicht sechs oder sieben Jahre alt war und meine Mutter mich vor Fremden warnte.

Hüte dich vor Komplimenten von Fremden. Sie wollen etwas, das du nicht geben willst.

Ich schaue zu Stash. Das hier kann nichts Gutes bedeuten.

»Es ist eine ungewöhnliche Bitte, aber Sie und ich haben viel mehr gemeinsam, als Sie wissen.«

Jetzt sind wir aus demselben Holz geschnitzt.

»Ich bin auch hier aufgewachsen. Wie Sie bin ich schließlich zurückgekommen, bloß dass Sie diese Praxis übernommen haben und ich diesen Hund.«

Ich habe Bedside Manor übernommen und er Stash? Was soll das heißen?

»Und ich würde nicht fragen, wäre ich nicht völlig verzweifelt und wüsste, an wen ich mich sonst wenden kann.«

»Ich muss Sie, wer auch immer Sie sind, unterbrechen, denn wenn Sie mich bitten wollen, Ihren Hund einzuschläfern, und wenn dieser Hund keine schmerzhafte oder tödliche Krankheit hat, dann verschwenden Sie Ihre Zeit.«

Der Mann zuckt zurück. »Nicht ihn. Nicht Stash. Ich will, dass Sie mir helfen, mich einzuschläfern, sozusagen.«

Sollte ich nach einer versteckten Kamera suchen? Ist das ein Witz?

Dann beugt sich der Mann über den Tisch, und die Deckenlampe vertreibt die Schatten, nur für eine Sekunde, und ich sehe, was hinter der schwarzen Hoffnungslosigkeit der Augen, die bereits tot sind, liegt.

»Sie sind ein Mann, der Leiden beenden kann.« Sein Tonfall ist kontrolliert, nicht anklagend. »Nun, ich finde, ich habe genug gelitten. Die moderne Medizin hat mir ein Leben gegeben, in dem ich alles verlieren kann und bis zum Ende meiner Tage mit Versicherungen streiten muss. Das einzig Wertvolle, was mir geblieben ist, ist dieser arme Hund, und was für ein Leben hat er?«

Vielleicht könnte ich die Talente des Hundes loben, ein paar Plattitüden loswerden, wie Haustiere uns dabei helfen können, nach vorn zu sehen, unserem Leben einen Sinn geben, aber in diesem Moment fühlt sich das falsch an, banal und schmerzhaft unpassend.

»Sie wollen, dass ich Ihnen beim Selbstmord helfe?«, frage ich, unfähig, den Schock zu überspielen.

»Ich bin kein gesunder Mann, Dr. Mills. Und es wird mir nicht mehr besser gehen. Wir sprechen hier von Tagen, nicht Wochen. Was mir bevorsteht, ist elend und unausweichlich und vor allem würdelos. Ich brauche keine Schmerzmittel. Der Schmerz soll für immer aufhören. Ich weiß, dass Sie wissen, wovon ich spreche. Es ist Ihre Arbeit. Eine Dosis Gnade verabreichen, weil die Natur mich mal kann.«

Ich weiß nicht, wo ich anfangen soll. Letzte Woche war ich ein Arzt, den es verwirrt hat, dass Tierbesitzer immer so persönlich werden und versuchen, mich in ihre überdrehten Leben einzubeziehen. Jetzt bittet man mich darum, Dr. Kevorkian zu spielen.

»O nein«, sagt er, da ihm mein geschockter Gesichtsausdruck offensichtlich auffällt. »Ich will nicht, dass Sie es tun.« Er lacht, als solle mich diese Aussage erleichtern. »Ich brauche nur das Euthanasie-Medikament, das Barbiturat. Zeigen Sie in Richtung der Medikamente, lassen Sie den Schlüssel stecken oder sagen Sie mir, wo ich sie finde, und ich erledige den Rest. Es wird ein Einbruch sein. Sie sind doch versichert, oder? Der Polizei wird's egal sein. Sie werden es Teenager auf der Suche nach Special K unterschieben.«

Ketamin. Special K. Er meint es ernst, auf die schlimmstmögliche Weise, ein tragischer, verstörter, unerreichter Ernst. Dieser Wildfremde will, dass ich ihm beim Selbstmord helfe, und sein Tonfall ist so beiläufig, so entspannt, als wäre er ein Nachbar, der sich eine Leiter ausleihen möchte oder um Hilfe beim Möbelrücken bittet. Es ist surreal. Doch dann schaut Stash für einen Sekundenbruchteil in meine Richtung, und die Realität dieses Dilemmas liegt klar und deutlich vor mir.

»Ich kann Ihnen nicht helfen. Tut mir leid.«

Der Mann neigt seinen Kopf zur Seite, und eine Spur von Kapitulation kriecht zwischen seine grauen, rissigen Lippen. Er achtet darauf, mir Zähne und Zahnfleisch nicht zu zeigen. Es ist, als wüsste er, dass es ziemlich aussichtslos, aber dennoch einen Versuch wert ist.

»Verdammt«, sagt er. »Wenn das Flugzeug sowieso abstürzt, kann man sich genauso gut schlafen legen.«

Dieser Mann hat sein Schicksal angenommen. Die Zeit der Wut und des Kampfes liegt hinter ihm.

»Danke, dass Sie mich angehört haben«, sagt er und geht zur Tür, Stash direkt neben ihm.

»Aber was ist mit Ihrem Pudel?«, frage ich.

Der Mann zögert und dreht sich zu mir um, sichtbar enttäuscht.

»Er ist ein Doodle, kein Pudel. Australisch. Vierte Generation.«

Oh-oh. In der geschützten Welt der Tierpathologie ist mir der populäre Trend entgangen, Pudel mit allen möglichen anderen Rassen zu mischen, was ihnen den Spitznamen »Designerdogs« eingebracht hat. Ich habe noch nie einen aus Fleisch und Blut getroffen. Oder sollte ich sagen, aus Fleisch und Fell. Deswegen ist es so verfilzt, er verliert es nicht und wird offensichtlich auch nicht gekämmt.

»Stash besitzt die Treue eines Labradors und den Verstand eines Pudels.«

»Ich verstehe«, sage ich, und mir fällt auf, wie stolz er klingt. »Was wird mit ihm geschehen?«

Der Mann zuckt in seiner Jacke mit den Schultern, was man kaum sieht. Er wendet sich ab und schaut nicht zurück.

»Das liegt an Ihnen«, sagt er, die Türklingeln läuten, und die beiden gehen.

Was für ein merkwürdiger Kommentar, denke ich. *Wie oder wieso hat dieser Hund etwas mit mir zu tun?*

Doris kommt näher, während ich dabei zusehe, wie Stash dem Mann ins Auto hilft.

»Bevor Sie anfangen«, sage ich, »das ist ein unglaublicher Hund. Treu, aufmerksam und wirklich intelligent.«

»Intelligent genug, um eine Rechnung über Ihre Zeit zu bezahlen?« Doris lässt die Frage ein paar Sekunden im Raum stehen, bevor sie hinzufügt: »Ach, da ist übrigens eine Ärztin auf Leitung zwei. Sie will mit Ihnen über einen Fall sprechen. Sagt, es ist wichtig.«

»Doris, warum haben Sie das nicht gesagt?«

Ich laufe zum Telefon im Behandlungszimmer, denn zum zweiten Mal wird heute mein Wissen für eine zweite Meinung gesucht. Vielleicht habe ich die Tierarztpraxis unterschätzt, als ich dachte, sie würde meinen Verstand nie herausfordern und bestünde nur aus Tagen, die durch die endlose Monotonie von Impfungen und Untersuchungen verschwimmen.

Ja, meine Hände sind etwas eingerostet, und es ist für mich eine Herausforderung, eine sinnvolle Geschichte aus wohlmeinenden, aber umständlich erklärenden Tierbesitzern herauszubekommen, doch Kollegen wollen etwas von dem, was wirklich zählt: Erkenntnis, Wissen und die Fähigkeit, die Wahrheit zu entdecken.

Ich drücke den roten Knopf für die zweite Leitung am Telefon.

»Hallo.«

»Sind Sie Dr. Mills?«

Eine reserviert klingende Frauenstimme.

»Ja.«

»Mann, Mann, Mann, Sie haben ja Nerven. Hier ist Dr. Honey von Healthy Paws, und ich habe keine Ahnung, woher Sie kommen oder welche Art von Voodoo-Medizin Sie praktizieren, aber hier stiehlt man einander keine Patienten.«

Mein Schweigen beruht auf aufrichtigem Schock, aber sie redet weiter.

»Oh, bitte, ich meine Sox Sauer, der Boxer, kleiner Knoten an der Schulter. Sind Sie wirklich so verzweifelt? Würde es Ihnen helfen, wenn ich Ihre Visitenkarte in der örtlichen Hundeschule verteile? Sie sind die Tierarztversion eines Anwalts, der Krankenwagen jagt. Tun Sie das nie wieder, ich wiederhole, nie wieder. Falls doch, sehe ich mich gezwungen, rechtliche Schritte einzuleiten.«

Die Leitung ist tot, bevor ich etwas erwidern kann.

SIEBEN

Kein Schmiergeld, keine Verhandlung, keine vorauseilende weiße Flagge. Jetzt bin ich wütend genug, um Leib und Leben zu riskieren. Ich stürme in feindliches Gebiet, ein menschlicher Fallwind, und durchwühle Doris' Schreibtisch auf der Suche nach Sox Sauers Krankenakte.

Es klopft scharf ans Glas, dann bedeutet mir ein Zeigefinger, dass ich aufhören soll, gefolgt von einer aggressiven Handbewegung, wegen der ich mich auf die gegenüberliegende Seite des Wartezimmers zurückziehe. Doris steht auf der anderen Seite des Fensters und sieht mich mit einem mörderischen Blick an. Mein Verbrechen ist ernst. Ich sehe, wie eine halb gerauchte (ja, richtig gelesen) Kippe in den Schnee geschnippt wird.

Die Vordertür klingelt.

»Was, zur Hölle, tun Sie da, Dr. Mills? Meine Ablage ist nach einem genauen System organisiert.«

»Sox Sauer. Ich brauche seine Akte. Sofort.«

Doris tritt hinter den Schreibtisch, behält mich dabei demonstrativ im Auge, raschelt hier mit einem Blatt Papier, dort mit einer Rechnung, und plötzlich ist sie da, in ihren eifrigen gelblichen Klauen.

»Meinen Sie diese hier, Dr. Mills?« Ihre Worte klingen hart, eine wütende Hornisse, entschlossen zuzustechen.

Ich nehme die Akte, mein Nicken der einzige Dank, den sie von mir bekommt. Es geht mir nicht um die Notizen zu dem Fall, sondern um Ms Sauers Telefonnummer.

»Wenn Healthy Paws glaubt, ich sei darauf aus, eine Kundin zu stehlen, dann sollte ich wohl herausfinden, was diese Kundin ihnen erzählt hat.«

»Marjorie Sauer tut vielleicht streitlustig«, sagt Doris, »aber sie flüstert lieber. Nicht wie ich. Ich sehe gern die Angst in ihren Augen.«

Was für eine Überraschung.

Zurück im Behandlungszimmer, wähle ich die Nummer in der Patientenakte.

»Hallo, Ms Sauer, hier ist Dr. Mills von Bedside Manor. Sagen Sie, hatten Sie nach unserem Termin heute Morgen Kontakt zu Dr. Honey?«

»Nein.«

»Oh.«

»Aber dieser Manager hat mich angerufen. Dork, Dorkus oder so.«

»Mr Dorkin.«

»Ja, der. Er wollte wissen, was ich heute Morgen in Bedside Manor gemacht habe, und ich habe es ihm gesagt. Dann fing er an, ganz mitfühlend und entschuldigend zu reden, wollte wissen, wie Healthy Paws mich und Sox richtig behandeln könnte, und ich habe ihm gesagt, es wäre schon mal ein Anfang, gewissenhafte und verletzliche Tierbesitzer nicht auszunehmen, indem man zu unnötigen Operationen rät. Und daraufhin ist er ausgerastet und hat mir verkündet, wir seien in Healthy Paws nicht mehr erwünscht – gefeuert, hat er sagt. ›Sie sind gefeuert.‹ Als wäre er Donald Trump.«

Ein Schniefen und stockendes Atmen, während Marjorie Sauer langsam die Fassung verliert.

»Dann, stellen Sie sich mal vor, sagt er, er würde mir gern andere Tierarztpraxen empfehlen. Ich sage: ›Nicht nötig, wir werden von jetzt an zu Bedside Manor gehen‹, und dann kommt diese merkwürdige Lache, und der unverschämte

Mann sagt: ›Der Laden wird in acht Tagen pleite sein. Sie haben gerade die Brücken hinter sich abgerissen, Lady.‹ Und dann legte er auf.«

Ich hatte recht. Dorkin hatte Sox tatsächlich als Healthy-Paws-Patienten erkannt. Und der Kerl hat ein hässliches Temperament. Aber das Ganze hat auch etwas Positives: Es gibt nur einen Grund, warum er unsere Konkurrenz so ernst nimmt: Er macht sich Sorgen.

Mein Handy in meiner Tasche beginnt zu vibrieren.

»Keine Sorge, Ms Sauer, das ist nur heiße Luft von Dorkin. Wir werden nicht verschwinden.«

Ich beende den einen Anruf und nehme den nächsten an, ohne die Nummer auf dem Display zu erkennen.

»Hey, Doc, haben Sie Zeit zu reden?«

»Äh, wer ist da?«

»Ich bin's, Charlie Brown, erinnern Sie sich? Marmalade Succabone, Katzenpornostar.«

»Richtig, Charlize.«

»Also, ich habe mit meiner Mom gesprochen, und sie wird auf ihrem Nachhauseweg durch Eden Falls fahren. Sie wird Ihnen einen Scheck für den Hausbesuch geben. Könnten Sie sie vielleicht im Diner in der Main Street treffen?«

»Ja, sicher.«

»Klasse. Sieben?«

»Okay. Aber wäre es nicht einfacher …«

»Ich wiederhole nur, was sie gesagt hat. Tragen Sie immer noch diesen hässlichen Schlips?«

»Wie bitte? Ich mag diesen Schlips zufällig.«

Ich betrachte den schmalen Streifen aus 100 Prozent Mikrofaserpolyester, der von meinem Hals herabbaumelt. Er ist weiß mit knallroten Streifen.

»Also bitte! Er sieht wie eine Zuckerstange aus. Aber nehmen Sie ihn nicht ab. Daran wird sie Sie erkennen. Daran und nach meiner Beschreibung, dass Sie total geil aussehen!«

Ich höre das Lachen, dann ist die Leitung tot.

Fünf vor sieben, und ich kann zwischen mehreren leeren Tischen wählen. Ich entscheide mich für einen an der Eingangstür mit Blick auf alle, die eintreten. Ich frage mich, ob das Diner an den Abenden, an denen Amy »Pläne« hat, ruhiger ist. Ich behalte meine Winterjacke an, aber öffne den Reißverschluss, um meinen »hässlichen« Schlips deutlich zu zeigen. Ich habe mich kaum hingesetzt, als neben mir eine Kellnerin auftaucht, die ich nicht kenne.

»Doc Mills, stimmt's?«

Sie ist jung und hat stachelige orangefarbene Haare, ein glitzerndes Piercing im rechten Nasenflügel und ein Plastiknamensschild, dem ich entnehme, dass sie Mary heißt.

»Richtig.«

»Ich komme morgen zu Ihnen. Wegen meines Hundes, Gilligan. Amy hat gesagt, wenn irgendwer ihm helfen kann, dann Doc Mills.«

Ich lächle. Die Vorstellung, dass Amy hinter meinem Rücken über mich redet, mich lobt, gefällt mir.

»Ich werde auf jeden Fall mein Bestes geben.« Ich schaue auf meine Uhr: fast sieben. »Amy hat heute Abend also frei?«

»Ja, sie hat mich gebeten, für sie einzuspringen, und ich kann das zusätzliche Geld immer gebrauchen.«

Normalerweise würde ich nicht weiterbohren, aber das Stechen in der Magengrube verschwindet nicht. »Ach, hat sie denn was Besonderes vor?«

Ihre Nase zuckt, wodurch sich das Licht in ihrem Piercing fängt, und ich befürchte, sie hat mich durchschaut.

»Keine Ahnung, aber sie hat ein Kleid aus der Reinigung

geholt und ist zum Friseur. Es sieht also so aus. Aber was rede ich da nur, was kann ich Ihnen bringen?«

»Eigentlich treffe ich noch jemanden. Sie sollte jeden Moment hier sein.« Da Amy nicht hier ist, habe ich nicht die Absicht, länger zu bleiben. Sobald Mrs Brown mir meinen Scheck gibt, bin ich weg. »Ich warte noch einen Moment, wenn das in Ordnung ist.«

»Einen Kaffee, solange Sie warten?«

»Warum nicht.«

»Sahne, kein Zucker, stimmt's?«

Woher wusste sie das? Wie viel hat Amy eigentlich von mir erzählt?

»Perfekt.«

Ich lehne mich zurück und wünschte, ich hätte etwas zu lesen dabei. Ich hasse es, Däumchen zu drehen, wenn ich stattdessen über katastrophale Rinderkrankheiten recherchieren könnte oder nach Weight Watchers für Katzen, anstatt mir vorzustellen, wie Amy irgendwo ist, wo man ein Kleid anziehen muss. Frauen gehen aus zwei Gründen zum Friseur – entweder um eine Konkurrentin auszustechen oder um einem Mann zu gefallen. Wie groß ist die Wahrscheinlichkeit, dass dieses bedeutende Date nichts mit dem geheimnisvollen Anrufer zu tun hat, der sie zum Kichern bringen konnte?

»Bitte schön«, sagt Mary und stellt die dampfende Tasse vor mich. »Sagen Sie mir Bescheid, wenn Sie Ihre Meinung ändern sollten.«

Ich danke ihr und schaue auf, als ein bärtiger Mann in einem Holzfällerhemd auf seinem Weg zur Theke vorbeieilt. Noch fünf Minuten, mehr gebe ich ihr nicht, dann kann diese nervige Mrs Brown, verdammt noch mal, zu Bedside Manor fahren und den Scheck – bequem für mich, nicht für sie – abgeben.

15 Minuten später schaue ich über meine Schulter nach

Mary, um meinen Kaffee zu bezahlen, als mir ein Dominoeffekt bei den Männerköpfen auffällt, die sich nacheinander zur Eingangstür umdrehen. Ich mache dasselbe und entdecke eine Frau, die am Eingang steht – goldfarbene Haare, die perfekt hochgesteckt sind, professionell aufgetragenes Make-up (die Art, die so aussehen soll, als trüge man keines), ein kurzer weißer, doppelreihiger Trenchcoat, Jeans und kniehohe Lederstiefel. Falls dieser Neuankömmling Mrs Brown ist, dann arbeitet sie entweder für *Vogue*, oder sie ist völlig overdressed, um lediglich eine Rechnung zu bezahlen.

Warum kommt sie auf mich zu?

»Mr Lovelace? Thomas Lovelace?«

»Ich bin … wie bitte?«

»Der Schlips. Zu lustig. Und viel origineller als eine rote Nelke.«

Rote Nelke?

»Ich bin Dr. Winn Honey«, sagt sie und streckt mir die Hand entgegen.

Winn Honey. Dr. Honey. Dr. Honey, die Tierärztin von Healthy Paws, die mich hasst. Warum, um Himmels willen, begrüßt mich diese Frau, als wären wir zu einem Blind Date verabredet?

Verdattert, den Mund offen und sprachlos, beobachte ich, wie meine Hand nach oben greift und ihre Hand nimmt.

»Darf ich mich setzen?«

Sie öffnet bereits ihren Mantel, hängt ihn an den Messinghaken am Rand und setzt sich mir gegenüber auf die Bank, die Fingerspitzen ihrer rechten Hand richten ihre Frisur.

»Tut mir leid, dass ich zu spät bin. Die Arbeit.« Sie strahlt mich noch einmal mit großen Augen an und atmet scharf ein. »Aber reden wir nicht direkt darüber. Soll ich anfangen, oder wollen Sie lieber?«

Der einzige Grund, warum ich nicht wie ein kompletter

Idiot sabbere, ist das Adrenalin, das durch meinen Körper rauscht und meinen Speichel verschwinden lässt. Die Logik ist unwiderlegbar. Da sie den Namen Tommy Lovelace benutzt hat, müssen die Mutter von Charlie Brown und Doc Honey ein und dieselbe Person sein. Die Frage möchte ich gerade stellen, als mein Handy in meiner Hose vibriert, die Nummer des Anrufers erkenne ich. Erstaunlich. Genau in diesem Moment kann ich mir niemanden vorstellen, mit dem ich lieber sprechen möchte.

»Würden Sie mich eine Minute entschuldigen? Diesen Anruf muss ich annehmen.«

»Natürlich. Möchten Sie noch einen Kaffee?«, fragt meine Gegnerin und zeigt auf meine leere Tasse.

»Warum nicht«, antworte ich und gehe schnell durch die Tür in die Nacht.

Ich klappe das Telefon auf.

»Ist sie schon da?«

»Ja, Charlize, sie ist da. Möchtest du, dass ich ihr erzähle, dass du ihr ein Blind Date mit einem Tierarzt und nicht mit einem Pornostar vermittelt hast?«

Schweigen, dann ein Seufzer, dann: »Es war Gabes Idee. Okay, Gabes und meine Idee. Er dachte, ich könnte Marmalade benutzen, um Sie kennenzulernen. Wir wollten, dass Sie beide zusammenkommen, weil wir Sie beide wirklich mögen, und Gabe wollte sich revanchieren, weil Sie so cool wegen des Haschs waren. Und ich habe die Nase voll davon, dass meine Mom komische Männer im Internet findet und sie dann nach dem ersten Date nach Hause bringt wie so eine sexhungrige Schlampe. Das ist so peinlich.«

»Du hast – was? Nein, nein, das ist lächerlich und völlig unpassend. Es tut mir leid, Charlize, du lässt mir keine Wahl, als …«

»Es ist zu spät. Gabe hat Sie schon über eine Partnerwebsite zusammengebracht: Loveatfirstsite.com. Aber keine Sorge, er hat weder Ihren Namen noch sonst was benutzt, um ein Profil anzulegen.«

Ein schlagfertiges »Was für eine Erleichterung«, fällt mir nicht ein, weil eine Überraschung die nächste jagt.

»Mom denkt, Sie sind Mr Tommy Lovelace. Sie hat von der Website eine E-Mail erhalten, in der steht, dass Sie beide zusammenpassen und dass Sie unbedingt überprüfen wollen, ob es funkt, ob es Liebe auf den ersten Blick ist.«

Ihr Säuseln macht die Sache nur noch schlimmer, während ich vor dem Diner-Eingang hin und her laufe, der Nebel in meinem Kopf so dicht wie der meines Atems. »Mal ganz langsam, ihr beide habt heimlich ein Profil auf einer Partnerschaftsseite im Internet angelegt und mich hierhergelockt, um deine Mom zu treffen, und sie hat von alldem keine Ahnung?«

»Hören Sie«, sagt Charlize, »Sie können jederzeit weggehen. Deswegen haben wir Ihnen ja eine gefälschte Identität verliehen und einen neutralen Treffpunkt ausgesucht. Mom hat keinen blassen Schimmer, wer Sie wirklich sind.«

»Dann«, sage ich und denke an ihren wütenden Anruf wegen Sox Sauer, »waren deine Sorgen über Marmalades Gewicht nur gespielt, um das hier einzufädeln?«

»Nein… eigentlich nicht«, sagt Charlize, aber ich spüre eine Veränderung in ihrem Tonfall, aus dreist und kühn wird unsicher, sogar nachdenklich. »Meine Mom hat tatsächlich all diese Tests gemacht und weiß immer noch nicht, warum Marmalade so fett ist. Vielleicht sind Sie ja clever genug herauszufinden, wo sie falschliegt.«

Ich weiß nicht, ob das eine Herausforderung oder eine Bitte ist. So oder so, wenn der zweite Fall, den ich Healthy Paws klaue, zufällig Dr. Honeys eigene Katze ist, werde ich zuerst einen Krankenwagen brauchen und dann einen Anwalt.

»Glaubst du nicht, dass es ein bisschen schwierig werden könnte, mich als Tierarzt von einer konkurrierenden Praxis zu outen?«

»Vielleicht. Aber nach dem Typ Mann zu urteilen, bei dem sie normalerweise landet, wird sie eine Möglichkeit finden, Ihnen zu vergeben, wenn Sie beide zusammenkommen. Sie wissen schon, geringes Selbstwertgefühl?«

Trotz all ihrer Machenschaften und der Last der blamablen Position, in die sie mich gebracht hat, bewundere ich unwillkürlich ihre Chuzpe.

»Gehen Sie einfach, und sie wird nie etwas erfahren. Ich würde es Ihnen nicht übel nehmen, besonders wenn sie anfängt, über Arbeit und noch mehr Arbeit zu plappern.«

Und damit hat Charlie Brown unbeabsichtigt (jedenfalls hoffe ich das) den Köder ausgelegt.

»Einen Moment mal«, sage ich und bleibe vor einem Schwarzen Brett links am Diner-Eingang stehen. »Was genau hat Gabe sich denn für diesen Mr Tommy Lovelace einfallen lassen?«

Auf einem Schwarzen Brett vor dem Diner, neben einem handgeschriebenen Aushang, dass jemand nach einem ausgerissenen Teenager sucht, hängt ein Poster, das mich von Charlies Antwort ablenkt.

Healthy Paws und die Eden Falls Knights of Columbus
präsentieren
Erste Hilfe für Tiere
Ein Vortrag der Healthy-Paws-Tierärztin,
Dr. Winn Honey, VMD
Für das leibliche Wohl ist gesorgt.
Auch für das Ihrer vierbeinigen Freunde.
Hunde willkommen*

»Er hat alles vage gehalten. Außer Ihrem Beruf.«

Hunde willkommen. Aber da ist ein Sternchen. Mein Blick saust nach unten. Wo ist die Fußnote, welche Einschränkung gilt?

»Doc, sind Sie noch da?«

Ich finde es nicht. »'tschuldigung, das Letzte habe ich nicht gehört.«

»Gabe hat Filmkritiker bei einer Onlinezeitschrift als Ihren Beruf angegeben. Er wusste nicht, was er sonst schreiben sollte. Falls es hilft, er hat auch gesagt, dass Sie Tiere lieben.«

Dr. Honey hält hier einen Vortrag, in Eden Falls? Zuerst annoncieren sie in der *Gazette*, dass sie gratis Untersuchungen anbieten, und jetzt wollen sie die Tierbesitzer in meinem Revier ansprechen.

»Okay. Ich warte mal ab, was geschieht … Aber vergiss das Märchenende. Deine Mutter ist vielleicht eine attraktive Frau, aber ich bin nicht interessiert. Im Moment würde ich am liebsten abhauen, aber das wäre unverschämt und verletzend und unfair gegenüber einer Frau, der von ihrer eigenen Tochter vorgegaukelt wird, ein Computerprogramm habe gerade ihren Seelenverwandten entdeckt. Und glaub bloß nicht, ich würde nichts verraten, sollte das hier unangenehm werden.«

Es wird still in der Leitung, und zum ersten Mal, seit ich bloß in Hemd und Schlips nach draußen gegangen bin, spüre ich die Kälte.

»'tschuldigung«, sagt sie, und ich brauche ihr Schluchzen gar nicht zu hören, um zu wissen, dass sie es ehrlich meint.

»Charlie.«

»Was?«

»Für meinen Hausbesuch heute werde ich wohl nicht bezahlt, oder?«

»Nein«, sagt sie, »es sei denn, der Eisgutschein zählt.«

Zurück im Diner, wendet Dr. Honey mir den Rücken zu

und nippt an einem Kaffee. Die Tatsache, dass sie nicht davongestürmt ist oder nach mir gesehen hat, kann nur eines bedeuten – Mary, die Kellnerin, hat nicht verraten, dass ich eigentlich Cyrus Mills bin. Wie lang kann das noch dauern?

»Das tut mir sehr leid«, sage ich und quetsche mich wieder auf die Bank. »Unhöflich von mir, und ich entschuldige mich.«

»Kein Problem«, sagt Honey und mustert mich mit nervtötender Genauigkeit über den Rand ihres Bechers hinweg, dann stellt sie ihn seitlich ab.

»Hör ich da einen Akzent, Tom? Entschuldigung, ziehen Sie Tom vor oder Tommy oder Thomas?«

»Tom ist in Ordnung«, stammele ich, »und ja … äh … ich habe eine Weile in … Mississippi gelebt, da schleicht sich ab und zu ein Akzent ein.«

Dr. Honey setzt sich etwas aufrechter hin und spielt mit dem Bechergriff. »Das klingt nett. Mir gefällt es.«

Ich schätze, dass sie etwas älter ist als ich, Mitte vierzig, und mein Interesse wird mit einem breiten Lächeln belohnt. Ich bin sprachlos. Deswegen war ich noch nie auf einem Blind Date. Die einzigen zwei Fragen, die mir einfallen, sind: »Machen Sie Sport?« und »Wie groß sind Sie?«. Beide Fragen hören sich so an, als würde ich mich fragen, ob sie sich wohl wehren würde oder ob sie in das Grab in meinem Keller passt. Ich tauge überhaupt nicht hierfür.

Ich bin froh, dass ich kein Wort herausgebracht habe, als sie mich am Telefon wegen Sox Sauer fertiggemacht hat. Sie hat meine Stimme ganz offensichtlich nicht erkannt.

»Möchten Sie noch etwas?«, fragt Mary, die mit der Glaskaffeekanne vorbeirauscht.

»Alles in Ordnung«, sagt Dr. Honey und legt ihre Hand auf ihren Becher. Ich tue so, als tränke ich, schüttle meinen Kopf, und obwohl Mary weitergeht, macht sie mir nichts vor. Ich weiß, dass ich beobachtet werde. Amys Kollegin ist offensichtlich neugierig wegen des Treffens von Dr. Mills und einer schönen fremden Frau. Plötzlich lässt das unangenehme, krampfende Gefühl in meinem Bauch nach, wenn ich an Amy mit einem anderen Mann denke, wenn ich mir überlege, was Mary zu sehen glaubt und Amy berichten wird.

»Sie wollten anfangen«, sage ich, als wäre mir das übliche Blind-Date-Protokoll geläufig.

»Ladies first«, sagt Dr. Honey und faltet die Hände vor sich auf dem Tisch. »Das gefällt mir.« Ich befürchte, dass sie ihre 30 Sekunden auswendig kann. »Ich heiße Winifred, altmodisch, ich weiß, aber Freunde nennen mich Winn. Ich bin Tierärztin, ich liebe also Tiere. Ich bin eine hoffnungslose Romantikerin, aber ab und zu mag ich es locker, falls Sie wissen, was ich meine. Ich liebe gutes Essen, guten Wein, gute Bücher und gute Filme.«

»Gut… gut«, sage ich nickend und fühle mich absolut nicht gut. Sie hat sich in fast jede Richtung abgesichert. Würde ich sagen, dass ich ein abstinent lebender, analphabetischer, veganer Einsiedler wäre, ich bin mir ziemlich sicher, dass ich immer noch eine Chance hätte.

»Arbeiten Sie hier in Eden Falls?«

Na, wie habe ich das gemacht? Links angetäuscht, nach rechts abgebogen.

»Nein, ich arbeite bei Healthy Paws in Patton.«

»Sind Sie gern Tierärztin?« Da ich diese Frage mein Leben lang immer wieder beantworten musste, weiß ich, worauf diese dämliche Unterhaltung hinausläuft. »Ich meine… es muss doch sehr erfüllend sein, aber auch sehr traurig, wenn man immer wieder Tiere einschläfern muss.«

Winn Honey schaut nach unten auf den Tisch und dann wieder zu mir.

»Ich habe mir geschworen, Sie nicht mit Jammereien über die Arbeit zu langweilen.«

»Seien Sie nicht albern«, sage ich. Ich kann gar nicht glauben, dass ich in die glitzernden grünen Augen des Feindes sehe. Das ist so falsch. Das Mindeste, was ich tun sollte, ist aufstehen und weggehen.

»Es fasziniert mich, wie ein modernes Tierkrankenhaus funktioniert.« Ich weiß, ich weiß, aber wenigstens sage ich die Wahrheit. »Als Kind wollte ich immer Tierarzt werden.« Na bitte, solange ich nicht geradeheraus lüge, fühlt sich die Fassade gar nicht so schlecht an.

»Ach, ich weiß nicht«, sagt sie seufzend. »Mein Boss ist ein totaler Arsch, ehrlich gesagt.«

»Ihr Boss?«

»Sorry, Manager. Heute musste ich die Tierarztpraxis am Ende der Straße« – sie deutet über ihre Schulter – »anrufen, er stand die ganze Zeit über direkt vor mir, während ich wegen Kundenklau rumgebrüllt habe. Er hat irgendeine Art von Vendetta gegen sie laufen.«

»Moment mal, der Typ hat Ihren Kunden geklaut?« Kaum dass ich die Worte ausgesprochen habe, will ich sie wieder zurücknehmen. Woher sollte ich wissen, dass sie einen Mann am Telefon angebrüllt hat?

»Es ist kompliziert, aber mein Boss denkt, wenn ich einen Kunden verliere, dann muss ich etwas falsch machen. Es reichte, um eine zweite, schriftliche Verwarnung innerhalb von ebenso vielen Tagen zu bekommen.«

Sie erläutert es nicht, also ermuntere ich sie. »Die zweite?«

»Dienstagabend hatte ich Bereitschaftsdienst, aber ich habe vergessen, mein Handy auf Vibrationsalarm zu schalten. Ich habe dadurch einen Notfall verpasst.«

Ah, Tallulah, der Haschbrownie fressende Mastiff.

»Noch eine Sache gegen mich, und ich bin raus, gefeuert, Zeit, mir einen neuen Job zu suchen, und wegen einer Wettbewerbsklausel müsste ich aus der Region wegziehen.«

»Wettbewerbsklausel?«

»Vergessen Sie's«, sagt sie und wedelt mit einer Hand vor ihrem Gesicht. »Es bedeutet nur, dass ich am Samstag nicht versagen darf. Ich muss diesen dämlichen Vortrag hier in Eden Falls bei den Knights of Columbus halten. Es soll das Geschäft ankurbeln, eine Ausrede, um Werbung für unsere Praxis zu machen. Sie sollten kommen, falls es Sie interessiert.«

»Das tut es«, sage ich, und dann, die Tatsache ignorierend, dass ich dort sofort als Cyrus Mills entlarvt würde, füge ich hinzu: »Das werde ich.«

Sie scheint übermäßig zufrieden, als hätten wir durch dieses Versprechen bereits eine gemeinsame Zukunft.

»Sie sind dran«, sagt sie, und dann, als sie die Angst erkennt, die mein Gesicht verzerrt, streckt sie die Hand über den Tisch und berührt meine. »Ihr erstes Blind Date?«

Ich nicke, und dann wird mir klar, dass ich damit weitermachen kann, diese Lüge aufrechterhalten kann, solange ich bei der Wahrheit bleibe.

»Lassen Sie sich Zeit«, sagt sie beruhigend. »Keine Eile. Was auch immer Ihnen einfällt.«

»Also … ich komme aus Eden Falls. Es ist offensichtlich, dass ich gern Filme sehe.« Mein verlegenes, nervöses Lachen ist echt.

»Offensichtlich«, sagt sie und zeigt wieder ihre irritierend weißen Zähne. Es ist, als würde sie einen frechen Jungen dazu bringen wollen, seine Untaten zuzugeben.

»Äh, nun ja, ich würde sagen, dass ich eine gewisse … Verbundenheit mit Tieren empfinde.«

»Verbundenheit? Interessant.«

Nur zehn Prozent aller Männer und Frauen bekommen ein zweites Date, wenn sie sagen, dass sie keine Tiere mögen.

»Es beschäftigt mich, was in ihnen vorgeht.«

»Wirklich. Wie ein Tierpsychiater?«

O Gott. »Ein bisschen«, sage ich und überlege, wie ich wieder zu den Geheimnissen von Healthy Paws zurückkehren kann.

»Sagen Sie«, wirft sie ein und versucht, mir aus der Klemme zu helfen, »was ist Ihre größte Stärke?«

Ich lege theatralisch die Finger an mein Kinn. Vertrauenswürdigkeit und Ehrlichkeit gehen natürlich nicht. Logisches Denken und Intelligenz klingen etwas arrogant.

»Ich bin ein guter Zuhörer«, antworte ich. »Was bedeutet, ich würde schrecklich gern weitere Geschichten von Ihrer Arbeit hören.«

»Größte Schwäche?«

Es tut weh, Aufrichtigkeit und Hoffnung in ihren Augen zu sehen.

»Das ist leicht. Stur. Vorschnell urteilend. Manchmal impulsiv.«

»Impulsiv?«

Dr. Honey scheint dieses Wort zu sehr zu gefallen.

»Ich neige dazu, voreilige Schlüsse zu ziehen«, füge ich hinzu. »Nicht immer die richtigen.«

Ihr Kopf legt sich ein bisschen schräg. »Hat Sie das in Ihren früheren Partnerschaften in Schwierigkeiten gebracht? Bei Ihrer Exfrau …?«

Oh, okay, jetzt fischt sie nach Infos.

»Ich war noch nie verheiratet. Sie?«

Sie zögert. Vielleicht erinnert sie sich daran, was schiefgelaufen ist, oder sorgt sich, was sie zugeben muss. »Schuldig.«

Komische Wortwahl, als hätte sie ein Verbrechen begangen.

»19 Jahre verheiratet.«

»Unüberbrückbare Differenzen?«, frage ich.

»Unüberbrückbarer Hass«, blafft sie, und ich bemerke, dass sie es ernst meint.

»Kinder?«

Zum ersten Mal wirkt sie ein bisschen nervös.

»Nur eines – ein Mädchen, Teenager. Aber sie wohnt bei ihrem Vater. Sie wollte in ihrer alten Schule bleiben. Ich sehe sie oft. Eigentlich lebe ich allein, abgesehen von der Liebe meines Lebens, Marmalade.«

Na, na, ich bin nicht der Einzige, der Märchen erzählt. Hat Winn Honey gemerkt, dass ein Kind ihre Chancen auf ein Date stark verringert? Und warum hat sie Charlie nicht beim Namen genannt? Spielt da irgendeine fehlgeleitete Wut auf den Ex rein? Ich weiß, wie es ist, mit der Schuld zu spielen, da ich den Mädchennamen meiner Mutter angenommen und meinen Vater 15 Jahre lang ignoriert habe. Es hat seinen Tod und seine sterbende Tierarztpraxis gebraucht, bis mir, zu spät, bewusst geworden ist, was für ein Idiot ich gewesen bin. Ich frage mich, wie weit diese sitzengelassene Frau gehen wird, um mit diesem viel geschmähten Mr Brown in Wisconsin zu konkurrieren.

»Marmalade. Ich rate mal – eine rote Katze.«

»Sehr gut. Vielleicht haben Sie ja übersinnliche Kräfte?« Das nächste Lächeln ist sehr schüchtern, nicht unangenehm, und ich kann mir vorstellen, dass ihr das in der Vergangenheit schon gute Dienste geleistet hat. »Hören Sie, nach meinem Tag könnte ich wirklich etwas Stärkeres als Kaffee vertragen. Haben Sie Lust auf einen echten Drink? Wir könnten an der Theke weiterreden, oder wenn es Ihnen lieber ist, in meinem Kühlschrank zu Hause steht ein guter Chardonnay.«

Ich erinnere mich gerade daran, dass Charlie Brown sich vor der Neigung ihrer Mutter zu One-Night-Stands ekelt, als eine meiner Kundinnen von Bedside Manor durch die Tür des Diners stampft. Ethel Silverman ist ein schrulliges, altes Klatschweib, verglichen mit ihr wirkt Doris richtig diskret und mitfühlend. Ihre Raubtieraugen erspähen mich. Sie richtet sich auf, geht aber direkt auf die Theke zu. Wie lange wird es dauern, bis sie mich miesepetrig auf den neuesten Stand der Hautkrankheit ihres Huskys Kai bringt?

»Ja … äh … das klingt perfekt … super, aber …« *Denk nach, Cyrus, denk nach.* »Aber … ich werde ehrlich sein … ich war mir nicht sicher, dass dieses … Treffen, so …«

»Lassen Sie mich raten, Sie mögen Brünette lieber?«, sagt sie mit einem Lächeln, das ihre Verletzlichkeit kaum verbirgt. Ich sehe es in den feinen Fältchen und den Linien in ihrem sorgfältig aufgetragenen Make-up: die Unsicherheit, die ewige Narbe, die zurückbleibt, wenn eine Frau wegen einer anderen von ihrem Ehemann verlassen wurde.

»Nein, natürlich nicht.«

Das stimmt, ganz allgemein und vorurteilsfrei gesprochen, aber sie scheint zu bemerken, dass meine Aussage vor allem objektiv, nicht emotional ist.

»Was ist dann das Problem?«

»Es gibt keines. Ich dachte, wir könnten erst mal feststellen, ob etwas zwischen uns entsteht.«

»Und entsteht da was?«

»Mehr, als Sie sich vorstellen können«, sage ich, greife in meine Tasche und lege einen Zwanzigdollarschein auf den Tisch. Ich möchte gehen, bevor Ethel und Mary mich verraten, auch wenn ich das Wechselgeld brauche und bei Dr. Honey nicht den Eindruck hinterlassen will, dass ich sie mit einem großen Trinkgeld beeindrucken möchte.

»Sind Sie sicher, dass Sie nicht verheiratet sind?«

»Absolut.«

»Hmm.« Wieder blendet sie mich mit ihrem Lächeln. »Sie sind wirklich ziemlich anders, Thomas Lovelace. Komischer Name, aber Sie haben mein Interesse geweckt.«

»Und Sie meines«, sage ich und stehe auf. »Dann … äh … schicken Sie mir eine E-Mail, und ich hoffe, dass ich schon bald auf Ihr Angebot eingehen kann.«

Wenigstens besteht bei ihr zu Hause kein Risiko, als Cyrus Mills entlarvt zu werden.

»Ich mache keine Witze«, sage ich und reiche ihr die Hand. Und dann, in einer Mischung aus Wahrheit und Flirt, fällt mir etwas ein, das ich unwillkürlich hinzufügen muss: »Ich möchte noch so viel mehr über Sie erfahren.«

DONNERSTAG

ACHT

Ich hatte nicht erwartet, Mary aus dem Diner sobald schon wiederzusehen, aber dank ihres orangefarbenen Haars ist sie die erste und einzige Person, die ich in einem chaotischen Wartezimmer erkenne. Es ist Lewis' Praxisvormittag, und manchmal fühlt es sich so an, als läge unsere Attraktivität als Tierärzte an gegensätzlichen Polen. Lewis zieht mit seiner magnetischen Kraft die Massen an, während ich sie mit magnetischer Kraft abstoße. Doch vor fünf Minuten wurde ich auf dem Treppenabsatz zu meiner Wohnung ungewöhnlich begrüßt.

»Hey, sind Sie da oben wach? Hier wartet jemand.«

Ah, Doris, mein heiterer Weckruf, was täte ich ohne sie?

Ich schnappe mir die Akte auf ihrem Schreibtisch (sie liegt allein da, frisch und dünn, neben einem beeindruckenden Stapel Krankenakten für Lewis) und marschiere zu Mary. Ich versuche, ihren gleichgültigen Gesichtsausdruck zu interpretieren. Was, wenn Doc Honey sie, nachdem ich gegangen war, über den geheimnisvollen Tommy Lovelace ausgefragt hat? Wurde meine wahre Identität enthüllt? Falls ja, wie viel hat Mary Amy erzählt?

»Er ist draußen im Wagen«, sagt Mary, als ich sie begrüße, »er ist leicht gestresst.« Sie steckt den Kopf aus der Vordertür und brüllt: »Drew! Drew, los, komm.«

Ein rothaariger Mann steigt aus einem Pick-up, er trägt einen Border Collie in den Armen wie ein unförmiges Möbelstück, und ich führe die drei nach hinten ins Labor. Ich entschuldige mich mit der Behauptung, unser anderes Behandlungszimmer würde gerade renoviert (jedenfalls wird es das, falls die Praxis bis Monatsende im Geschäft bleibt).

»Das ist mein Mann, Drew. Er ist Mechanikerlehrling an der Tankstelle weiter unten in der Straße«, sagt sie, und ihre Vorstellung klingt wie eine Entschuldigung für die schwielige, ölverschmutzte Hand, die er zur Begrüßung ausstreckt. Er drückt fest, schüttelt kaum, der Hund in seinen Armen hält absolut still. Mit still meine ich steif, als wäre das Tier ausgestopft oder müsste aufgetaut werden. Als Mary *gestresst* sagte, meinte sie anscheinend *vor Angst erstarrt*.

»Und das ist Gilligan«, sagt Mary, als Drew das schüchterne Wesen schließlich auf dem Boden absetzt. Der Collie wird lebendig, er rennt auf der Stelle wie ein Cartoonhund, schlittert kratzend über das Linoleum und huscht hinter Mary wie ein Kind, das sich hinter dem Rock seiner Mutter versteckt oder, in diesem Fall, hinter ihrer schwarzen Jeans.

»Na komm, Gil, komm vor.«

Soweit ich das sehen kann, ist Gilligan ein hübscher, dreifarbiger Hund, schwarz, braun und weiß mit aufmerksam gespitzten Ohren. Sein buschiger Schwanz ist so fest unter ihm zusammengerollt, er schreit praktisch: »Denken Sie nicht mal daran, mir die Temperatur zu messen.« Er erlaubt mir keinen Blickkontakt und verbirgt seinen Kopf in Marys Kniekehlen. Vielleicht denkt Gil, wenn er mich nicht sieht, kann ich ihn auch nicht sehen.

»Sehr intelligente Rasse«, sage ich.

»Ich weiß«, sagt Mary, sie nimmt das offensichtlich als Kompliment.

»Die Hunde, die am schnellsten ein Autofenster öffnen.«

Sie sieht verwirrt aus.

»Ein Border Collie namens Striker«, sage ich. »Knapp über elf Sekunden.«

Mary wechselt einen Blick mit ihrem Ehemann. Ihr Gesichtsausdruck scheint zu bedeuten, sie sollten abhauen, solange es noch geht.

»Worum geht's?«, frage ich, nehme Stift und Papier, um mir ein paar Notizen zu machen, als, wie aufs Stichwort, Gilligan beschließt, mir seine Version der Geschichte zu geben. Wie ein Kuckuck, der aus einer Uhr lugt, schießt eine Schnauze an Marys Bein vorbei, und er bellt bissig und ohrenbetäubend.

Ich schwanke ein bisschen dramatisch, aber weder Mary noch Drew sagen etwas.

»Ich fange mal am Anfang an«, sagt Mary, als Gil noch einmal bellt. »Drew und ich sind seit ungefähr sechs Monaten verheiratet.« Wuff. »Ein paar Wochen nach der Hochzeit sind wir in das Haus meiner verstorbenen Großmutter gezogen.« Wuff. »Vorher ging's Gil gut, stimmt's?«

Es entsteht eine Pause, und Drew nickt, während Gil, das Hundemetronom, ein weiteres, gebelltes Wuff ausstößt. Ernsthaft, er muss locker 120 Dezibel erreichen. Sein Bellen ist eine Gesundheitsgefährdung, aber am schlimmsten daran ist, und das macht mich sprachlos (und wahrscheinlich auch gehörlos), dass es seinen Besitzern nicht aufzufallen scheint. Sie zucken nicht mal mit der Wimper.

»Seit wir umgezogen sind, benimmt er sich eigenartig.« Wuff. »Wir arbeiten beide, es ist, als hätte er Trennungsangst.« Wuff.

Ich kneife die Augen zusammen, zucke leicht und drücke meinen Zeigefinger tief in mein Ohr, vergeblich.

»Er bleibt exakt dort, wo er war, wenn ich gehe.« Wuff. »Er steht am Esszimmerfenster und wartet darauf, dass wir nach Hause kommen.« Wuff. Und dann, nachdem sich mein Gesicht schließlich von »unangenehmes Zusammenzucken« zu »unerträgliche Quälerei« verzogen hat, fragt sie: »Gibt es ein Problem?«

Die willkommene Stille hängt in der Luft zwischen uns. Sekunden vergehen ohne ein Wuff, und ich kann das nachklingende Zischen in meinen Ohren genießen.

»Entschuldigung, es ist nur, äh, dass es mir schwerfällt, mich zu konzentrieren«, sage ich. Mary schaut Drew an, beide zucken mit den Schultern, runzeln die Stirn und sehen mich dann verwirrt an. »Gils Bellen.« Ich habe das Gefühl, die Pointe eines Witzes zu erklären. »Es ist ziemlich …« *Vorsichtig, Cyrus, beleidige sie nicht.* »Außergewöhnlich. Ich möchte nichts Wichtiges, was Sie sagen, verpassen.«

»Okay«, sagt Mary, sie dehnt die Silben, als würde sie mich vollkommen ernst nehmen, schaut Gil in die Augen, legt einen Zeigefinger auf die Lippen und macht schsch.

Ernsthaft? Das soll Ihren schlecht erzogenen Hund zum Schweigen bringen?, möchte ich gern sagen, aber ich beiße mir auf die Zunge und wappne mich gegen das Reißen des Trommelfells.

»Er frisst nicht viel und verliert Gewicht, richtig?«

Drew nickt, bleibt aber still, und zu meiner Überraschung und Erleichterung – Gilligan ebenfalls.

»Gestern Morgen um diese Zeit hatte er, ich weiß nicht, eine Art Anfall. Hat mir panische Angst gemacht. Daraufhin habe ich mit Amy gesprochen, und sie meinte, dass Sie derjenige sind, zu dem ich gehen soll.« War das das letzte Mal, dass Mary mit Amy gesprochen hat, oder gab es noch eine Aktualisierung der Neuigkeiten wegen meines »Dates« mit einer schönen Frau?

»Wenn Sie Anfall sagen, was meinen Sie damit?«

Mary denkt nach, die Erinnerung daran regt sie sichtlich auf.

»Er lag auf dem Küchenboden, die Beine steif ausgestreckt, weggetreten, und er hatte gepinkelt. Ich habe seinen Namen gerufen, aber es war, als wäre er gar nicht da. Dieser Blick in seinen Augen, den werde ich nie vergessen, es war als ...« Eine Träne rinnt aus ihrem rechten Auge. »Als wäre er tot.«

Ich schaue zu Drew und frage mich, warum er seiner jungen Frau nicht tröstend einen Arm um die Schultern legt. Ich sehe Mitgefühl, aber vermute, dass es eine bodenständige Härte ist, die ihn zurückhält.

»Sie haben also nicht gesehen, dass Gil sich geschüttelt hat oder zitterte oder um sich trat?«

»Nein.«

»Und wie lange hat es gedauert, bis er aufstand und wieder er selbst war?«

»Vielleicht eine halbe Stunde. Zuerst schwankte er, war nervös, als hätte er richtig Angst.«

Die ganze Zeit über beobachtet Gilligan mich, während sein Körper sorgfältig hinter Marys Beinen verborgen bleibt.

»Okay, dann sehen wir ihn uns mal an.«

Ich mache einen Schritt nach vorn und zur Seite, gehe um Mary herum, während Gil sich in die andere Richtung bewegt, sodass er unsichtbar bleiben kann. Ich bleibe stehen, wechsle die Richtung, und wir wiederholen unseren Tanz mit Mary, unserem Maibaum, in der Mitte.

»Drew, vielleicht könnten Sie mir zur Hand gehen.« Mit einer öligen, schwieligen Hand.

Sekunden später haben wir Gilligan erwischt, Drew kniet neben mir auf dem Boden. Der Blässe und den Sommersprossen nach zu urteilen, vermute ich, dass er irische Vorfahren hat, seine Wangen werden garantiert knallrot, wenn er zu viel Sonne oder Bier abbekommt. Sein Hund ist gehorsam, aber offensichtlich panisch. Ich brauche kein Stethoskop, um seinen Herzschlag zu messen, ich sehe, wie sein Herz gegen seinen Brustkorb schlägt, als wolle es fliehen. Und das Bauchabtasten kann ich vergessen. Gils Bauch ist steinhart, ständig bereit, einen Schlag aufzufangen. Zwei wichtige Entdeckungen mache ich dennoch. Die Nerven in Gils Gehirn, die Blinzeln, Sehen, Schlucken, Lecken, Riechen und, leider, Bellen kontrollieren, arbeiten ohne Einschränkung. Aber mir gefällt die Farbe seines Zahnfleischs nicht.

»Könnten Sie mir helfen, seinen Schwanz anzuheben, damit ich bei ihm die Temperatur messen kann«, sage ich und erinnere mich an einen von Lewis' Lieblingstricks. *Wenn man nicht weiß, was man sagen oder tun soll, dann rektal die Temperatur messen, damit gewinnt man ein paar Minuten zum Nachdenken.*

Eine Weile üben Drew und Gilligan ihre eigene Version des griechisch-römischen Ringens, bis der Mechaniker ihn festhält und der Collie sich meinem Thermometer ergibt.

Hier ist mein Problem. Als Veterinärpathologe hatte ich immer einen direkten, physischen Weg zur Diagnose. Ich war wie der Detektiv, der den Täter bereits verurteilt und hinter Gittern hatte, über das Motiv musste ich mir nie Gedanken machen. Jetzt, in meiner zweiten Woche, in der ich so tue, als sei ich ein echter Tierarzt, beginnen sich die ungelösten Fälle anzusammeln. Ermintrude, die verrückte Kuh, Marmalade, die fette Katze, und jetzt Gilligan, der neurotische Collie. Ja, ich habe Indizien, aber ich habe bei Weitem nicht genug Beweise für ein Urteil. Ich bestehe ganz aus Spekulationen, heißer Luft und Theorien, bin umgeben von besorgten Verwandten, die verzweifelt auf Ergebnisse warten. Wo sind all die einfachen Fälle? Wo sind die Flöhe oder Würmer, wenn man sie braucht?

»39,5. Er ist so nervös, dass ich ehrlich gesagt überrascht bin, dass das Glas nicht geschmolzen ist.«

»Was denken Sie?«, fragt Mary und streichelt Gil, als wolle sie sich für die unangenehme Untersuchung entschuldigen.

Ich hole tief Luft. »Sein Zahnfleisch ist zu blass. Er leidet an Anämie.«

»Was? Warum?«

»Da gibt es drei mögliche Ursachen. Entweder er verliert Blut, bildet nicht genug oder baut Blut ab.«

»Und was ist es?«

Ich schaue mir an, was ich habe: Appetitlosigkeit, Gewichtsverlust, Anfall und Anämie. Jedes Symptom hat Dutzende möglicher Ursachen, aber wenn man alle zusammennimmt, werden es unendlich viele.

»Ich bin mir nicht sicher«, sage ich, aber als sie deutlich enttäuscht ist, füge ich rasch hinzu: »Aber ich werde es herausfinden.«

Anstelle erleichtert zu sein, wirkt Mary misstrauisch. »Klingt teuer«, sagt sie. »Was ist Ihre Vermutung?«

An diesem Punkt frage ich mich, ob Amy mich wegen meiner klinischen Fähigkeiten weiterempfohlen hat oder weil sie gemerkt hat, dass ich in bestimmten Situationen Schwäche zeige. Mary ist froh, wenn sie zusätzliche Stunden im Diner arbeiten kann, der Ehemann ist ein Azubi, das reicht an Indizien, um zu wissen, dass das Geld knapp ist.

»Wissen Sie was, ich nehme eine Blutprobe und untersuche sie selbst. Hoffentlich finde ich die Antwort und erspare Ihnen das Geld, sie in ein Labor zu schicken.«

Sie beraten kurz, nicken zustimmend, und ein zusätzlicher Beller von Gilligan besiegelt die Abmachung.

Trotz der Angst des Collies und obwohl er sich komplett steif macht, bekomme ich das nötige Blut, dann begleite ich sie hinaus. Drew, so gesprächig wie die ganze Zeit, schenkt mir ein grimmiges Nicken und einen schmutzigen Händedruck, Mary lächelt, bedankt sich und stellt fest: »Amy hatte recht«, dabei zerrt Gilligan sie durch die Tür.

Womit recht? Hatte sie recht damit vorzuschlagen, dass ich mir ihren Hund ansehe? Hatte sie recht damit, dass ich ein bisschen ein Nerd bin? Mary ist weg, bevor ich fragen kann. Jedenfalls ist das meine Ausrede.

Das Glasröhrchen mit der Blutprobe sicher in meiner Brusttasche, gehe ich zurück ins Labor, wo ich Lewis über unser Mikroskop gebeugt finde. Er schaut auf, als ich näher komme.

»Was? Dachtest du, du bist der Einzige, der weiß, wie man das Ding benutzt?«

»Nein, natürlich ...«

»Schau mal.«

Lewis deutet auf das Okular. Ich sehe hinein und murmele: »Otodectes cynotis.«

Lewis schüttelt frustriert den Kopf. »Mach es einfach, Cyrus. Schlichte Sprache. ›Ohrmilben‹ verstehen die allermeisten Leute viel besser.«

Ich richte mich auf, schließe die Augen und fahre mir mit beiden Händen übers Gesicht. »Im Moment würde ich liebend gern eine klare Diagnose wie Ohrmilben machen können. Es scheint, als sei jeder Fall ein Rätsel in einem Enigma. Ich bin daran gewöhnt, für diagnostische und pharmazeutische Privatunternehmen mit viel Geld zu arbeiten. Unsere Kunden wollen schnelle Antworten oder billige Lösungen, am liebsten beides, und das durch nichts anderes als Handauflegen.«

Lewis steht auf. Er ist nicht viel größer als ein Rennjockey, ich weiß daher, dass er daran gewöhnt ist, seinen Kopf in den Nacken zu legen, um Blickkontakt herzustellen.

»Vertrau mir, die Leute werden einen Weg finden zu bezahlen. Worüber du dir Gedanken machen solltest, ist, wofür du ihr Geld ausgibst. Du würdest vielleicht am liebsten jeden Test aus den Büchern durchführen, aber die besten Praktiker lernen, Situationen einzuschätzen, sich auf das Wesentliche zu konzentrieren und auf dem kürzesten Weg an Antworten zu kommen.«

»Genau das macht mir Sorgen«, sage ich.

Wie immer steht Lewis unangenehm nah vor mir. Ich wappne mich gegen irgendeine Art von Körperkontakt. Ach, wären doch nur die übergroßen Schulterpolster der Achtziger wieder in und könnten diese emotional-kitschigen Momente abpuffern.

»Hast du je als Kind Cluedo gespielt?«, fragt Lewis.

Ich erinnere mich an den Spieleklassiker, an das Spielbrett mit den Karten und Figuren auf unserem Esszimmertisch. Mom sitzt mir gegenüber. Hat mein Vater je mitgespielt?

»Natürlich.«

»Gut. Und ich wette, du hast kein einziges Mal aufgegeben und den schwarzen Umschlag geöffnet, weil du nicht erwarten konntest zu erfahren, wer es war?«

Mein Schweigen ist ihm Antwort genug, und – da ist es – seine Hand drückt meine Schulter.

»Cyrus, du bist mit einem erstaunlichen, medizinischen Gedächtnis gesegnet, einer bemerkenswerten, wenn auch merkwürdigen Beobachtungsgabe. Okay, deine Logik ist manchmal etwas exzentrisch, aber fang an, dieses neue Spiel zu spielen, und hab Spaß dabei.«

Ich versuche, meine Lippen zu etwas Ähnlichem wie einem Lächeln zu verziehen.

»Hey, ich wollte dir noch erzählen, dass mich gestern Mr Guy Dorkin von Healthy Paws besucht hat.«

»Ja, Doris hat's mir berichtet.«

Wie dumm von mir, natürlich hat sie das.

»Sie hat auch erwähnt, dass dich eine wütende Dr. Honey angerufen hat. Weißt du, dass diese Frau nächsten Samstag in Eden Falls einen Vortrag hält?«

Hmm, also das ist interessant. Ethel Silverman wird Doris sicherlich informiert haben, dass ich gestern Abend mit einer anderen Frau im Diner gesehen wurde. Die Tatsache, dass ich nicht direkt mit Dr. Honey in Verbindung gebracht werde, lässt vermuten, dass Ethel nicht wusste, wer sie war.

»Das weiß ich, und das habe ich. Ich habe Doc Honey gestern Abend auf einen Kaffee getroffen. Es stellte sich heraus, dass Dorkin hinter dem Anruf steckt, weil sie einen Kunden an Bedside Manor verloren hat. Aber ich glaube nicht, dass sie ein schlechter Mensch ist.«

»Ach, sie war deine Begleiterin.«

Natürlich hat er davon gehört. Diese Stadt ist viel zu klein.

»Ja, und wenn es dir recht ist, wäre es mir lieb, wenn das unter uns bliebe.«

Lewis kneift seine weisen grauen Augen zusammen.

»Hat das möglicherweise etwas mit einer gewissen Kellnerin im Diner zu tun?«

»Es hat etwas mit dem Wunsch nach minimaler Privatsphäre zu tun. Wenn du es unbedingt wissen willst: Ich wurde durch eine List zu einem Rendezvous mit ihr gelockt. Lange Geschichte. Aber ich dachte, Dr. Honey zu treffen könnte wertvolle Einblicke in die Mechanismen von Healthy Paws bieten und uns Ideen liefern, wie wir ihren Angriff abwehren können.«

»Moment mal, warum sollte Doc Honey ihre Geheimnisse einem Feind enthüllen?«

»Gute Frage«, antworte ich, »aber ich kann jetzt nicht darauf antworten. Wusstest du, dass sie versteckte Kameras in ihren Behandlungszimmern haben?«

»Ja. Sie behaupten, dass sie dadurch optimalen Kundenservice garantieren. Es stellt sicher, dass jeder Tierarzt den Regeln folgt und jede Möglichkeit, etwas auf die Rechnung zu setzen, maximal ausnutzt. Big Brother is watching you. Wenn man also versucht, den Kunden nachzugeben, diagnostisch etwas schneller unterwegs zu sein, dann wird man bei ›Verstehen Sie Spaß‹ bloßgestellt.«

»Das ist unglaublich. Und was hat es mit dieser Wettbewerbsklausel auf sich?«

Lewis bewegt den Kopf hin und her. »Das ist heute leider nur allzu üblich, aber in einer ländlichen Region wie unserer eigentlich weniger. Hat sie gesagt, wie viel Zeit und welche Region diese Klausel umfasst?«

»Nein«, erwidere ich, ohne genau zu wissen, worauf er sich bezieht.

»Normalerweise sind es zwei Jahre und 30 Meilen. Egal, ob sie gefeuert wird oder freiwillig kündigt, die Klausel soll verhindern, dass sie innerhalb von zwei Jahren in einem Umkreis von 30 Meilen rund um Healthy Paws in Patton als Tierärztin arbeitet.«

»Augenblick mal. Was, wenn man Kinder in der Schule hat? Was, wenn der Partner einen Job in der Nähe hat? Was ist mit der Hypothek auf dein Haus?«

»Wenn du nicht gerade richtig viel Geld gespart hast, ist es an der Zeit zu verkaufen, was geht, und wegzuziehen.«

»Wow, das klingt hart.«

»Das ist der Klang des Ungetüms Tierarztkette. Sie sind nur allzu froh, wenn sie dich ummähen können. Was hat dein Deep Throat dir sonst noch erzählt?«

Ich denke an *Die Unbestechlichen. Folgt dem Geld.*

»Ich bin noch dran.«

Lewis zieht seine buschigen Augenbrauen zusammen. »Mein Rat lautet: Sei vorsichtig. Dr. Honey bekommt aus dir vielleicht mehr heraus als du aus ihr. Denk dran, sie arbeitet für Dorkin, und Dorkin arbeitet mit schmutzigen Tricks. Wenn Bedside Manor überleben soll, müssen wir uns vielleicht auch die Hände schmutzig machen.«

»Was meinst du?«

»Dieser Junge, das Computergenie von gestern Abend … vielleicht könnte er sich in ein gewisses Computersystem hacken, das den Leuten sagt, wie sie sich als Tierarzt verhalten sollen.«

»Das ist sicher illegal.«

»Cyrus, ich bin 73 Jahre alt, und was mich angeht, ist es nur dann illegal, wenn man erwischt wird.«

Ich richte mich auf und schnaube missbilligend.

»Hey, ich werfe einfach mal Ideen in die Runde«, sagt Lewis. »Ignorier mich. Bist du bei der Kuh Ermintrude weitergekommen?«

Einen Moment lang denke ich daran, meinen Verdacht der Diagnose aus der Hölle zu erzählen. Aber auch wenn er auf verstörenden Indizien beruht, ist er immer noch unbewiesen. Solange ich nichts Überzeugenderes habe, wäre es nur Panikmache.

»Ich arbeite noch daran«, sage ich. »Hast du noch mehr Patienten?«

»Leider«, erwidert Lewis. »Du könntest nicht ein oder zwei von mir übernehmen? Meine Frau hat um zwölf einen Arzttermin, bei dem ich gern dabei wäre.«

»Klar«, sage ich, »gerne. Wie geht's Mrs Lewis?«

Lewis lächelt das Lächeln eines Mannes, dessen Liebe zu seiner Frau sich 50 Jahre lang nicht verändert hat.

»Es geht ihr gut. Ich habe ihr alles von dir erzählt. Vielleicht könntest du sie mal besuchen. Bring Amy mit.«

Und damit verschwindet er wieder im Behandlungszimmer, der beiläufige Satz eine sorgfältig platzierte Granate, seine passiv-aggressive Art zu sagen: »Löse, welches Problem auch immer du und Amy habt, und mach es gut.« Auch wenn ich weiß, wie, frage ich mich, ob ich die Chance dazu bekomme. Es ist gut möglich, dass mein Date mit Doc Honey sie zu Gloria Rot aus Cluedo gemacht hat, die mich jetzt mit einem Bleirohr umbringen will.

»Hier, Dr. Mills. Dr. Lewis hat mir gesagt, dass Sie ihm helfen wollen, ich habe daher diesen Fall extra für Sie herausgesucht.«

Doris lächelt, als sie mir die Krankenakte reicht, ein aufrichtig vergnügtes Lächeln. Es ist nervenzerfetzend. Ich werde sicher in eine Falle laufen.

»Henry«, rufe ich und behalte Doris argwöhnisch im Auge.

»Hier hinten«, sagt ein Mann mit üppigen weißen Haaren, die so lockig sind, dass sie mich an Shirley Temple in *Heidi* erinnern. Der Bart des Mannes ist genauso weiß, gleicht aber in der Länge mehr dem von Hemingway als dem des Weihnachtsmannes. Er hat aber genug Kilo auf den Hüften, um sich in der Weihnachtszeit ein Zubrot verdienen zu können.

»Sie müssen der Neue sein. Hab von Ihnen gehört. Ich bin George Simms, Henry ist in der Transportbox.«

George drückt meine Hand, und ich entschuldige mich noch einmal, weil ich unser Labor benutze, anstelle unseres »anderen« Behandlungszimmers, das immer noch eher nach einer Besenkammer aussieht.

»Ich habe Sie noch nicht im Inn gesehen.«

»Dem Inn?«

»Das Inn in Falls View. Mir gehört der Laden«, sagt George. »Kommen Sie mal vorbei, der Willkommensdrink geht aufs Haus. Und der Koch ist fantastisch. Ich lasse ihn machen. Ich fühle mich an der Theke und am Eingang wohler. Achte darauf, dass es unseren Gästen gut geht. Soll ich ihn rauslassen?«

»Sicher.«

George stellt die Box auf den Fußboden, öffnet sie, und ein Miniaturpanter gähnt, streckt sich und springt auf die Arbeitsfläche neben ihm.

»Sehen Sie das Problem?«, fragt George.

»Ich nehme an, es ist die rosa Läsion auf seiner Nasenspitze?«

»Läsion.« George grinst. »Falls Sie mit Läsion die schreckliche Missbildung meinen, die Henrys hübsches Gesicht entstellt, dann ja.«

Henry wendet mir den Rücken zu, den Schwanz hochgestellt, und untersucht seine neue Umgebung. Endlich ein Problem, das ich lösen kann, eine körperliche Deformation, die ich sehen, berühren und behandeln kann.

»Wie lang hat er es schon?«, frage ich.

»Monate.«

»Wirklich?«

»Ich war deswegen ein paarmal bei Ihrem Vater, auch bei Doc Lewis. Es wächst immer noch. Wird jeden Tag größer und hässlicher.«

»Erst mal noch ein paar Infos. Ist Henry eine reine Hauskatze?«

»Freigänger. Zwölf Jahre alt und immer noch ein großer Mäusefänger. Auf unserem Grundstück gibt's kein Nagetier, er hat allerdings die nervige Angewohnheit, seine Beute auf der Fußmatte zu präsentieren.«

Ich beobachte Henry, wie er über ein Spülbecken springt und das Mikroskop mit viel vorsichtigem Schnüffeln und gelegentlichem Lecken erforscht.

»Und womit wurde er behandelt?«

»Wir haben Cremes, Tabletten und Spritzen ausprobiert. Antibiotika, Fungizide, Steroide. Nichts hat was gebracht.«

Wir unterhalten uns, aber wir sehen uns dabei nicht an. Wir beobachten beide die schwarze Katze, als wäre sie ein neugieriges Kleinkind und die Katastrophe vorprogrammiert.

»Wurde eine Biopsie gemacht? Falls es ein Tumor ist, dann hätte keine dieser Behandlung eine Wirkung.«

George kichert. Eindeutig ein Weihnachtsmann, er beherrscht das »Ho ho ho« aus dem Effeff.

»Ich werde ehrlich sein, Doc. Henry hat gewisse … Probleme, was Tierärzte angeht.«

Und plötzlich sehe ich nur noch Doris' nikotingelbes Lächeln vor mir.

»Henry ist clever, und er kennt den Unterschied zwischen gestreichelt und untersucht werden.«

Henry beginnt, auf eine Schachtel mit Putztüchern zu schlagen, und mir fallen seine Pfoten auf.

»Ich sehe, er ist polydaktyl. Seine Pfoten. Extrazehen.« Es ist eine genetische Mutation. *Normale Katzen haben 18 Zehen. Polydaktyle Katzen können bis zu 27 haben.*

»Jawohl«, sagt George, »ich glaube, Hemingway war ein großer Fan solcher Katzen.«

»Stimmt, Sir.«

Vielleicht will George doch lieber einem gewissen Schriftsteller aus Key West gleichen.

»Danke für die Warnung«, sage ich und nehme ein frisches Handtuch, »aber ich bin mir ziemlich sicher, dass ich mit einem Kätzchen klarkomme, auch wenn es zusätzliche Zehen hat. Wenn ich ihn einwickle, hübsch fest einpacke, dann werde ich ihn mir genauer ansehen können.«

»Sie sind der Profi«, sagt George und tritt zurück, während ich mein improvisiertes Cape auffalte, bereit, es dem Kater überzuwerfen. »Aber sehen Sie ihm bloß nicht direkt in die Augen.«

Ich stutze. »Warum nicht?«

»Tun Sie's einfach nicht.«

Das könnte schwierig werden, angesichts der Tatsache, dass sich Henrys Problem an seiner Nasenspitze befindet.

Henry bleibt neben dem Mikroskop hocken und putzt seinen Hals mit langem, trägem Lecken, die Widerhaken auf der rosa Zunge bleiben in seinem Fell hängen. Er scheint völlig unbeeindruckt, bis ich mich ihm auf weniger als drei Meter nähere. Da hört das Putzen auf. Ich sehe zu George.

»Was tun Sie da?«

Er richtet sein Handy auf mich, filmt meine Untersuchung.

»Man weiß nie, Sie könnten auf YouTube berühmt werden. Los, zurück ins Bild.«

Anstelle mich von vorn auf Henry zu stürzen, nähere ich mich ihm seitlich von rechts.

Kater sind öfter linkspfötig, genau wie mehr Männer Linkshänder sind.

Anderthalb Meter, und die Katzenohren werden angelegt.

32 Muskeln kontrollieren das Außenohr einer Katze, während es beim Menschen nur sechs sind.

Ich schaue ihn schräg an und kann die Läsion sehen, fleischig, rosa, feucht und knollig. Es sieht aus, als trüge der Kater eine Clownsnase, um Rudolph das Rentier zu imitieren.

»Da sollte ich leicht Material für eine Zyto kriegen«, flüstere ich und bewege mich langsam vorwärts.

»Eine was?«

Werde ich es je lernen, Laiensprache zu sprechen?

»Wenn ich seine Nase mit einem Objektträger für das Mikroskop berühren kann, dann kann ich garantieren, dass ein paar Zellen des Knotens am Glas hängen bleiben für eine sogenannte Zytologie, und damit kann ich eine Diagnose erstellen.«

»Ich kann es kaum erwarten«, sagt George aus den völlig falschen Gründen.

Jetzt gilt's. Jetzt ist der Punkt erreicht, an dem ich das rebellierende Biest fangen und festhalten muss. In meiner linken Hand halte ich das Handtuch wie ein Netz. Meine rechte Hand ist bereit, vorzuschießen und Henrys Nacken zu packen, wodurch Erinnerungen an seine Kindheit hochkommen, das Gefühl der Unterwerfung und der Eindruck, von seiner Mutter herumgetragen zu werden.

Was dann folgt, ist kurz und laut, aber ich bin derjenige, der schreit, nicht Henry. Obwohl ich immer gedacht habe, ich verfügte über schnelle, wenn nicht katzenhafte Reflexe, so genügt eine Katze, um zu beweisen, dass meine Reaktionen erbärmlich lahm sind. Henry verpasst mir einen Schlag, den ich eher spüre als sehe, der Schmerz der Krallen in meinem Fleisch kommt verzögert, während ich nach hinten stolpere und ein Handtuch auf die blutigen Kratzer auf meinem Unterarm presse.

»Sie hatten Glück«, sagt George. Er klingt enttäuscht, während er sein Handy ausschaltet. »Er hat Sie nicht mit seinen Zähnen erwischt.«

Ich schnaube. »Wo die Katze jetzt also aus dem Sack ist«, sage ich und trage antiseptisches Wundspray auf meine Wunden auf. »Zeit für eine chemische Beruhigung.«

George tritt auf mich zu, und plötzlich ganz aufgeregt wedelt er mit den Händen vor meinem Gesicht.

»Sorry, Doc, das geht nicht. Henry hat ein Herzleiden. Doc Cobb hat einmal versucht, ihn zu betäuben, und hat ihn dabei fast verloren. Das hat mir einen Riesenschrecken eingejagt.«

»Eine Anästhesie birgt immer ein Risiko, Mr Simms, aber angesichts dessen, was gerade passiert ist, bezweifle ich, dass wir die Wahl haben.«

George seufzt, betrachtet den Fußboden und streicht seinen Bart glatt.

»Um ehrlich zu sein, habe ich ihn heute hergebracht, um Ihnen – oder sollte ich sagen Bedside Manor – eine letzte Chance zu geben. Falls Sie sagen könnten, was es ist, nur durchs Ansehen.«

»Ich verstehe nicht.«

»Wissen Sie, ich dachte daran, in diese große Praxis in Patton zu gehen. Ich habe denen von Henry erzählt und dass er sediert oder betäubt werden muss, und die haben mir versprochen, dass es ihm gut ginge. Sie haben wohl diese modernen Überwachungsgeräte, die sie ständig benutzen, um ältere Katzen wie Henry zu betäuben. So was haben Sie hier doch nicht, oder?«

»Nein, aber ... das haben die versprochen?«

George wird nervös, schaut mir nicht in die Augen. »Hören Sie, ich war Bedside Manor immer treu, aber ich muss das tun, was für Henry das Beste ist. Könnten Sie mir eine Überweisung schreiben?«

Ich trockne meine Arme ab, aber aus den Kratzern dringen immer noch winzige Blutströpfchen. Schreckt Healthy Paws vor nichts zurück, um ihre Fallzahlen zu steigern? Ich persönlich glaube, der Arzt, der behauptet, nie Fehler zu machen, ist entweder ein Lügner oder ein Betrüger. Und der Arzt, der mehr verspricht, als sein Bestes zu tun, bittet um Scherereien.

»Hören Sie, ich verspreche Ihnen, George, dass ich Henrys Problem diagnostizieren werde, ohne auf Sedierung oder Anästhesie zurückzugreifen.«

»Wie werden Sie das tun?«

»Keine Ahnung«, sage ich, eher wütend als trotzig. »Aber mein Versprechen ist genauso viel wert wie deren Zusage.«

George wartet einen Augenblick, legt seinen Kopf zurück. »Wissen Sie was, ich gebe Ihnen bis Ende der Woche. Keine Diagnose, und ich bringe Henry zu Healthy Paws, mit oder ohne Überweisung.«

Und damit nimmt der Weihnachtsmann Henry auf den Arm und stellt den Kater vor der offenen Tür der Transportbox ab, und nach einem kurzen Moment des Nachdenkens beschließt Henry, hineinzuspazieren und sich hinzulegen.

»Abgemacht«, sage ich, schüttle seine Hand und führe ihn zurück ins Wartezimmer, in dem Augenblick spüre ich ein merkwürdiges, trillerndes Gefühl in meiner Hose. Es ist mein Handy, kein Anruf, sondern eine SMS.

Hey, sollen wir uns heute Nachmittag treffen? Wie wär's mit einem Date?

Panik hätte mich überkommen, wäre die SMS von Doc Honey. Stattdessen ist es ein Schock – sie stammt von Amy.

NEUN

Ich dachte, ein ruhigerer Ort würde dir gefallen«, sagt Amy, als ich ihr die Tür zum sogenannten Scoop-Shack aufhalte.

»Januar in Vermont, sehr viel ruhiger als in einer Eisdiele wird es wohl kaum.«

Wir betreten eines dieser neuen Gebäude auf dem Garvey-Gelände. Ein halbes Dutzend Plastiktische und -stühle stehen leer, umringt von Gefrierschränken mit Glastüren, hinter denen sich Schachteln und Boxen voller Sorbet, Gelato, Frozen Jogurt und Eiscreme befinden. Der süße Geruch von Vanille liegt in der Luft, und das fröhliche Flamingopink und Azurblau an den Wänden lassen mich die Jahreszeit vergessen. Endlich sind wir allein und ohne Ablenkungen. Die Welt ist in Ordnung.

Amy nimmt ihren Schal ab und öffnet den Reißverschluss ihrer Jacke.

»Wenn wir von außen frieren, können wir das ja auch gleich noch von innen probieren, oder? Ach, und falls irgendwer fragen sollte, ich bin nicht hier gewesen.«

Ist es ihr peinlich, mit mir gesehen zu werden?

»Was? Dachtest du, das hier ist einfach von selbst so? Mein Trainer würde mich umbringen!«

Amy streicht mit der Rückseite ihrer Fingerspitzen über ihre Hüften und Oberschenkel, zeigt ihre Figur, die Aufsässigkeit in ihren zweifarbigen Augen wird durch ein aufblitzendes Lächeln gemildert.

»Die unterschiedlichen Eissorten links, die Toppings rechts«, sagt sie und zeigt auf eine Tafel hinter der Haupttheke. »Ignorier das politisch korrekte Geschwätz, kleiner Becher, frisch, biologisch, wen interessiert's, dieser Laden macht das beste Eis, das du jemals essen wirst.«

»Ich erinnere mich. Ich kann gar nicht glauben, dass sie immer noch das ganze Jahr über geöffnet haben. Vielleicht kannst du uns schon mal einen Tisch suchen, und ich schaue, was ich auftreiben kann.«

»Keksteig, heiße Karamellsoße, Nüsse, aber keine Schlagsahne oder Kirschen.«

»Jawohl, Ma'am«, sage ich und folge einem großen weißen Fingerzeig und einem Schild auf dem BESTELLUNGEN HIER steht. Hinter der Theke ist niemand, aber neben der Kasse entdecke ich eine kleine Messingklingel, auf der die Wörter »Klingel mich« kleben, ganz im Stil von Alice im Wunderland. Ich klingele, und von irgendwo weit hinten taucht eine alte Frau auf, die eine Hornbrille, eine rote Baskenmütze und schwarze, fingerlose Handschuhe trägt. Lange graue Locken fallen ihr über die Ohren, tiefe Lachfalten umrahmen einen breiten Mund. Ihr Kinn hat zwar nicht das Kirk-Douglas-Grübchen, aber mich führt sie nicht hinters Licht. Die Gene sind in dieser Familie so dominant wie eindeutig. Das hier muss die Familienmatriarchin sein, die originale Mrs Mike Garvey.

»Ja, bitte?«

Ich bestelle Schokoeis und Schlagsahne und beobachte, wie Mrs Garvey ihre Popeye-Unterarme anspannt.

»Haben Sie was wegen Ermintrude herausgefunden?«, fragt sie mit gesenktem Kopf und löffelt Eis aus einem Stahlbehälter.

»Ich habe Sie gestern bei Mike und Doc Lewis gesehen.«

Wie dumm von mir. Offensichtlich ist eine Vorstellung nicht nötig.

»Noch nicht.« Aber dann, als ich an den tragischen Fall ihrer Jerseykuh denke, sage ich: »Vielleicht können Sie mir helfen? Sie wissen vermutlich nicht, woher Ermintrude kam?«

»Doch natürlich. Sie wurde hier geboren. Wir haben ihre Mutter, Clover, von einer Farm in Kanada importiert.«

Da Eden Falls keine 20 Meilen von der kanadischen Grenze entfernt liegt, ist der »Import« nur eine technische Formulierung.

»Clover wurde 14 Jahre alt.«

»Kein schlechtes Alter«, sage ich.

»Nein … aber wenn ich jetzt so darüber nachdenke, fing sie auch an, sich komisch zu benehmen. Nüsse auf beide Eisbecher, stimmt's?«

»Richtig. Wie meinen Sie das, komisch?«

»Mike weiß es besser als ich, aber … nervös … störrisch. Ihr Vater hat sie von ihrem Leid erlöst.«

Daran denken: Bei Doris nachfragen, ob der verstorbene Doc Cobb Berichte über Garveys Vieh aufgehoben hat.

»Wissen Sie zufällig, ob er eine Autopsie gemacht hat?«

»Ja, weiß ich, und nein, hat er nicht«, sagt sie und klingt fast beleidigt. »Mein verstorbener Mann hat sie selbst geschlachtet. Glauben Sie mir, nichts wurde weggeworfen. Nichts. Hier bitte.«

Mrs Garvey steckt einen Plastiklöffel mitten in jeden Eisbecher und schiebt sie mir zu.

Eine Sekunde lang ignoriere ich sie völlig, ganz versunken in diese neuen Informationen; Kanada, Nachwuchs, nichts wurde weggeworfen. Leider passt alles zu meiner schrecklichen Diagnose.

»Hatte Clover noch andere Kälber?«, frage ich.

»Natürlich«, sagt sie und nennt den Preis für die Eisbecher.

Was, wenn Clover Patient Nummer null ist?

Fahrig suche ich in meinen Taschen nach Geld und ziehe

dabei den Gutschein heraus, den Charlie Brown mir gegeben hat, kauf neun Eisbecher, bekomm einen gratis.

»Gilt der noch?«, frage ich und schiebe ihn, zusammen mit einem Fünfdollarschein, über die Theke.

»Aber sicher«, sagt Mrs Garvey. »Sind Sie mit Charlie Brown befreundet?«

»Woher wussten Sie das?«

Sie zieht ihr Kinn in das schwabbelige Fett ihres Halses zurück. »Zu dieser Jahreszeit schaffen es nicht viele, diese Karte voll zu bekommen. Charlie ist fast jeden Tag nach der Schule hier. Ich habe versucht, ihr den fettreduzierten Joghurt schmackhaft zu machen, aber sie hört nicht darauf. Zu schade. Ein hübsches Mädchen. Hier ihr Rückgeld.«

Ich nehme es, werfe die Münzen aber in den Trinkgeldbecher. Charlie Brown, ein hübscher, aber trauriger Teenager, tröstet sich mit Eis. Kämpft sie mit der Scheidung ihrer Eltern? Ist sie übergewichtig, weil ihre Mutter sie verlassen will, oder will Doc Honey sie verlassen, weil sie übergewichtig ist?

»Danke«, sage ich, hole die Becher und gehe zu Amy. Dann geht mir ein erschreckender Gedanke durch den Kopf. »Wenn Sie sagen, dass nichts weggeworfen wurde, dann meinen Sie doch nicht, dass Sie Ihre Kuh Clover« – ich will »gegessen« sagen, wähle stattdessen aber – »verzehrt haben?«

»Aber sicher. Burger, Steaks, Braten, alles. Es war ein bisschen zäh, aber nichts, was langsames Schmoren nicht hinkriegen würde.«

»Verstanden«, sage ich, aber ich denke nicht ans Bauernleben und harte Zeiten und daran, das meiste aus dem zu machen, was man hat. Ich denke an Trey, Mike Garvey den Dritten, und an diese unwahrscheinliche, aber unwiderlegbare Verbindung zu Ermintrude.

»Das hat aber gedauert. Ist aus meinem Eisbecher ein Frappé geworden?«

»Entschuldige, ich habe nur mit Mrs Garvey geplaudert.«

»Ah, die unwiderstehliche Anziehungskraft einer weiteren älteren Frau?«, sagt sie, nimmt einen ersten Löffel voll, genießt den Augenblick, bevor sie mich ansieht (nur das blaue Auge). Einer weiteren? Warum habe ich das Gefühl, dass sie damit auf Doc Honey anspielt?

»Nein, die Garveys haben mich um Hilfe wegen einer kranken Kuh gebeten.«

Amy hat recht, dieser Eisbecher schmeckt unglaublich.

»Bauernhofarbeit? Wow, Bedside Manor steckt *wirklich* in Schwierigkeiten.«

Ich schlucke zu schnell und schaudere, weil mein Gehirn gefriert.

»Wären wir allein, dann glaube ich, dass wir eine Chance hätten. Aber im Moment ist die Konkurrenz das Problem.«

»Healthy Paws? Der Praxisname ist fast so schlimm wie eurer.«

Sie nimmt noch einen Löffel gefrorenen Himmel in ihren Mund. Ich erwische mich beim Starren.

»Dieser Typ, den du mir vorgestern gezeigt hast«, sage ich. »Ihr Büromanager, Dorkin … weißt du viel über ihn?«

»Der Kerl mit dem bescheuerten Lachen?«

»Ja, wie eine Kreuzung zwischen einer Hyäne und einem Esel.«

»Mehr wie ein bekloppter Esel. Er ist, ein paar Wochen bevor dein Vater gestorben ist, mehrmals im Diner gewesen.«

Das muss damals gewesen sein, als Dorkin den alten Mann gedrängt hat, die Praxis zu verkaufen.

»Total von sich eingenommen.«

»Wie meinst du das?«

»Die Kleider. Das Auto. Das Trinkgeld. Einmal hat er behauptet, er müsse bei irgendeiner Konferenz in Vegas einen Vortrag halten, und gefragt, ob ich ihn zu dem Wochenende begleiten wolle.«

Ich bemühe mich, mir nicht vorzustellen, wie Dorkins Pinselschnurrbart Amys Rosenknospenlippen kitzeln, aber sie hat meinen aufgebrachten Gesichtsausdruck schon bemerkt.

»Also bitte, wofür hältst du mich? Er sieht aus wie ein Pornostar aus den Siebzigern.«

Genau da öffnet sich die Tür, und Trey tritt ein. Er ignoriert die Fußmatte, und die Arbeitsstiefel ziehen eine schlammige Spur zur Theke. Erstaunlich, er trägt immer noch seine *Der-Unbeugsame*-Sonnenbrille.

»Ma«, brüllt er, »bist du da hinten? Ma?«

Grandma Garvey kommt, so schnell sie kann, und Trey, der sich offensichtlich bewusst ist, dass er nicht allein ist, drängt sie hektisch, näher zu kommen, damit er flüstern kann.

»Trägt Trey immer diese Sonnenbrille?«, frage ich leise.

»Keine Ahnung«, sagt Amy und beugt sich vor. Sie ist nah genug, dass ich die Seife an ihrem langen, blassen Hals riechen kann: Lavendel.

»Er ist immer schon, nun ja, anders gewesen. Die verspiegelte Sonnenbrille unterstreicht nur, wie geheimnisvoll er tut. Wahrscheinlich trägt er sie, damit man sich selbst betrachtet und nicht ihn.«

Mein Löffel schwebt vor meinen geöffneten Lippen: *Sich selbst betrachten und nicht ihn.*

»Was?«

Ich würde sie gern küssen – und sogar noch mehr. »Du hast mich gerade auf eine fantastische Idee gebracht.« Ich will aufstehen. »Ich muss nur herausfinden, woher er sie hat.«

»Setz dich. Das kann ich dir sagen. Fancies Gemischtwarenladen neben dem Diner. Sie haben einen Ständer voll davon, steht an der Kasse. Fünf Dollar pro Stück, aber ich denke mal, du musst dich nicht beeilen. Ich bin mir ziemlich sicher, dass sie erst eine verkauft haben.«

Amy legt den Kopf schief und schaut zu Trey.

»Gut zu wissen«, sage ich und setze mich wieder.

»Das war's? Keine Erklärung?«

Ich lächle und kratze in meinem Becher die allerletzten Reste zusammen.

Amy hält ihren eigenen Löffel eine Sekunde lang falsch herum an ihre Zunge und wartet. »Meine Freundin Mary hat mich angerufen. Sie hat erzählt, dass sie mit Gilligan bei dir war.«

»O ja. Ich scheine schwierige Fälle anzuziehen.«

Amy legt den Löffel in ihren leeren Becher. »Ich glaube, bei Fancies gibt's auch Ohrenstöpsel.«

Ich verstehe, dass sie sich auf das stetige Bellen des Collies bezieht. »Gilligan ist ein bisschen … nervös.«

»Besser geht's nicht, als ›nervös‹? Bringt dich die Schweigepflicht in Schwierigkeiten?«

Das ist die Amy, zu der ich mich von Anfang an hingezogen fühlte – ihre Schlagfertigkeit.

»Und ich habe gehört, dass du dich gestern Abend nach mir erkundigt hast«, fährt sie fort.

»Äh … ja, also, nur weil …«

»Das freut mich. Ich wäre enttäuscht gewesen, wenn du es nicht getan hättest.«

Ich brauche all meine Willenskraft, um nicht zu grinsen und zu fragen: »Wärst du das?«

Sie seufzt. »Wegen vorgestern Abend, der Anruf in der Bar. Ich war geschockt. Ich war abgelenkt und, ja, unhöflich. Es tut mir leid.«

Anstatt ihre Entschuldigung einfach anzunehmen, trifft mein verlegenes Schweigen auf: »Und, was ist deine Entschuldigung?«

Wow! Amy lässt mir nie Platz, um mich zu verstecken. Jetzt muss ich meine Gefühle in Worte fassen. Es erinnert mich an ein Zitat aus dem Film *The Player* des verstorbenen Robert Altman: *Ich mag Wörter und Buchstaben, ganze Sätze aber nicht so sehr.*

»Ich vermute mal, dass ich nicht daran gewöhnt bin, mit« – Vorsicht, Cyrus – »einer starken Frau zu tun zu haben.«

Kein Schlag auf meinen Körper, aber ihr Blick trifft ganz schön.

»Du wirst ›stark‹ definieren müssen, weil ich mir ziemlich sicher bin, dass es nichts damit zu tun hat, dass ich Bankdrücken kann.«

»Ich meine selbstbewusst, sicher.«

»Und das findest du bedrohlich?«

»Anders … aber auf eine gute Art.« Obwohl ich meinen Eisbecher umklammere, fahre ich mit einer Hand durch mein Haar.

»Beruflich und, ja, auch sozial habe ich ein ziemlich isoliertes Leben gelebt.«

»Mönch oder Eremit?«

Ich bemühe mich, nicht zu lächeln.

»Hör mal«, sagt sie, Ellbogen auf dem Tisch, Lippen über verschränkten Fingern, »die meisten Männer benutzen ihre Sensibilität, um damit zu beeindrucken oder sogar zu verführen. Zum Glück bist du keiner dieser Männer. Dein Verhalten spricht deutlicher als deine Worte.«

Es entsteht eine peinliche Stille. War das ein Kompliment?

»Dieser Anruf. Es war jemand, von dem ich seit Jahren nichts mehr gehört habe. Jemand … Besonderes … in meinem Leben. Gestern Abend war das eine totale Überraschung, eine große Sache. Ich weiß, dass es schwer ist, Cyrus, aber ich bitte dich, es im Moment dabei zu belassen.«

O Gott. Wie sehr ich ungelöste Rätsel hasse.

»Ich kann nicht anders, als neugierig zu sein.«

»Sei es nicht«, blafft sie und dann, sanfter, »hör mal, ich bin gern bereit, deine Eifersucht als Kompliment und nicht als Fehler anzusehen.«

Besonders. Große Sache. Das sind keine »Belassen wir es dabei«-Wörter. Sie will, dass ich mich zurückziehe, aber immer noch verliebt bin? Ich koche, ich sammle bereits Argumente, um noch weitere Fragen zu stellen.

Ich bin unruhig, und sie spannt sich an, richtet sich auf, und ich sehe ein enttäuschtes Stirnrunzeln, als ob sie die Anzeichen alle ganz falsch verstanden hätte, als wäre ich gar nicht so sehr an ihr interessiert, wie sie dachte. Sie schüttelt es ab, vielleicht setzt sie eine tapfere Miene auf, und dann, wie ein Idiot in Zeitlupe, verpasse ich meine Chance, es richtigzustellen.

»Na jedenfalls«, sagt sie, »haben mir meine Quellen berichtet, dass *du* ein Date hattest?«

Es ist eine gewagte Antwort, ihr Timing ist perfekt, es ist weniger eine Ablenkung als eine Breitseite.

»Also ... ich ... glaube nicht, dass ich das ein Date nennen würde«, sage ich, mein Kichern peinlich falsch.

»Mary hat gesagt, dass du mit einer auffallend attraktiven Frau da warst, die gar nicht aufhören konnte, dich mit ihren Blicken auszuziehen.«

»O nein, ehrlich, sie war ... nein ... und attraktiv? Mary übertreibt.«

»›Umfallend schön‹ war Marys genaue Beschreibung. Außerdem ›Köpfe verdrehend‹ und ›absolut heiß‹. Jetzt tu nicht so überrascht, du bist ein begehrter Junggeselle. Wenigstens wärst du das, wenn du diese dämliche Strähne auf deinem Kopf zähmen würdest, dich in Gegenwart des anderen Geschlechts entspannen und lernen würdest, mit einer Serviette umzugehen.«

Sie zeigt auf ihren eigenen Mundwinkel, damit ich einen Fleck Karamellsoße abwische.

»Begehrter Junggeselle?«

Sie schaukelt auf ihrem Stuhl, hat die Einschränkung schon parat: »Für diese Gegend.«

Falls Mary oder irgendein Gast im Diner Doc Honey erkannt hätte, hätte Amy ihren Namen benutzt. Es scheint, dass wir beide mit Menschen Kontakt hatten, die anonym bleiben sollen. Das heißt wenigstens so lange, bis Honey vor den Knights of Columbus ihren Vortrag hält.

»Anders als bei dir war mein Treffen weder *besonders* noch eine *große Sache*, sondern definitiv mehr Beruf als Vergnügen.«

Sie zuckt ein klitzekleines bisschen zusammen. Die Eifersucht macht mich eher schnippisch als schlagfertig.

»Ha, wirst du sie wiedersehen?«

Das könnte jetzt zu einer Katastrophe führen, aber ich kann nicht anders. »Für jemanden, der Fragen nicht mag, stellst du eine ganze Menge.«

Sie hebt die Augenbraue über ihrem braunen Auge in einer »Na na«-Geste.

»Sagen wir mal, das ist das Vorrecht einer Frau.«

Ich lächle und – zu meiner Erleichterung – sie auch. Vielleicht habe ich das hier doch nicht komplett in den Sand gesetzt. Vielleicht wäre jetzt ein guter Augenblick, um ein Kompliment loszuwerden.

»Gestern Abend«, sage ich, »wollte ich dir wirklich sagen … dir sagen, wie sehr …«

Mein Handy klingelt. Ich versuche weiterzusprechen.

»… das Nachhausekommen nach Eden Falls mir, na ja, die Augen geöffnet hat, aber dich zu treffen war genauso …«

»Findest du nicht, dass du rangehen solltest?«

Ich weiß, dass ich sie anstarre, und vielleicht wirkt mein

konzentrierter Blick verstörend aufgedreht, aber ich will etwas deutlich machen: »Nein, das ist wichtiger.«

Seufzend nehme ich das Handy, antworte mit einer Reihe kryptischer Grunzer und Ja und ende mit einem müden »Bin auf dem Weg«. Amy sieht mich an. »Beruf oder Vergnügen?«

»Beruf. Entschuldige, ich muss zurück zu Bedside Manor.«

»Ist alles in Ordnung?«

»Ja, irgendein Notfall.«

»Oh, wer ist es?«

»Jemand namens Mrs Peebles und ihr Hund, Crispin. Kennst du sie?«

Amy stutzt, schiebt abrupt ihren Stuhl zurück und steht auf.

»Ich habe wohl einen Fehler gemacht«, sagt sie.

Die Anspannung fällt wie ein unsichtbarer Vorhang zwischen uns.

»Ich kann dir nicht folgen.«

Sie reißt ihren Mantel vom Stuhlrücken und zieht ihn an.

»Wie gesagt, ich kann so tun, als sei Eifersucht ein Kompliment. Aber Lügen nicht. Wenn du Miss Umwerfendschön wieder triffst, dann hab den Anstand, es mir direkt ins Gesicht zu sagen. Ich weiß sicher, dass Crispin vor drei Monaten gestorben ist!«

ZEHN

Ich weiß nicht, wo ich anfangen soll. Amy hatte recht, aber ich auch. Der Hund Crispin ist *tatsächlich* seit einigen Monaten tot, und *doch* ist er mein Notfallpatient. Wie das sein kann? In meinem Behandlungszimmer sitzt eine verstörte 83-jährige Mavis Peebles, die von ihrer Tochter, »Patricia, nennen Sie mich Trish«, getröstet wird, und ein wohlerzogener, wunderbar stiller gelber Labrador, der von einem Präparator ausgestopft worden ist. Obwohl die wackelige Laufrolle, die im linken Hinterlauf des Hundes steckt, mich irritiert, vermute ich, dass die Ursache für den Kummer das kleine, leblose Wesen ist, das die alte Frau in ihren knotigen Händen hält.

»Donny Kutz kümmert sich normalerweise um diese kleinen Unfälle«, sagt Trish, »aber er überwintert in Florida und kommt erst Ende April zurück.«

»Donny Kutz?«, frage ich und bemühe mich, nicht hinzusehen, wie Mrs Peebles rhythmisch das Fell eines kleinen Taschenhaustiers streichelt. Es könnte ein Frettchen sein. Es ist schwer zu erkennen.

»Der Tierpräparator. Er wohnt unten bei Stowe. Wir dachten, Sie wären die nächstbeste Wahl.«

»Aber Mrs …«

»Bitte Trish.«

»Trish … bei allem Respekt, ich bin ein Arzt. Ich arbeite mit lebenden Tieren.«

Jedenfalls tue ich das inzwischen.

»Natürlich«, sagt Trish, »wir dachten nur ... na ja, Mom dachte, Sie könnten es versuchen, da Crispin doch ein Patient hier war. Wir verstehen Sie.«

Ich schaue zur offenen Krankenakte auf meinem Untersuchungstisch. Im Oktober wurde Crispin wegen eines inoperablen Krebsleidens eingeschläfert, die Details der letzten Monate des Hundes waren in der Krakelschrift meines Vaters dokumentiert worden. Seine Schrift ist fast unleserlich. Fast. Eine spezielle Formulierung springt mich an und trifft mich: *großartiger Hund, großartige Besitzerin.*

Trish beugt sich über ihre Mutter und will ihr auf die Füße helfen.

»Zeigen Sie mir doch mal, was los ist!«, bitte ich.

Die jüngere Frau hält inne. Sie ist wahrscheinlich Mitte 50, was man erkennt trotz der üblichen verjüngenden Tricks, professionell gefärbte, kurze Haare, Seidenschal, um den Hals zu verdecken, knallroter Nagellack, um von den deutlichen Venen auf dem Handrücken abzulenken. In den Ohren trägt sie dicke Diamantenstecker. Im Gegenzug hat Mavis mehr graue Haare als gefärbte, mehr sichtbare Kopfhaut als Haar. Sie wiegt vielleicht 45 Kilo in ihrem Mantel, ihr handgestrickter Wollschal scheint ihren zerbrechlichen Hals weniger warm als festzuhalten, um ein Schleudertrauma zu verhindern. Mir fallen die verdrehten und knotigen Handgelenke auf, die nur zu deutlich sprechen: Knopflochdeformität an den Daumen, Schwanenhalsdeformität an den Fingern, die klassischen Zeichen des Endstadiums einer rheumatoiden Arthritis.

Sie trägt hautfarbene Hörgeräte.

»Zeig's ihm, Mom.«

Trish tritt zur Seite, und Mavis nimmt das schäbige Wiesel in eine Hand und wedelt damit in meine Richtung wie mit einem dünnen Pompon.

»Sein Schwanz ist abgebrochen«, sagt Mavis, ihre Stimme klingt leise und unsicher.

Während drei Augenpaare mich anstarren (ein Paar besonders verstörend) und auf eine Antwort warten, wird mir klar, dass ich zwar gern schreiend aus dem Zimmer laufen, aber bestimmt nicht lachen möchte. Mavis zittert, und auch wenn mir die Möglichkeit, dass sie an beginnendem Parkinson leiden könnte, durch den Kopf geht, wirkt sie ehrlich verängstigt. Es ist offensichtlich, dass es Trish peinlich ist, hier zu sein, aber die Last der Verantwortung für ihre Mutter überwiegt. Warum gibt die Tochter dem bizarren Wunsch nach, einen toten Hund, wie soll ich sagen, am Leben zu erhalten?

»Darf ich ihn mir mal ansehen?«

Ich strecke die Hand aus. Mavis Peebles lässt ihn nur widerwillig los.

Kokzygeale Myopathie, oft bei untrainierten Labradoren zu finden, die in kaltem Wasser schwimmen. Akute Entzündung der Muskeln im Schwanzansatz, wodurch der Schwanz hängt. Die Krankheit wird auch, sehr passend, »hängende Rute« genannt.

Ich betrachte die offene Lücke am Schwanzansatz. Das Gewebe ist spröde, man könnte es sogar »crisp« nennen, aber das scheint angesichts des Namens des Hundes nicht sehr sensibel. Ich schätze, dass der Bruch zwischen dem zweiten und dritten Steißbeinwirbel liegt.

»Wie ist das passiert?« Die Frage ist an Mavis gerichtet, aber Trish drängt sich vor.

»Er wurde in einer Fliegengittertür eingeklemmt.« Sie hat ihre Stimme gesenkt, um die Hörgeräte zu überlisten.

»Äh … das ist vielleicht eine dumme Frage, aber das lässt vermuten, dass ein ausgestopfter Hund mitten im Winter ausgeht.«

Trish wirft einen prüfenden Blick über ihre Schulter und

schenkt ihrer Mom ein falsches Lächeln, das, soweit ich das sagen kann, bedeutet: »Ja, wir reden über dich.«

»Sie geht dreimal am Tag mit ihm in den Garten, wie sie es getan hat, als er noch lebte. Es ist ein Ritual und beruhigt sie. Selbst wenn Crispin einfach nur dasteht. Ich vermute, dass sein Schwanz in der Tür eingeklemmt wurde, als sie ihn heute Morgen wieder hereingezogen hat.«

Vielleicht senile Demenz, Parkinson nicht.

»Ganz ehrlich, Dr. Mills.« Das muss was Ernstes sein, denn sie flüstert jetzt. »Ich habe diese dumme, irrationale Illusion schon viel zu lange toleriert. Wenn diese … Verletzung … der letzte Tropfen ist, dann ist das für mich und meinen Mann in Ordnung, wenn Sie verstehen, was ich meine.«

Ich spähe an Trish vorbei und erhasche einen Blick auf die arme Mavis. Sie schaut in die Ferne und streichelt Crispins Kopf.

»Crispin war ihr Ein und Alles, und ich weiß, wie sehr sie einen Hund als Gefährten liebt, das hat sie immer getan, aber ihre Arthritis wird zu einem ernsten Problem. Einfache Dinge – Türklinken drücken, Lichtschalter betätigen, den Kühlschrank öffnen – werden immer schwieriger. Sie sollte wirklich in ein Pflegeheim. Aber das geht nicht, weil die anständigen Heime Hunde ablehnen, sogar einen ausgestopften. Wir haben mehr als genug Platz in unserem Haus, doch leider reagiert Lionel, mein Mann, hochallergisch auf Hundehaare. Sehen Sie mein Dilemma? So grausam es klingen mag, es wäre besser, wenn Crispin sich als unreparierbar herausstellen würde, wenn Sie verstehen, was ich meine.«

Trish tritt einen Schritt zurück und verschränkt die Hände, als sei die Staatsanwältin mit der Anklageschrift fertig. Mavis schaut mich mit dem Blick eines verängstigten Kindes, das nach Hause möchte, an. Ich wundere mich immer wieder aufs Neue darüber, wie sehr Menschen an ihren Haustieren hängen. Dieser gelbe Labrador ist in ihrem Leben geblieben, und doch ist sie ein Häufchen Elend, bei dem Gedanken, dass ihm etwas noch Schlimmeres als der Tod geschehen könnte. Ein klarer Beweis, dass diese Art von Verbindung sowohl gefährlich als auch ungesund sein kann. Diese Frau braucht rund um die Uhr dringender Pflege als einen toten Hund. Es ist normal, dass wir unsere Haustiere überleben. Dein Hund stirbt, und dir bleiben die Erinnerungen. Es sei denn – es sei denn, man kann sich nicht mehr erinnern.

In Trishs Handtasche zirpt etwas, sie entschuldigt sich und nestelt herum, um das Geräusch abzustellen. In diesem Moment dreht Mavis, von ihrer Tochter unbemerkt, den Kopf in meine Richtung, schaut mich scharf an und zeigt ein kaum sichtbares Kopfschütteln. Es dauert nur Sekunden – Trish wartet auf den Schuldspruch, die zerbrechliche, alte Dame tätschelt wieder Crispins Kopf.

Mavis kann nur meinen: »Nein, tun Sie es nicht«, was darauf hindeutet, dass sie das wahre Motiv ihrer Tochter für diesen Besuch kennt. Oder ziehe ich wieder voreilige Schlüsse? Was soll ich tun? Von Lewis' vielen Mantras fällt mir eines ein – *auf Zeit spielen.*

»Lassen Sie Crispin doch einfach hier«, sage ich zu den beiden. »Ich schaue mal, ob ich etwas tun kann.«

Lustigerweise sehen beide Frauen zufrieden aus, als hätte ich eine salomonische Lösung gefunden. Für Mavis klingt es, als würde ich den Schwanz reparieren, für Trish, als gäbe ich ihrer Mutter die Chance, die Trennung zu akzeptieren und den letzten Schlag abzumildern.

»Ich weiß Ihr Verständnis zu schätzen«, sagt Trish und zieht verschwörerisch eine Augenbraue hoch, während sie meine Hand schüttelt, froh, dass ich an Bord bin. Mavis steht mithilfe ihrer Tochter auf, beugt sich vor, um Crispin auf die Stirn zu küssen, und schlurft zu mir. Erst jetzt sehe ich ihre flauschigen weißen Hasenpantoffeln mit rosa Ohren. Die arthritischen Finger ihrer rechten Hand bitten mich, näher zu kommen.

»Danke, Bobby«, sagt sie. Sie achtet darauf, außer Sichtweite ihrer Tochter zu sein, und blinzelt mir listig zu.

Arm in Arm gehen sie zum Empfang und lassen mich mit einem toten gelben Labrador auf Rollen zurück. Bobby war der Name meines Vaters. Abgesehen von den Augen sehen wir uns nicht ähnlich. Ist Mavis so senil, dass sie ihren Besuch hier mit den Besuchen durcheinanderbringt, als ihr Hund und ihr alter Tierarzt noch lebten? Aber was sollte das Zwinkern? Was, wenn Mavis Peebles mir zu sagen versucht, dass sie tatsächlich sehr viel gerissener ist, als es den Anschein hat? Ich ziehe Crispin durch das Labor und parke ihn in einem leeren Zwinger. Er hat definitiv Mobilitätsprobleme. Erst als ich das Schloss am Zwingergitter schließe, halte ich inne. Was ist mit mir los? Er wird nirgendwohin gehen. Vergiss die Antibiotika, jetzt bin ich der Doktor, der Schmieröl verabreicht.

Ich lasse Crispins abgebrochenes Anhängsel bei ihm. Mein Spiel »Pinn dem Hund den Schwanz an« wird warten müssen. Es ist Zeit, an den ungelösten Fällen zu arbeiten.

Als Erstes Gilligan, der neurotische Border Collie. Ja, mir gefällt die Vorstellung, dass Gillies Besitzerin, Mary, bei Amy ein Loblied auf mich singt, aber wichtiger noch ist, ich habe etwas Konkretes für die Untersuchung – eine Blutprobe von Gillie.

Nur fürs Protokoll: Ich mag anatomische oder makroskopische Pathologie. Die Untersuchung von Krankheiten mit bloßem Auge. Aber gebt mir ein Mikroskop, um eine Diagnose zu stellen, und ich bin im Himmel.

Als ich es mir an der Arbeitsfläche meines improvisierten Labors bequem mache, ist alles in Reichweite; das Präparieren des Objektträgers ist so oft geübt, dass ich auf Autopilot schalten kann. Einen Blutstropfen nehmen, auf das Glas geben und geschickt verwischen, ihn mit einem warmen, nicht heißen, Föhn trocknen, im genau richtigen Moment einen Tropfen Farbe hinzugeben, und voilà, schon hat man eine geheime Zellgeschichte, die nur darauf wartet, entziffert zu werden.

Ich lege den ersten Objektträger unter das Mikroskop und mache mich an die Arbeit. Nach vier weiteren Glasplättchen ist das Ergebnis eindeutig. Gilligan ist anämisch, was seine niedrige Zahl roter Blutkörperchen bestätigt. Aber viel besorgniserregender ist die Tatsache, dass es anscheinend eine aregenerative Anämie ist. Wenn man Blut verliert, dann merkt das der Körper normalerweise und weist das Knochenmark an, mehr zu produzieren. Entweder will oder kann Gillies Knochenmark das nicht. Schlimm genug, wenn der Tank sich leert, aber noch schlimmer, wenn die einzige Tankstelle geschlossen ist.

In Gilligans Akte steht Marys Handynummer, und ich rufe sie an, um es ihr zu erklären.

»Hier in der Praxis kann ich nur bis zu einem bestimmten Punkt untersuchen. Idealerweise würde ich sein Blut gern für weitere Tests wegschicken, und wenn Sie es einrichten können, sollten wir Gilligans Bauch röntgen.«

Marys enttäuschtes Seufzen zischt in meinem Ohr. »Mann, Sie machen mich fertig, Doc. Ich kann mir nicht beides leisten. Ich wünschte, ich könnte. Entscheiden Sie, was davon uns zur Antwort führt.«

Jetzt bin ich mit dem Seufzen dran. Nicht nur dass ich an allen Ecken und Kanten sparen muss, jetzt ist es auch noch meine Schuld, wenn ich ihr mühsam verdientes Geld ausgebe und immer noch nicht herausbekommen habe, was es ist.

»Wissen Sie was«, sage ich, »bringen Sie Gilligan morgen früh vorbei. Kein Futter mehr nach Mitternacht, falls wir ihn sedieren müssen. Versuchen wir's mit dem Röntgen.«

Mary dankt mir, aber während ich noch auflege, packe ich Gilligans Blutprobe schon ein, um sie ans Labor zu schicken. Nein, natürlich kann ich mir diese Rechnung nicht leisten, aber irgendwie muss ich meine Chancen, eine Diagnose zu erstellen, erhöhen, für Gilligan, und hey, falls Amy von dieser philanthropischen Geste erfährt, umso besser.

Dieser kleine, verschlossene Umschlag rechts unten auf meinem Laptopbildschirm ist so neu, dass er unwiderstehlich ist. Niemanden, den ich kenne (oder kennen möchte), würde versuchen, mich per E-Mail zu erreichen, weswegen ich die Welt der verrückten Kühe und fetten Katzen verlasse, auf den digitalen Brief klicke und warte, während zwei neue E-Mails in meinem Postfach erscheinen.

Von: Stiles, Gabe
An: Mills, Cyrus
CC: Brown, Charlize
Betreff: Sorry!

Hey, Doc,
sorry, falls ich Mist gebaut habe. Ich bin Ihnen noch was schuldig, weil Sie nichts verraten haben. Es war Charlies Idee, Sie mit ihrer Mom zu verkuppeln (ja, ich bin eine Petze), nicht meine. Falls Sie es noch brauchen, hier ist der Link zu Ihrem Profil. Mein erster Hund hieß Jack, und wir haben im Hoffman Crescent gewohnt, Sie hatten also Glück!
www.lafs.com
Gabe
PS: Ich hoffe, durch meine »Geheimmission« ;-) sind wir quitt.

Ich klicke auf den Link, natürlich nur um mein Alias näher kennenzulernen, und sehe ungläubig, wie detailliert Gabe mein falsches Profil angelegt hat. Anscheinend möchte ich meinen nächsten Urlaub auf Hawaii verbringen, der letzte Film, den ich gesehen habe, war *Platoon* (ein kleiner Wink von Charlize), ich habe keine Geschwister, einen Collegeabschluss in Kommunikationswissenschaften, und angeblich ist das Beste daran, Single zu sein, die Hoffnung, dass »meine Suche nach dem perfekten Seelenverwandten bei dir endet«. Kaufen Frauen einem solche kitschigen Sätze wirklich ab? Fragen Sie mich nicht, wie, aber Gabe hat es sogar geschafft, ein Porträtfoto von meinem früheren Arbeitsplatz zu finden, und hat es mit Photoshop bearbeitet, sodass ich viel besser aussehe als in Wirklichkeit.

Ich schließe den Link und lese die E-Mail noch einmal. Er hat offensichtlich kein Problem damit, Charlie vor den Bus zu schubsen. Und was meint er mit der »Geheimmission«?

Die andere E-Mail hat Gabe weitergeleitet (von tlovelace@lafs.com). Offenbar kontrolliert er dieses Konto, und sie ist kein bisschen weniger verstörend.

Von: Honey, Winn
An: Lovelace, Thomas
CC:
Betreff: Neues Date?

Hi, Tom, Tommy, Thomas,
ich weiß nicht, was gestern Abend passiert ist, aber es war nicht wie irgendeines der Onlinedates, zu dem ich jemals gegangen bin. Es ist okay, nervös zu sein. Es ist okay, schüchtern zu sein. Aber was mir am besten gefallen hat, war, wie du einfach nur zuhören wolltest, um unsere Verbundenheit sich entfalten zu lassen. Männer verstehen mich ständig falsch. Sie sagen (ich nicht), dass mein Aussehen mich unnahbar erscheinen lässt, als spiele ich außerhalb ihrer Liga. Entweder das, oder sie re-

den lieber mit ihren Händen und nicht mit ihren Herzen, wenn du weißt, was ich meine. Du bist anders, Tom, Tommy, Thomas, und anders ist gut. Ich frage mich, ob du morgen Abend Zeit hast. Ich würde liebend gern da weitermachen, wo wir aufgehört haben. Bei mir? Ruf mich an.
Alles Liebe
W
XOXO

Das L-Wort? Umarmungen und Küsse? Bei mir? Was habe ich getan? Im besten Fall war ich verwirrt, nervös und musste nach Worten suchen. Wie kann Honey meine Stegreifdarbietung als sensibel, aufrichtig und sogar respektvoll interpretieren? Schlimm genug, sie beruflich hinters Licht zu führen, aber die Gefühle dieser verletzlichen Frau zu manipulieren, das ist unverzeihlich.

Ich lehne mich in meinem Stuhl zurück, verschränke die Hände hinterm Kopf und schaue durchs Wohnzimmerfenster. Es ist später Nachmittag, und das bisschen Licht, das durch diesen düsteren Winterhimmel drang, hat schließlich aufgegeben und sich der totalen Dunkelheit ergeben. Mit den Schatten kommt die Unsicherheit darüber, worauf ich mich eingelassen habe. Verbundenheit? Es gibt zwei Dinge, die Winn Honey und ich gemeinsam haben: Einsamkeit und, jedenfalls bei mir, Verzweiflung. Aber der Unterschied ist: Bei ihr ist der Ursprung davon die Scheidung und das Bedürfnis nach Bestätigung (jedenfalls glaube ich das), wohingegen der Ursprung bei mir meine freie Wahl ist und, so könnte man sagen, die Suche nach Wiedergutmachung. Vielleicht wusste ich nicht genau, worauf ich mich eingelassen habe, als ich Bedside Manor übernommen habe, aber es war meine freie Wahl. Ich habe mich dafür entschieden, in der eisigen, trockenen Tundra zu leben. Ich habe mich dafür entschieden, mich mit einem Veterinärkonzern anzulegen, mit fairen oder unfairen Mitteln. Ich habe mich für den Großteil meines Lebens dafür entschieden, allein zu sein. Ich habe gelernt, die Stille willkommen zu heißen und zu glauben, dass es einen Unterschied zwischen Isolierung und Isolation gibt. Jetzt bin ich mir nicht mehr so sicher. Hier draußen in der »wahren Welt« scheint es, als gäbe es keine Impfung und bei Weitem nicht genug Desinfektionsmittel, um nicht mit einem wirklich gefährlichen Erreger angesteckt zu werden: Hoffnung.

Es ist die Möglichkeit, nicht von Healthy Paws ruiniert zu werden. Es ist der Glaube, dass etwas, ich weiß nicht, etwas Ungewöhnliches, sogar Spannendes daran ist, bei Amy zu sein, und die Chance, dass sie es genauso empfindet. Aber jetzt bin ich verantwortlich dafür, aus den völlig falschen Gründen einer einsamen Frau, die keine Wahl hatte, Hoffnung zu machen.

Ich klicke bei Gabes E-Mail auf Antworten, versichere ihm, dass er mir nichts schuldig ist, und bitte ihn, die folgende Antwort weiterzuleiten.

An: Honey, Winn
Von: Lovelace, Thomas
CC:
Betreff: Freitagabend

Liebe Dr. Honey,
ja, Freitagabend acht Uhr passt mir. Ich würde gern die wahren Gründe für meine Nervosität erklären.
Mit freundlichen Grüßen
Tom

Kurz, formell und mit dem Ziel, ihre Erwartungen so sanft wie möglich zu dämpfen. Dr. Winn Honey verdient es, die

Wahrheit zu erfahren, und obwohl ich emotionale Konfrontationen hasse, fühlt sich eine elektronische Erklärung falsch an. Wenigstens wird mich niemand sehen, wenn sie mich in ihrem Haus mit Pfefferspray attackiert.

Ich breche die Onlinerecherche ab, packe zusammen, schnappe meine Arzttasche und beschließe, auf eine Expedition zu gehen, beginnend mit einem wichtigen Einkauf. Die Plastiktüte, die an der Haustürklinke hängt, hat andere Ideen. Darin befindet sich eine Karte mit meinem Namen darauf und eine Tupperdose mit einem großen Stück Zitronenbaiserkuchen. Ich öffne die Karte.

Ich muss Abbitte leisten, ich hoffe, das hier funktioniert. Crispin Peebles weilt offensichtlich noch unter uns! Jetzt weißt du, dass du nicht der Einzige bist, der voreilige Schlüsse zieht.
Ruf mich bald an!
A

Ich ignoriere das Fehlen von »Liebe«, lege den Kuchen auf Doris' Schreibtisch, und während ich in den Silverado hüpfe, genieße ich das aufregende, im Bauch kitzelnde Gefühl, dass Amy sich mit mir versöhnen will.

Die Kälte heute Abend kann am besten als streng beschrieben werden. Niemand hier im Norden spricht im Januar von Nettigkeiten wie »knackig« oder »frisch«. Ich lasse den Wagen vor Fancies Gemischtwarenladen im Leerlauf – bete, dass die Heizung endlich anspringt – und finde, wonach ich suche, und zwar genau dort, wo Amy gesagt hat, dass ich es finden würde. Vorn neben der Kasse steht ein Regal mit einem Dutzend minus einer *Der-Unbeugsame*-Fliegersonnenbrillen. Jetzt ein Dutzend minus zwei. Als ich gerade zahlen will, fällt mir etwas anderes auf. Neben einem 1,80 m hohen Primaten befindet sich ein Regal voller Gorilla-Glue-Klebstoff. Angeblich der stärkste Kleber auf diesem Planeten. Na, dann schauen wir mal, ob er stark genug für Crispins gebrochenen Schwanz ist.

Nachdem ich bezahlt habe und durch das Stadtzentrum zurück zu einem unangemeldeten, aber immens wichtigen Hausbesuch fahre, fallen mir unwillkürlich zwei Personen vor dem Diner auf. Als ich langsamer fahre, trifft das Scheinwerferlicht des Wagens auf sie, erfasst sie wie der Blitz einer Kamera, während ich vorbeischleiche. Es sind ein Mann und eine Frau, die neben einem unfassbar weiß glänzenden Humvee stehen. Ich starre, während ich vorbeifahre, aber keiner schaut in meine Richtung. Sie sehen sich an, umarmen sich, große Augen blicken einander an … ja, wie? … Freudig, bewundernd. Den lauten Wagen bemerken sie nicht, weil sie wie verzaubert sind, ihre Lächeln kurz davor zu explodieren. Der Mann ist ein Fremder, aber die fünf Sekunden in meinem Scheinwerferlicht zeigen mir alles, was ich wissen muss: größer als ich und verteufelt gut aussehend. Leider ist die Frau keine Fremde.

Andererseits, vielleicht ist Amy genau das doch.

ELF

Ein wütender Wagen schießt mit jaulender Hupe vorbei, und erst da fällt mir auf, dass ich die letzte Meile mit Fernlicht gefahren bin. Mit weißen, am Lenkrad klebenden Knöcheln rase ich durch die Nacht, folge den Konturen der Fetakäse-Schneebänke und jage die staubigen Schneeschlangen, die sich über den Asphalt schlängeln. Ich kann das sehr lebendige Bild des Mannes nicht abschütteln. Ich könnte ihn bei einer Gegenüberstellung identifizieren. Aber es ist Amys Gesichtsausdruck, der mich verfolgt. Mir fällt kein besseres Wort dafür ein als – liebestrunken.

Vielleicht bin ich nur paranoid. Was, wenn Amys Gesichtsausdruck eher fürsorglich als verliebt war, eher mütterlich als sinnlich? Das Einzige, was ich sicher weiß, ist, dass Amy in dieser Liebesszene aussah, als wäre sie von einem muskelbepackten Rettungsschwimmer gerettet worden, während ich zusah, am Wasserrand paddelnd, in dem Versuch, nicht zu ertrinken. Ich begreife bei dieser Frau gar nichts. Ich wäre so gern eloquent, bin aber nur nerdig. Wenn der Grund für dieses Liebesfegefeuer doch nur fehlende Kommunikation wäre. Was, wenn Amy einfach nur verstehen muss, wie stark mein … Verknalltsein ist. Nein, jetzt klinge ich wie ein geiler Teenager. Hingerissen? Nein, jetzt klinge ich wie ein Stalker. Zuneigung? Ja, mein aufrichtiger Wunsch, sie besser kennenzulernen. Wem mache ich was vor? Wie soll sie sich mit mir wohlfühlen, wenn ich immer noch Probleme damit habe, mich mit mir selbst wohlzufühlen?

Multitasking mit einem Handy (eigentlich Multitasking überhaupt) ist nicht gerade meine Stärke, aber ich wähle die Nummer aus dem Gedächtnis und weiß, dass es mindestens zehnmal klingeln wird, bevor jemand antwortet.

Nein, zwölfmal.

»Hallo, Harry, ich bin's, Cyrus, Dr. Cyrus Mills. Ich bin derjenige, der …«

»Ich bin zwar alt, aber nicht senil. Ich weiß, wer Sie sind. Wie geht's?«

Harry Carp ist Amys Großvater, den sie pflegt. Sie wohnt bei Harry und seiner komischen Promenadenmischung Clint.

»Gut«, lüge ich. »Wie geht's Ihrem Hund?«

»So gut wie nie, dank Ihnen. Wollten Sie Amy sprechen? Die ist nämlich nicht da.«

»Eigentlich wollte ich … äh … Ihnen eine Frage wegen Amy stellen.«

Harry macht eine Pause. »Ziemlich schnell für einen Heiratsantrag, finden Sie nicht?«

»Nein, nein, das ganz sicher nicht. Ich … also … Da ist dieser andere Mann …«

»Was ist mit ihm?«

Harry wirft das so schnell ein, dass ich nicht sagen kann, ob er sie beschützen will oder gelangweilt ist.

»Na ja … sollte ich … sollte ich …«

»Sollten Sie was?«

»Sollte ich mir Sorgen machen?«, platze ich heraus.

Ich höre, wie Harry, der 80-Jährige, ein paarmal durch die Nase einatmet, mich schmoren lässt.

»Ich habe ihn gestern getroffen. Nur für eine Minute. Scheint ganz nett.«

Zu fragen, ob er ein Freund oder Liebhaber war, scheint zu direkt, daher versuche ich es mit etwas Subtilerem. »Sie haben ihn also früher schon mal getroffen?« Ich denke, dass ich so wenigstens erfahre, wie lange er bereits aktuell ist.

»Nein, aber …«

»Aber was?«, frage ich und hoffe auf einen möglichen Fehler: dass er vorbestraft ist, eine Sprachstörung hat, vor der Ausländerbehörde flieht.

»Ich sage nur so viel. Clint mochte ihn nicht.«

Clint mochte mich auch nicht sofort. Oder vielleicht umgekehrt.

Volle fünf Sekunden lang sagt keiner von uns etwas, und dann meldet Harry sich wieder: »Ich habe dieses Zitat für Sie.«

»Von Mr Eastwood?« Ich weiß, dass Harry ein riesiger Clint-Eastwood-Fan ist. Jeder Hund, den er in seinem Leben gehabt hat, hieß Clint.

»Natürlich, aber nicht aus einem Film, sondern von ihm selbst. Es geht um Pessimismus.«

Ist das so offensichtlich, oder sieht Harry mich einfach als einen Versager?

»›Wenn du denkst, es wird regnen, dann wird es das.‹«

Ich schnaube zur Antwort. »Ich dachte, Sie würden etwas sagen wie: ›Wenn du darauf wartest, dass sich eine Frau entscheidet, wirst du lange warten müssen.‹«

»*Pale Rider – Der namenlose Reiter*, stimmt's?«

»Beeindruckend, Harry. Alles Gute.«

Die wenigsten Leute würden den Ausdruck *Expedition* benutzen, um einen unangemeldeten Hausbesuch bei einem kranken Tier zu beschreiben. Zu meiner Verteidigung muss ich sagen, dass dieses spezielle Wesen das Adjektiv *wild* verdient, außerdem bin ich für die Ablenkung dankbar, nach der Szene mit Amy und ihrem geheimnisvollen Mann vor dem Diner.

Ich parke hinter dem imposanten Gebäude, und mir fällt ein Schild auf, das wie für mich gemacht scheint:

NUR HOTELDIENSTE ODER LIEFERUNGEN. Was den Besuch heute Abend angeht, so ist er sicher dienstlich, und ich habe vor, eine Behandlung zu liefern. Neben dem Schild führt mich der karierte Lichtschein eines Bleiglasfensters in einer Tür die wenigen Stufen der Treppe zu einer Messingtürklingel hinauf. Ich drücke auf den Klingelknopf, aber es klingelt nicht. Hoffentlich klingelt es irgendwo tief drinnen, denn die Kälte hat bereits meine Ohren abgerissen, mein gesamtes Gesicht gefressen und tut sich jetzt an meinem Gehirn gütlich. Ich bin daran gewohnt, in Charleston, South Carolina, zu wohnen. Ich kenne kein Eis, geschweige denn Minusgrade. Die Arzttasche an die Brust gedrückt stampfe ich mit den Füßen auf eine dicke Gummifußmatte, ein schlechter Ententanz, der die Durchblutung meiner Zehen kaum verbessert. Dann fällt mir die Maus auf, tot und ausgeweidet liegt sie da, wo die Matte an die Holzverkleidung stößt, zweifellos das Opfer der Katzenversion von Hannibal Lecter.

Einer dieser Meinungsforscher wollte mich testen. Ich genoss seine Leber mit ein paar Fava-Bohnen, dazu einen ausgezeichneten Chianti.

Die Tür öffnet sich, und da steht der Mann, zu dem ich will – der Weihnachts-Hemingway.

»Dr. Mills, welche Überraschung«, sagt George Simms. »Sie hätten den Haupteingang benutzen sollen für diesen Drink aufs Haus. Kommen Sie rein, kommen Sie rein.«

Ich schlurfe hinein, die warme Luft dringt in meine Nase, jeder Quadratzentimeter nackter Haut sticht beim Auftauen.

»Ich bin eigentlich gekommen, weil ich es noch mal bei Henry versuchen möchte, falls er da ist.«

»Ist er. Hier entlang.«

Ich werde durch einen schmalen Flur geführt, vorbei an Schlangen von Zimmerservicekarren, dem Rauschen von Waschmaschinen und dem Geruch frischer Wäsche sowie dem Chaos und der Hitze einer geschäftigen Restaurantküche. Selbst wenn ich die grün-weiß gestreifte Vintagetapete ignoriere, verrät der Fußboden das Alter dieses Hauses. Die Zahl über dem Haupteingang, 1853, ist keine Hausnummer. Dem leichten Auf und Ab des Holzbodens unter meinen Füßen nach zu urteilen, gehe ich über den originalen Fußboden eines historischen Gebäudes.

»Hier drin«, sagt George, »obwohl ich mir ziemlich sicher bin, dass Henrys sechster Sinn gegenüber Ärzten auch zu Hause gut funktioniert.«

George hält eine Tür, auf der SICHERHEIT steht, auf, und ich betrete einen Raum, der vom flackernden Licht von Überwachungsbildschirmen beleuchtet wird. Acht LCD-Flachbildschirme zeigen scharfe Schwarz-Weiß-Bilder einer Reihe leerer Korridore, augenscheinlich einer Bar, einer Rezeption, dem Vordereingang und dem hinteren Parkplatz.

»Cooles System«, sage ich. »Wo ist das Casino?«

George lächelt, schnappt sich einen leeren Drehstuhl und rutscht damit zu einem Schreibtisch voller Computer und Tastaturen.

»Ich habe es vor ein paar Jahren installieren lassen. Teuer, aber das ist es wert. Deswegen.«

George drückt auf eine Taste, und auf einem Bildschirm in der Mitte, der einen leeren Korridor zeigt, beginnt eine Digitaluhr in der unteren, rechten Ecke vorzuspulen, saust durch Minuten und Stunden, Menschen schießen ins Bild und hinaus, gehen doppelt so schnell wie in einem Stummfilm.

»Vor einer halben Stunde hat eine Frau gemeldet, dass ein Schmuckstück aus ihrer Suite gestohlen wurde. Natürlich beschuldigt sie den Zimmerservice. Sie findet, das Zimmermädchen sei durchtrieben und habe einen merkwürdigen Akzent, sie besteht darauf, dass ich die Polizei rufe. Ich wette, dass dieselbe Frau in einer halben Stunde die Rezeption anruft, weil sie das Schmuckstück auf der Ablage im Badezimmer oder in einer Schublade unter einem Kleidungsstück wiedergefunden hat und alles ein großer Fehler war oder die Schuld ihres Ehemanns. Aber nur für den Fall habe ich dieses Überwachungsvideo, und ich werde es durchsehen, um sicherzustellen, dass niemand anderer außer dem Zimmermädchen die Suite betreten hat. Ich werde damit weitermachen, wenn es Sie nicht stört.«

»Natürlich nicht. Wo ist Henry?«

George dreht den neben sich stehenden Sessel um, und ich sehe, dass der von einem großen schwarzen Komma belegt ist, das sich langsam streckt und zu Henry der polydaktylen Raubkatze wird.

Katzen verschlafen Zweidrittel des Tages, der zwölf Jahre alte Henry ist also erst vier Jahre wach gewesen.

»Wenn Sie gehofft haben, ihn im Schlaf zu überrumpeln, dann kann ich nur davon abraten. Henry döst immer mit einem offenen Auge, jederzeit bereit zuzuschlagen.«

Bereit zu killen, denke ich und erinnere mich an den massakrierten Nager auf der Fußmatte.

»Nein, ich habe einen anderen Plan.« Ich stelle meine Tasche auf den Schreibtisch zwischen George und seinen Kater, nehme eine Schachtel mit gläsernen Objektträgern heraus, ein Paar alte Ofenhandschuhe aus meiner Küche und meine Geheimwaffe: eine coole *Der Unbeugsame*-Spiegelsonnenbrille.

Wahrscheinlich trägt er sie, damit man sich selbst betrachtet und nicht ihn.

Als Amy das über Trey gesagt hat, schien es die perfekte Art, Henry zu überlisten. Zumindest damals. Jetzt, wo ich hier bin und Henry dasitzt und mich genau beobachtet, bin ich mir nicht mehr so sicher.

Als Kater wird Henry mein Gesicht nicht wiedererkennen. Er ist mehr auf die Körperform ausgerichtet, auf Körpersprache und meine Stimme. Es langsam und heimlich zu versuchen, das ist von vornherein zum Scheitern verurteilt. Schnelligkeit und der Überraschungseffekt sind meine einzige Hoffnung. Den Rücken ihm zugewandt setze ich die Spiegelbrille auf, ziehe die Ofenhandschuhe an, und mit dem Fingerspitzengefühl eines Hummers nehme ich einen Objektträger in jede gepolsterte Hand. Kennen Sie das Gefühl, wenn Sie kurz davor sind, aus einem Flugzeug zu springen, und dem Fallschirm auf Ihrem Rücken vertrauen müssen? Also, ich auch nicht, aber ich stelle mir vor, dass es so sein muss.

»Haben Sie eine Ahnung, wie lächerlich Sie aussehen?«

Ich ignoriere die Kritik, mache einen Schritt nach vorn und vollführe eine 180-Grad-Pirouette, die vielleicht nicht des verstorbenen Michael Jacksons würdig ist, aber die mich genau dorthin bringt, wo ich sein will: in die Kampfzone. Es könnte am widerspiegelnden Leuchten der Bildschirme liegen, es könnten auch die zwei merkwürdigen schwarzen Katzen sein, die plötzlich aus dem Nichts auftauchen, auf jeden Fall ist die Sonnenbrille das stille Äquivalent der Blendgranate eines Sondereinsatzkommandos, die perfekte Ablenkung, die es mir erlaubt, beide Objektträger über Henrys Nasenspitze zu ziehen und zurückzutreten, bevor er »Ah, Clarice« sagen kann.

»Sagen Sie bloß, es hat geklappt«, sagt George, drückt auf Pause, sodass das Bild erstarrt, hievt sich aus dem Sessel hoch und kommt zu mir, um nachzusehen.

Ohne Spiegelbrille und Handschuhe betrachte ich die fettigen Streifen auf dem Glas. Ich muss erst zu Hause nachsehen, aber es scheinen mir anständige Schmierproben zu sein.

»Wir werden sehen«, sage ich und packe alles in meine Tasche. »Ich muss sie erst noch einfärben.«

George hebt Henry hoch, oder sollte ich sagen, Henry erlaubt es George, ihn hochzuheben. Man muss fairerweise sagen, dass der Kater verdattert wirkt und wehrlos, als hätte man ihm grundlos ein Glas kaltes Wasser ins Gesicht geschüttet.

»Ihr Vater hat gesagt, dass Sie stur sind. Ist mir nur recht, wenn Sie die Nase meines Katers heilen.«

Es scheint, dass mein Vater Sturheit als eine meiner wenigen Tugenden ansah.

»Ich werde Ihnen die Ergebnisse der Untersuchungen mitteilen. Viel Glück mit dem verschwundenen Schmuck«, sage ich und nicke in Richtung Bildschirm. »Ich finde schon hinaus.«

»Danke, Cyrus. Hey, die Bar liegt in der anderen Richtung, wenn Sie diesen Drink noch möchten.«

Ich betrachte den kräftigen St. Nick, der seinen schwarzen Kater mit der Karl-Malden-Nase auf dem Arm hält. Was für ein seltsames, aber merkwürdig passendes Paar. Vielleicht sollte ich sein Angebot annehmen, besonders heute, nachdem ich unerwartete Informationen über Amy erhalten habe.

»Ah … nein, ich sollte wirklich nicht, aber …« Ich kann einfach nicht anders.

»Haben Sie eventuell einen Hotelgast, der einen brandneuen weißen Hummer fährt?«

Ich habe mir Folgendes überlegt: Harry Carp hat gesagt, er hat Amys … Freund … nur kurz getroffen, also wohnt er nicht bei ihnen. Wenn man einen teuren SUV fährt und Eden Falls besucht, wird man höchstwahrscheinlich im besten Hotel am Ort absteigen.

»Natürlich«, sagt George. »Mr Marco Tellucci.«

Ich hatte ein Ja oder Nein erwartet, keinen Namen.

»O … richtig … und ist, ist er allein?«

»Keine Ahnung. Aber ich erinnere mich, dass er auf einem Doppelbett bestand. Ganz klar. Warum fragen Sie?«

Marco Tellucci. Muss ein Italiener sein. Verdammt! Dunkel, charmant und dazu sicher noch ein sexy Akzent. Könnte ich ihn noch mehr hassen?

»Nur so«, sage ich und gehe durch den Korridor den Weg zurück, den ich hereingekommen bin. »Ich melde mich.«

Das Wort *chill* in *Windchill-Temperatur* fühlt sich wie ein fieser Scherz an. Ich glaube, der örtliche Meteorologe meinte »Windkill« und hat sich versprochen. Obwohl der wehende Schnee im Scheinwerferlicht des Wagens wie Feenstaub glitzert, hat er nichts Magisches. In dieser Gegend ist das Wort *chill* ungefähr so nützlich wie das Wort *warm* in der Wüste Sahara.

Während ich fahre, kehrt die linke, nach den Gesetzen der Logik arbeitende Seite meines Gehirns zu meinem Gespräch mit Harry zurück. Harry hat gesagt, dass er diesen Marco gerade erst getroffen hat. Das deutet auf jemanden, der noch nicht lange zu Amys Leben gehört, aber der Anruf in der Bar, den Amy unbedingt annehmen musste, wirkte wie ein Gespräch mit einem alten Freund, und sie erwähnte, dass er jemand Wichtiges aus ihrer Vergangenheit sei. Angenommen, der Anrufer war dieser gewisse Marco Tellucci, warum war der Italiener dann nicht mehr als ein kurzes Treffen mit Amys Lieblingsverwandten wert? War sie Harry gegenüber genauso geheimnistuerisch wie mir gegenüber? »Scheint ganz nett«, hat Harry gesagt. Freund-nett oder Liebhaber-nett?

Eine Kurve erwischt mich unvorbereitet. Sie ist schärfer als gedacht, und plötzlich blendet mich blaues und rotes Licht, das den Wagen flutet und weiter vorn auf die rechte Seite des Highways fällt. Instinktiv nehme ich den Fuß vom Gas und trete auf die Bremse, das Heck des Silverado rutscht weg, aber ich behalte die Kontrolle. Ich erkenne das Polizeiauto von Chief Matt Devito, das hinter einem Wagen parkt, der geradeaus auf einem Feldweg zwischen den Bäumen steht. *Wahr-*

scheinlich betrunken, denke ich und schaue nach den verräterischen Reifenspuren. Aber ich sehe keine, und da erkenne ich den Wagen, die fensterlosen, hinteren Doppeltüren des spülwassergrauen Minivan – der hagere Mann mit seinem treuen Labradoodle.

Ich fahre ein paar Meter weiter an den Straßenrand und wünschte, ich hätte einen Rückwärtsgang in diesem dämlichen Truck, denn jetzt muss ich durch knietiefen Schnee stapfen.

»Doc!« Chief Matt sieht mich kommen und blendet mich mit seiner Maglite. Er hält die Taschenlampe neben seinen Kopf, ganz im Stil eines Hollywood-Cops.

Er trägt eine Kosakenmütze mit Ohrenklappen über seiner üblichen Polizeimütze. Weniger Wärmeverlust durch seine modisch kahle Chromkuppel.

»Ich wollte Sie gerade anrufen. Ich brauche Ihre Fähigkeiten, um an das Opfer ranzukommen.«

Fähigkeiten? Opfer?

»Was ist passiert? Ist jemand verletzt?«

Ich kämpfe mich durch den Schnee, will weitergehen, versuche, an ihm vorbei zum Van zu kommen.

»Doc, halt«, sagt Devito und streckt sich, um mich am Arm zu packen. »Es ist zu spät. Der Hund lebt, aber der Mann ist tot.«

Es verschlägt mir den Atem, und ein paar Sekunden lang sacke ich zusammen, die Hände auf den Hüften, Schock und Trauer überfluten mich.

»Alles in Ordnung?«, fragt der Chief.

Ich nicke, es geht mir gut.

»Ja, es ist nur … ich kenne diesen Mann. Also, ich habe ihn getroffen. Er kam heute zu mir … mit seinem Hund.«

»Wer ist es?«

Die Taschenlampe leuchtet mir wieder ins Gesicht.

»Ich weiß es nicht. Er hat keinen Namen genannt. Ich weiß nur, dass der Hund Stash heißt.«

Was ich weiß, fühlt sich für den Moment zu kompliziert an. Die Wahrheit sparsam zu dosieren, das ist kein Lügen, und falls der Chief mir in diesem Moment nicht glaubt, dann behält er es für sich.

»Folgen Sie mir und passen Sie bitte auf, wohin Sie treten. Ich versuche, die Kontamination eines möglichen Tatorts zu minimieren.«

Tatort? Welche Tat?

Der Van parkt gute 20 Meter vom Highway entfernt auf einem schmalen Feldweg, der eher für Geländewagen und Schneemobile geeignet ist. Es ist sehr viel leichter, in Devitos Spuren zu gehen.

»Das hier ist eine meiner Stellen für Radarfallen«, sagt er. »Ich verstecke mich hier mit dem Radar, um betrunkene Fahrer aus dem Inn zu erwischen. Da habe ich den Van gesehen. Es sah nicht nach einem Unfall aus. Ich habe mich gefragt, ob es sich stattdessen um ein öffentliches Ärgernis oder um Arbeit für die Sitte handelt.«

Das Erste, was mir an dem Minivan auffällt, ist, dass die Fenster auf der Fahrer- und der Beifahrerseite komplett geöffnet sind. Kein Rauch aus dem Auspuff, nicht mal das Knacken von abkühlendem Metall. Der Motor des Vans ist schon eine ganze Zeit lang aus.

»Sie sind vorn«, sagt Devito und schwenkt den Lichtstrahl zur Fahrertür. »Aber der Hund meint es ernst. Haben Sie Betäubungspfeile in Ihrem Wagen?«

Er tritt zurück, während ich die letzten paar Schritte nach vorn zum Wagen gehe. Genau wie damals vor dem Diner ist der Mann hinter dem Lenkrad zusammengesunken, aber dieses Mal liegt Stash, der Labradoodle, quer über seinem Schoß. Sobald ich mich dem offenen Fenster nähere, richtet Stash sich auf und bellt wütend wie ein Wachhund. Ich erschrecke, aber eher weil der Mann nicht mal zuckt.

»Leuchten Sie auf mich«, rufe ich über das Gebell. »Stash muss sehen, was ich tue.« Der Lichtstrahl schwingt auf mein Gesicht, ich schaue den Hund an und rufe Stashs Namen, während ich so tue, als verpasse ich mir einen Karateschlag auf die Luftröhre. Es ist, als drücke man die Tonlostaste – eine Geste, und das einzige Geräusch ist der Wind in den Bäumen über uns.

Devito kommt zum offenen Fenster und sieht die roten Teufelsaugen der vergrößerten Pupillen des Doodles.

»Stash, sitz.«

Ich erinnere mich, wie beeindruckt ich von den knappen, selbstbewussten Befehlen des hageren Mannes war, und bemühe mich, sie zu imitieren. Wieder reagiert Stash, er setzt sich auf den Beifahrersitz, perfekt in der Mitte und ganz aufmerksam.

»Stash, sitz.«

Dieser Befehl bewirkt nur, dass er den Kopf schräg legt, mehr nicht. Es könnte eine Hundeversion sein von: »Du wiederholst dich, du Idiot, ich gehe nirgendwohin.«

»Ist es sicher?«, fragt Devito.

Mir fällt Sir Laurence Olivier in *Der Marathon-Mann* ein, und Sie wissen nicht, wie gern ich »Ja, es ist sicher, es ist sehr sicher, so sicher, Sie würden es nicht glauben« sagen möchte, aber ich nicke nur, und Devito scheucht mich mit einer Geste vom Wagen weg, die er im Einführungskurs zur Kontrolle von Menschenmengen gelernt haben muss.

Immer noch misstrauisch, öffnet der Chief die Fahrertür und bringt einen Mann zum Vorschein, der nicht mehr Leben in sich hat als ein Crashtestdummy. Ich betrachte die Szene: leere Medikamentenschachtel hinter dem Schaltknüppel, eine halb leere Wasserflasche, kein Gurt, das weiße T-Shirt des Mannes voll von schwarzem Fell. Natürlich, ich wusste ja bereits, dass das ein Mann ist, der nicht mehr leben möchte. Ich vermute, als ich ihm nicht helfen konnte, hat er beschlossen, einen anderen Weg zu finden. Fenster offen, T-Shirt, Januar in Vermont. Jemand möchte kalt werden, richtig kalt, kalt genug und krank genug, um einzuschlafen und nie mehr aufzuwachen.

Den Blick auf den Hund gerichtet beugt Devito sich vor und tastet seitlich am Hals des Mannes nach dem Puls.

»O mein Gott«, ruft er. »Er lebt noch. Ich hätte schwören können, dass er …«

»Treten Sie zurück«, sage ich, schubse den Polizisten zur Seite, hocke mich neben den hageren Mann und lege meine Finger in das Drosselgrübchen unter seinem Kinn.

Innerhalb von Sekunden fühle ich einen Puls, nicht stark, nicht schwach, aber überraschend gleichmäßig. Ich drehe mich geschockt zu Devito um, will ihm gerade zustimmen, dass der Mann noch lebt, als ich innehalte und mir bewusst wird, dass etwas nicht stimmt.

»Ich hole den Defibrillator aus dem Wagen«, sagt Devito und stapft plötzlich voller Energie den Weg zurück, den wir gekommen sind.

»Nein, warten Sie«, rufe ich ihm zu.

Ich schaue auf meine Armbanduhr und zähle, während der Zeiger 15 Sekunden weiterläuft, ich nehme die Zahl mal vier. Exakt 72 Schläge pro Minute, und das wichtige Wort ist: exakt.

Bei schwerer Unterkühlung und einer Kerntemperatur von weniger als 27 Grad Celsius dürfte sein Herzschlag nicht mehr als 40 Schläge pro Minute betragen. Seine Brust bewegt sich nicht. Er atmet nicht. Ich hebe das linke Augenlid des hageren Mannes an. Die Pupille ist starr und erweitert. Er ist definitiv tot, aber sein Herz schlägt weiter. Es gibt nur eine mögliche Erklärung.

»Er ist tot«, sage ich und stehe auf. Der Wind peitscht über meine Wangen, und ich erlaube mir einen Augenblick, in dem ich die Verzweiflung dieses armen Mannes auf mich wirken lasse. Was für ein merkwürdiger Ruheort. Selbst sein bester Freund konnte ihn nicht retten. Den schwarzen Haaren auf dem T-Shirt nach zu urteilen, hat Stash alles getan, was er konnte, um sein Herrchen warm zu halten. Devito wird keine forensischen Tests brauchen, um den Speichel des Hundes überall auf dem eiskalten Gesicht des Mannes zu finden.

»Sie haben recht, was den Puls betrifft«, sage ich. »Aber er ist zu schnell für einen Toten.«

»Ich kann Ihnen nicht folgen.«

»Ich glaube, dass er einen Herzschrittmacher haben muss. Der künstliche Rhythmus schaltet sich nicht aus, bloß weil man nicht mehr lebt.«

Fairerweise muss man sagen, dass Devito aufrichtig enttäuscht wirkt, dass wir zu spät kommen, und eine Weile stehen wir beide einfach nur da, unsicher, was wir als Nächstes tun sollen.

Wie Sie bin ich schließlich zurückgekommen, bloß dass Sie diese Praxis bekommen haben und ich diesen Hund.

Was hat der tote Mann gemeint?

»Warum hier?«, frage ich.

Der Chief lenkt den Lichtstrahl in die Dunkelheit hinter den Van, aber da ist nichts zu sehen.

»20 Meter weiter befindet sich ein Aussichtspunkt mit einem Panoramablick auf das Tal.« Und dann, als wäre es eine Erklärung, fügt er hinzu: »Richtung Westen. Schöne Sonnenuntergänge.«

»Okay«, sage ich und beginne zu berichten, warum der Namenlose zu mir gekommen war und dass er sich leider das Leben genommen hat, weil er nicht darauf warten konnte, dass die Natur das erledigte.

Devito wartet, bis ich fertig bin, dann durchsucht er alle Taschen der Jeans des toten Mannes. Stash sieht nicht erfreut aus. Vorsichtig öffnet der Chief das Handschuhfach: leer.

»Scheint, Ihr Kunde hat alles getan, um nicht identifiziert zu werden.«

Die Taschenlampe leuchtet unter der Windschutzscheibe auf das Armaturenbrett. Die kleine Metallplakette mit der Identifikationsnummer des Wagens fehlt.

»Ich wette, wir finden auch kein Nummernschild«, sagt Devito und richtet sich auf. »Wie heißt der Hund noch mal?«

»Stash.«

»Stash – wie Drogenvorrat? Da glaubt man doch glatt, unser Unbekannter war ein Drogendealer. Ich frage mich, ob er Trey Garvey kannte.«

Und da dachte ich, ich sei derjenige, der vorschnell falsche Schlüsse zieht. Trey wird einmal beim Pusten erwischt, und Devito glaubt, er sei einem mexikanischen Kartell auf der Spur. Angesichts des hellorangefarbenen Fells um die Schnauze des Hundes würde ich darauf wetten, dass es ein Spitzname ist, eine Kurzform von »Mustache«, Schnurrbart. Vielleicht ist es zu dunkel für Devito, um das zu sehen, aber ich behalte es für mich.

»Der Mann war todkrank. Ich vermute, dass der Hund das Einzige war, was die letzten Monate seines Lebens erträglich gemacht hat.«

»Dann werden wir ihn über den Hund finden«, sagt Devito, zufrieden mit sich, und deutet mit dem Finger auf mich. »Der Hund wird eine Spur hinterlassen haben. Er ist offensichtlich besonders gut trainiert. Wer hat ihn also trainiert? Und wenn Bedside Manor nicht seine Tierarztpraxis war, wer dann? Ihre Chance, Detektiv zu spielen, Dr. Mills.«

»Ich werde sehen, was ich tun kann«, sage ich. »In der Zwischenzeit sollten Sie vielleicht einen Pathologen rufen.«

Ich fange an, den Weg zurückzugehen, den ich gekommen bin, achte darauf, in dieselben Spuren zu treten.

»Moment mal. Was ist mit dem Hund? Ich kann ihn nicht mitnehmen.«

Ich bücke mich und sehe Stash an, der den Blick immer noch auf sein schlafendes Herrchen gerichtet hat, sein Körper wartet auf den nächsten Befehl.

»Lassen Sie mich was versuchen«, sage ich und gehe hinten um den Van herum, »solange es Ihnen nichts ausmacht, dass ich Ihren *Tatort* zertrample.« Anstelle von Anführungszeichen in der Luft hebe ich sarkastisch die Stimme. Trotzdem zögert Devito, bevor er mich durchwinkt. Die Beifahrertür ist schwierig zu öffnen, da sie zur Windseite steht und mit Schnee zugeweht wurde, aber als ich sie so weit, wie es ohne Schaufel möglich ist, öffne, wendet Stash mir den Rücken zu, unfähig oder unwillig, seine Verantwortung abzugeben.

»Stash«, rufe ich im selben festen Tonfall wie vorher. »Stash, komm.«

Der Doodle schaut mich an, für eine Sekunde.

»Stash, komm.« Bestimmt, nicht böse.

Dieses Mal dreht sich der Hund zur Öffnung der Beifahrertür, scheint zu überlegen, wendet sich aber wieder ab.

»Stash, komm«, sage ich, unfähig, die Trauer und die Resignation aus meiner Stimme zu drängen, und dann, fast widerwillig, löst Stash sich, quetscht sich durch die Lücke und springt nach unten. Er wird von dem weichen Pulver verschluckt, als er neben mir landet. Im Schein der Taschenlampe beobachte ich, wie der Hund den Kopf hebt und auf den nächsten Befehl wartet – von mir.

FREITAG

ZWÖLF

Es scheint, dass ich ein Talent dafür habe, Hunde geheimnisvoller Abstammung aufzunehmen. Letzte Woche war es ein flüchtiger Golden Retriever namens Frieda Fuzzypaws. Fast jeder in Eden Falls dachte, Frieda wäre weggelaufen, jeder außer ihrem Besitzer, einem Kerl, der den Hund aus seinem Leben jagen wollte, bis ihm klar wurde, dass Frieda ein wesentlicher Bestandteil davon war. In der kurzen Zeit, die Frieda bei mir war, habe ich entdeckt, dass mir die Gesellschaft eines Hundes ganz gut gefällt. Okay, »ganz gut« ist vielleicht untertrieben.

Oh, sie war sehr anhänglich und betete meinen Kühlschrank an, aber wenigstens musste ich nicht länger Selbstgespräche führen.

Stash ist ein völlig anderer Mitbewohner. Anstelle von goldenem Fell, das sich überall verteilt, habe ich es jetzt mit Fell zu tun, das eine merkwürdige chemische Reaktion durchmacht, wenn es auf Pulverschnee trifft, und eigensinnige, traubengroße und hartnäckige Eiskugeln bildet, die an Stashs Beinen und Bauchfell kleben. Während Frieda Körperkontakt suchte, scheint Stash zufrieden, neben mir zu bleiben, ein Hundeschatten, der mir von Raum zu Raum folgt, inklusive Badezimmer – und ich glaube nicht, dass es daran liegt, dass er extrem anhänglich oder ängstlich ist. Wenn überhaupt, wirkt er so, als sei er im Dienst. Gestern Abend, als ich mich fürs Bett umzog, saß er vor mir und hatte etwas im Maul. Mein Handy muss mir aus der Tasche gerutscht sein, als wir zusammen auf dem Sofa saßen. Ich war nicht beeindruckt vom Apportierinstinkt, ich hatte eher Angst vor diesen klaren braunen Augen, die zu sagen schienen: »Hast du was verloren?« Dieselben braunen Augen, die mich im selben Augenblick, in dem ich heute Morgen aufgewacht bin, begrüßten, nur Zentimeter von meinem Gesicht entfernt, und mich zu tadeln schienen, weil ich zu lange im Bett liegen blieb. Und als ich ihm Frühstück anbot, weigerte er sich zu fressen, bis ich meine eigene Müslischale vorbereitete. Es ist, als wüsste er nicht, wie er sich entspannen könnte, um einfach nur ein Haustier zu sein.

Im Moment bin ich mir ziemlich sicher, dass Stash meinen Versuch, Crispins abgebrochenen Schwanz wieder an die richtige Stelle zu kleben, kritisch verfolgt. Entweder das, oder er hält mich für völlig durchgeknallt, weil ich es überhaupt probiere. Unter seinem wachsamen Blick sitze ich auf dem Boden, hinter Crispins Läufen, neben mir eine geöffnete Sammlung von chirurgischen Instrumenten, eine Dose Öl (ich wollte dieses Rad noch reparieren) und die Flasche Gorillakleber.

»Nicht witzig«, sagt Doris, die neben mir steht, eingepackt in ihre Daunenskijacke. Sie schaut auf das Schild, das ich an das Gitter des Zwingers gehängt habe und das diesen Patienten identifiziert als »Crispin Peebles, 14 Jahre alter Labrador, gebrochener Schwanz, VaW.« VaW – Verzicht auf Wiederbelebung.

»Entschuldigung«, sage ich. »Ein bisschen Galgenhumor. Ich wollte nicht, dass jemand keinen Puls findet und dann einen Defibrillator holt.«

Vorausgesetzt, wir haben einen.

Doris interessiert sich nicht für eine Erklärung, ihr dürrer Zeigefinger zuckt zwischen den beiden Hunden hin und her. »Schwer zu sagen, welcher der ausgestopfte und welcher der lebendige ist.«

Sie hat recht. Stash ist auf eine unheimliche Weise ruhig und wartet, ohne zu blinzeln, auf meinen nächsten Befehl.

»Wo sind nur meine Manieren? Doris, das ist Stash, der Labradoodle, der …«

»Diesem Kerl gehört hat, der gestern Abend tot in seinem Auto gefunden wurde.«

Es ist sinnlos nachzufragen, woher. Natürlich weiß sie Bescheid.

Aber sie hat *Kerl* gesagt. Sollte ich annehmen, dass Doris die Einzelheiten, aber nicht den Namen des Mannes erfahren hat?

»Wenn er nicht aus Eden Falls stammte, woher dann?«, frage ich.

Ihre einzige Antwort ist ein Schulterzucken, aber in Doris' Augen zeigt sich ein Glitzern, das vergnüglich sein könnte und mir sagt, dass sie bereits dran ist.

»Nun, Stash bleibt bei mir. Wenigstens vorerst. Und, was denken Sie?« Ich stehe auf und zeige auf Crispins Schwanz, dabei ignoriere ich die Stahlklemmen, die alles halten, bis der Kleber getrocknet ist.

Die Mundwinkel ihrer orangefarbenen Lippen biegen sich für einen Sekundenbruchteil nach oben.

»Es war die Idee Ihres Vaters.« Doris weist mit ihrem haarigen Kinn in Crispins Richtung. »Ihn ausstopfen zu lassen. Er dachte, dass Mavis so am einfachsten unabhängig bliebe.«

»Das verstehe ich nicht. Mavis Peebles sieht aus, als bräuchte sie dringend Hilfe.«

»Das Äußere kann trügen«, sagt Doris. »Ihre Tochter Trish meint es gut, aber es ist ihr Ehemann, Lionel, der die Hosen anhat und das Geld kontrolliert.«

»Lionel, der gegen Hunde allergisch ist, richtig?«

»Behauptet er, aber ich wette, dass das Einzige, wogegen er allergisch ist, der Verlust des Erbes seiner Schwiegermutter ist. Trish und Lionel wohnen in einer teuren Villa in Richtung Patton, aber Mavis könnte das Feng-Shui ruinieren, wenn Freunde auf einen Cocktail vorbeikommen, wenn Sie wissen, was ich meine.«

Feng-Shui. Doris hat offensichtlich mehr zu bieten als Marlboros und toupierte Haare.

»Sie meinen, Trish will Crispin loswerden, damit ihre Mom entweder bei ihr oder in betreutem Wohnen leben kann, während Lionel Crispin lieber noch behalten würde, damit Mavis im Status quo bleibt. Und nicht bei ihnen wohnt, wegen seiner angeblichen Allergie, aber auch nicht ihre Ersparnisse in einem Altenheim ausgibt.«

Doris schnalzt mit der Zunge, als wolle sie ein stures Pferd vorantreiben, und zwinkert mir verstörend zu, um zu sagen: »Sie haben es erfasst.«

»Was denken *Sie* denn, was Mavis möchte?«, frage ich.

»Keine Ahnung«, blafft Doris, augenscheinlich beleidigt. »Ist Ihnen klar, dass die Frau alt genug ist, um meine Mutter zu sein?«

»Natürlich, ich wollte damit auf keinen Fall ...«

»Und wenn ich mir mein aktuelles Gehalt ansehe, kann ich mir so schnell kein Altenheim leisten.«

»Das ist toll, ich meine, dass ich, dass wir immer noch Ihre Gesellschaft genießen dürfen, immer noch von Ihren ... Fachkenntnissen profitieren können.«

Meine Überleitung vom Gehalt zu kitschigen Komplimenten ändert Doris' Stirnrunzeln nicht. Ich bemerke, dass sie nach einer Zigarette lechzt. Sie betrachtet eine Rolle Verbandsmaterial, als frage sie sich, ob man die wohl rauchen könnte.

»Wahrscheinlich will sie ihren Hund in einem Stück zurück«, sagt sie. »Und wenn Sie schon dabei sind: eine Heilung für ihre Arthritis. Woher soll ich das wissen?«

Doris dreht sich auf dem Absatz um, wendig und leichtfüßig, ihr aufwändig toupiertes gelbes Haar zittert wild, als sie davonmarschiert.

»Ich bin praktisch ein Küken im Vergleich zu Mavis Peebles«, ruft sie, ohne sich umzudrehen.

Und ich muss ihr zustimmen. Doris' knochige Beine ähneln durchaus denen des Haushuhns.

Solange Crispins Schwanz in der Warteschlange klemmt (wortwörtlich), ist es Zeit, Stash für eine besondere Aufgabe zu benutzen: die Identität des hageren Mannes zu enthüllen. Auf diese Weise komme ich der detektivischen Unfähigkeit von Chief Matt Devito zuvor. Und ich habe auch schon ein eindeutiges Indiz für die Ermittlungen – fehlende Hoden. Irgendwann einmal wurde Stash von diesem Teil seiner Männlichkeit getrennt. Und wenn er kastriert wurde, dann wurde er wahrscheinlich auch geimpft, entwurmt, die Zecken wurden entfernt und so weiter, die Liste ist unendlich. Das nächste Indiz ist die Krankheit. Wenn man seine letzten Tage auf Erden plant, dann wette ich, dass man nahe an seinem Zuhause bleiben will, auch wenn die beiden vielleicht nicht direkt aus Eden Falls stammten. Wenn sie keine Kunden von Bedside Manor waren, dann bietet sich doch eine gewisse Konkurrenzpraxis auf der anderen Talseite als erster Anlaufpunkt an. Ich hole Guy Dorkins verknitterte Visitenkarte aus meiner Tasche und wähle die Nummer von Healthy Paws.

Ein Band antwortet, das darauf beharrt, dass ich besonders gut aufpassen soll, da sich etwas geändert hat. Ich werde gefragt, ob es ein Notfall ist, ob ich ein Rezept brauche, eine Nachricht für einen Arzt hinterlassen oder einen Termin machen möchte. Schließlich passt mein Anliegen zu »Alle anderen Anrufer drücken bitte die 0«, und ich lande in der Warteschleife, wo ich gezwungen bin, einer piepsigen Frauenstimme zuzuhören, die mich fragt, ob ich wusste, dass Flöhe fast einen Meter weit springen können. Ja!

»Hey, hallo, wie geht's, hier ist Healthy Paws, Popcorn am Apparat, was kann ich für Sie tun?«

Moment Mal, was für eine Begrüßung war das denn? Ich bin ganz erschlagen. Hat sie wirklich gesagt, dass sie Popcorn heißt?

»Hallo, Popcorn, hier ist Dr. Mills, ich arbeite in Bedside Manor, in Eden Falls.«

Schweigen am anderen Ende der Leitung, kein »Ach ja, kenne ich, ja, Bedside Manor«, sondern einfach nur völlige Stille.

Ich spreche weiter. »Ich habe hier einen Hund, einen schwarzen Labradoodle namens Stash, und ich frage mich, ob er vielleicht einem Ihrer Kunden gehört.«

Wieder Schweigen, und dann platzt ein »Ja, sicher, okay, bitte warten Sie« heraus, und die säuselnde Frauenstimme vom Band kehrt zurück und erklärt mir, wie wichtig es ist, meinen alten Hund alle sechs Monate untersuchen zu lassen. Wo ist die Fahrstuhlmusik?

»Wollen Sie noch einen Fall erbeuten, Doc?«

Es ist Dorkin, die Frage direkt, kein Anzeichen von Lockerheit.

»Äh, nein, überhaupt nicht… ich habe einen Hund aufgesammelt…«

»Fühlen Sie sich besser, wenn Sie mich um Erlaubnis fragen? Schlafen Sie dann ruhiger?«

»Wovon reden…?«

»Sie haben uns bei Sox Sauer praktisch des Kunstfehlers bezichtigt, was kommt als Nächstes? Tierversuche? Dass wir ein Schneeballsystem betreiben?«

Was ist denn mit dem los? Ich vermute mal, die Glacéhandschuhe wurden offiziell beiseitegelegt.

»Ich, also ich versuche nur herauszufinden, ob ein Hund namens Stash, ein Patient von…«

»Nein. Nein, ist er nicht. Spucken Sie's aus. Sie suchen verzweifelt nach Patienten. Nein, es ist keiner von unseren. Tun Sie sich keinen Zwang an.«

Ich bin nicht gut bei schnippischen Retourkutschen, und die Möglichkeit aufzulegen würde normalerweise über meine typische linkische Erwiderung gewinnen. Aber als ich diesen Anruf gemacht habe, habe ich an Doc Honey gedacht.

»Und dieser Vortrag, den Sie in Eden Falls organisiert haben, soll … was? Wollen Sie bürgernah werden?«

Ein empörtes Schnauben zischt durch die Leitung.

»Wenn Sie sich solche Sorgen machen, kommen Sie vorbei. Uns wäre tatsächlich nichts lieber, als zu hören, wie Sie Ihre spezielle Art der Tiermedizin verteidigen. Ich bin mir sicher, Sie könnten uns etwas über die Entdeckung der Röntgenstrahlen erzählen oder den Nutzen von etwas namens« – er trennt die Silben zum Zwecke der besonderen Erniedrigung – »Pe-ni-zi-llin.«

»Prahlen Sie ruhig mit Ihrer schicken Ausrüstung, Dorkin, aber glauben Sie mir, die Leute achten darauf, was sich hinter dem Vorhang verbirgt.«

»Gut. Ich reserviere Ihnen einen Platz, und dann lassen wir die Tierbesitzer von Eden Falls entscheiden, wo man die beste Medizin zum besten Preis bekommt. Wie klingt das?«

Er legt auf, bevor ich noch ein Wort sagen kann. Plötzlich kann ich nur noch an mein bevorstehendes Rendezvous mit Doc Honey denken. Ob's mir gefällt oder nicht, ich muss mit der Wahrheit herausrücken, muss meine Sünden einem feindlichen Kämpfer gestehen, einer Feindin mit einem öffentlichen Forum, in dem sie mein Doppelleben als ruchloser Tommy Lovelace enthüllen kann. Ich bin ruiniert. Bestenfalls bin ich ein betrügerischer Sonderling. Hier in der Gegend ist es jedoch wahrscheinlicher, dass ich als Landei gelte, das eine traurige und einsame Ärztin für wilden Sex und Insiderinformationen ausnutzen will. So oder so ist es nicht gut, weder für mich noch für Bedside Manor.

Als ich mit den Proben von Henry, dem Kater, vor dem Mikroskop sitze, erinnere ich mich an früher, an einfachere Zeiten, wie ich als Wissenschaftler, der seinen Kopf senkte, den Rest der Welt von mir fernhielt und mein Leben mit schmerzfreier Objektivität lebte. Der alte Cyrus wäre vor einer Konfrontation mit Doc Honey schreiend davongelaufen. Der alte Cyrus wäre beim Anblick Amys zweifarbiger Augen zu Stein erstarrt, von ihrem Selbstbewusstsein gar nicht zu reden. Aber es brauchte Bedside Manor und keine zwei Wochen im eiskalten Vermont, und jetzt will ich mich ändern. Natürlich, Kälte und Isolation – willkommen in Eden Falls – sichern Selbsterhalt und schützen vor Erniedrigung, aber tief drinnen wird mir bewusst, dass ich so tot war wie die meisten meiner Patienten. Manchmal denke ich, es könnte einfacher sein, diesen Zustand träumerischer Schwäche abzuschütteln, wachsamer zu sein und alles schärfer, härter anzugehen. Aber trotz all meiner finanziellen und emotionalen Sorgen kann und will ich nicht zurückgehen. Heute sitzt die bequeme Rüstung des Introvertierten, die mir wie eine zweite Haut gepasst hat, bei Weitem nicht mehr so gut. Und im Moment könnte sie bei den Mottenkugeln in meinem Schrank hängen.

Als Pathologe habe ich meistens einen Objektträger bekommen, eine Biopsie, ein Stück Gewebe und dazu eine Notiz des praktizierenden Arztes mit seiner vorläufigen Diagnose. Es ist, wie DJ bei einer Hochzeit zu sein: Selbst wenn man ein tolles Soundsystem hat, hilft es, wenn man weiß, welche Musik erwartet wird. Wenn ich als Pathologe keine Diagnose bieten kann, dann ist das das Problem des praktizierenden Arztes, nicht meines. Schiebe es auf deine eigene miserable Technik, auf deine Unfähigkeit, eine anständige und aussagekräftige Probe zu nehmen, aber beschuldige nicht den Pathologen. Jetzt, da ich gezwungen bin, beide Hüte zu tragen, und angesichts dieser speziellen zwei Objektträger, bedeutet das Versagen, eine Diagnose zu erstellen, eine weitere Runde im tödlichen Kampf mit Henry, oder, noch schlimmer, es bedeutet, einen Patienten an Healthy Paws zu verlieren.

Obwohl die Ursache für Henrys Problem in diesen fettigen Flecken zu finden sein muss, muss man sie herauslocken, sorgfältig entziffern, und da ich nur zwei Proben habe, kann ich mir keine Fehler leisten.

Ruhig, Cyrus, geh logisch daran. Denk an das, was du weißt. Ich weiß, dass George Simms gesagt hat, dass er es mit Antibiotika, Fungiziden und Steroiden versucht hat, alles ohne Ergebnis. Daraus ergibt sich, dass die nasale Läsion nicht von einer bakteriellen Infektion, nicht von einem Pilz oder einer Entzündung verursacht wird. Warum? Weil da immer noch ein großer, fetter Tumor auf der Schnauze des armen Henrys sitzt. Versuchen wir es mal mit einer Diff-Quick-Färbung.

Ich halte das erste Glasblättchen zwischen den Fingerspitzen und tunke es in kleine Behälter mit blauer und roter Farbe. Schnell eintunken, trocknen und ab unter die Linse. Meine Finger drehen die Knöpfe, um das Mikroskop scharf zu stellen, das Präparat rutscht vor und zurück, und in weniger als einer Minute habe ich meine Diagnose, beziehungsweise ich habe keine Diagnose. Es ist kein Krebs. Es ist kein Tumor. Alles, was ich sehe, ist Zellschmutz. Das bekommt man, wenn die Probeentnahme nicht viel mehr ist als Naseputzen. Verdammt.

Eines erledigt, auf zum Nächsten. Ein Glasblättchen steht zwischen mir und Katzenkratzfieber, einer Tollwutimpfung, Stichen und einer Antibiotikainfusion. Der Trick mit der verspiegelten Sonnenbrille funktioniert sicher kein zweites Mal.

Es gibt viele Färbemöglichkeiten, um bestimmte Mikroben

zu vergrößern und zu identifizieren, aber wenn ich die falsche Färbung auswähle, war's das. Denk nach. Henry hat auf die Antibiotika nicht reagiert. Wieso?

Was, wenn die Bakterien resistent sind?

Neben mir auf der Arbeitsfläche liegt ein Stapel Krankenakten, und ich suche Henrys heraus, blättere durch die Seiten mit gekrakelten Notizen, bis ich die Antibiotika finde, die Doc Cobb benutzt hat. Die Welt ist voll von Bakterien, aber mein Vater hat klug gewählt. Er hat zuerst einen breitgefächerten Schuss wie aus einer abgesägten Schrotflinte gewählt, bevor er sich zu spezifischeren Antibiotika, sozusagen den pharmakologischen Scharfschützen, vorgearbeitet hat. Doch nichts schien zu funktionieren. Warum nicht? Normale Bakterien wären erledigt gewesen. Es gibt nur eine mögliche Ursache: Henry ist nicht von normalen Bakterien befallen.

Dieses Mal gehe ich zum Schrank. Stash, der jetzt sitzt, beobachtet meine Bewegungen. Vielleicht hofft er auf ein Leckerli. Stattdessen stehe ich Hinterlassenschaften meiner verstorbenen Mutter gegenüber, und zwar in Form ihrer präzise organisierten Sammlung von Laborgeräten, seltenen Färbungen, einer mechanischen Stoppuhr und einem klassischen Erinnerungsstück aus Chemieschulstunden, dem Bunsenbrenner.

Es ist, als folge man einem Rezept aus einem Martha-Stewart-Kochbuch. Den Brenner anzünden, den letzten Objektträger in eine rote Flüssigkeit tunken, fünf Minuten lang in die Flamme halten, dabei darauf achten, das Säure-Alkohol-Gemisch nicht zu flambieren, und – tatata – ein Augenschmaus.

Die Finger zucken, die Glasplatte zischt, und in weniger als einer Minute habe ich meine Diagnose. Ich schiebe meinen Stuhl vom Mikroskop zurück und auf Stash zu.

»Gib mir fünf«, sage ich mit untypischem, sportlichem

Machogehabe, und als hätten wir den Trick über Jahre perfektioniert, hebt Stash sofort eine schwarze Pfote und schlägt ein. Ohne nachzudenken, ziehe ich seinen ganzen Körper zu mir hoch und auf meinen Schoß, als wäre er ein Kind, bereit für ein Bilderbuch. Ich vergrabe mein Gesicht in dem weichen, süß riechenden Fell seines Nackens und flüstere: »Braver Hund.« Es dauert nur ein paar Sekunden, aber dann halte ich inne, nein, wir halten inne wie in dieser Szene im Film *Grease*, als Danny Zuko und Kenickie sich spontan, kumpelhaft umarmen, dann bemerken, dass das nicht cool ist, und sich voneinander lösen, als wäre es nie passiert. Für einen Sekundenbruchteil kommt es zu Blickkontakt, aus gegenseitiger Zuneigung wird gegenseitige Verlegenheit, und Stash springt wie eine Gazelle von meinem Schoß herab, während ich zurück zum Mikroskop rutsche, wo die knallroten Flecken winziger Bakterien in meeresblauen Wolken schwimmen.

Henry ist das Opfer eines seltenen Bakteriums, das zur selben Familie gehört, die uns solche Freuden wie Tuberkulose und Lepra bescheren. Es nennt sich Mykobakterium und reagiert nicht auf die üblichen Antibiotika. Man braucht eine spezielle Ziehl-Neelsen-Färbung – danke, Mom –, um es zu entdecken. Jetzt, wo ich weiß, womit ich es zu tun habe, kann ich sogar die genaue Spezies feststellen: *Mycobacterium microti* – der Wühlmausbazillus. Und wenn ich Wühlmaus sage, dann meine ich Nager wie die Beute eines Katers, der als ausgezeichneter Mäusefänger gilt. Jetzt ergibt das alles einen Sinn. Wo wird eine in die Enge getriebene, infizierte Maus eine Katze beißen? Direkt in die Nasenspitze.

Es gibt eine Walgreens Apotheke in Patton. Es stellt sich heraus, dass sie die zweiprozentige Isoniazidsalbe haben, die Henry zur Behandlung seiner Nase braucht. Ich kann sie abholen, zum Inn in Falls View fahren und den Heiligen Gral abliefern: Diagnose und Therapie. Ich bin fast versucht, zum

Selbstlob eine Faust in die Luft zu strecken und »Jaaaaaa« zu rufen. Fast.

»Doris, ich fahre nur schnell zu …«

Aber Doris ist draußen und geht durch eine Wolke Zigarettenrauch, und der einzige Mensch am Empfang ist niemand anderes als der Computernerd persönlich: Gabe.

»Hey, Doc, haben Sie kurz Zeit?«

Der Napoleon-Dynamite-Doppelgänger scheint erfreut, mich zu sehen.

»Äh … klar … Solltest du nicht in der Schule sein?«

»Freie Lernzeit«, sagt er, als müsste ich das wissen. Er trägt immer noch sein graues Unabomber-Sweatshirt – die Kapuze unten, Gott sei Dank –, aber um Brust und Schulter hängt eine Laptoptasche.

»Sag mir, dass es nicht schon wieder um dieses Datingding geht.«

»Nein, gar nicht, Doc. Das war Charlie, nicht ich. Das hier werden Sie lieben. Aber wir sollten irgendwohin gehen, wo wir ungestört sind. Sie wissen, dass der Hund nicht angeleint ist, oder?«

Stash schaut zu mir hoch, überprüft Gabe und wirft mir einen Blick zu, den ich nur als vernichtend bezeichnen kann.

»Ja. Der gehört zu mir. Komm mit.«

Ich schließe die Tür zum Behandlungszimmer hinter uns, und Gabe holt bereits Ausdrucke heraus und sortiert sie auf dem Stahltisch. Mir springt sofort ein gemeinsames, auffälliges und verstörendes Element ins Auge: Auf jeder Seite steht oben in der Mitte das Healthy-Paws-Logo.

»Was hast du getan, Gabe?«

Irgendwie schafft es Gabe, verwirrter auszusehen als ich. O nein, jetzt erinnere ich mich an das PS in seiner E-Mail: *Ich hoffe, durch meine »Geheimmission« ;-) sind wir quitt.*

»Worum Sie mich gebeten haben.«

»Ich habe dich um nichts gebeten.«

»Doc Lewis hat das gesagt. Er hat gesagt, nichts Gefährliches, nur ein kleines bisschen kreatives Herumschnüffeln, das ist alles. Damit Sie gegenüber der Konkurrenz einen gewissen Vorteil haben.« Er klopft liebevoll zweimal auf den nächsten Papierstapel.

»Einen Moment.« Mein Blick huscht über die Seiten. Das sind Abrechnungen, Umsatzzahlen, ganz sicher vertrauliche Unterlagen.

»Hör sofort auf, Gabe. Das ist vollkommen illegal.«

»Vielleicht.«

»Ganz sicher.«

»Vielleicht, aber nur, wenn man erwischt wird, und nur, wenn man dumm genug ist und eine elektronische Fußspur hinterlässt.«

Ich weiß nicht viel über Gabe, aber eines scheint klar: Wenn es um Computer geht, ist er sicher nicht dumm.

Dorkins sarkastischer Tonfall klingt mir noch in den Ohren:

Lassen wir die Tierbesitzer von Eden Falls entscheiden, wo ihre Tiere am besten behandelt werden.

»Erklär mir doch mal, wie du das gemacht hast!«

»Zu technisch, zu langweilig«, sagt Gabe, »abgesehen von dem Passwortkram, der ist immer cool.«

»Ach ja?«

»Natürlich. Das ist der Schlüssel. Das Passwort zu knacken ist das Beste. Mögen Sie Rätsel? Natürlich mögen Sie Rätsel. Sehen Sie, die meisten Passwörter sind logisch, persönlich und nur selten zufällig.«

»Passwort«, biete ich ihm an. »123456. Vertraukeinem.«

»Ich habe gesagt, logisch oder persönlich, nicht dämlich. Nur so können wir uns an sie erinnern, ohne sie aufschreiben zu müssen. Ich war wegen Tallulahs regelmäßigen Untersuchungen x-mal mit Mom bei Healthy Paws und habe dort gesehen, welche Software und welche Hardware sie benutzen.«

»Aber woher kennst du Dorkin? Ich vermute mal, dass er derjenige ist, der das Passwort festlegt.«

Gabe grinst, er genießt seinen Vorteil. »Ich passe auf. Ich habe beobachtet, wie Dorkin mit Tierbesitzern umgeht, wenn sie ihre Rechnungen bezahlen. Er hat Lieblinge. Wenn man Lippenstift und einen kurzen Rock trägt, heißt es: ›Sicher können wir da noch was machen‹, ansonsten hetzt er einem ein Inkassobüro auf den Hals. Der Typ ist ein Arsch.«

Weder Stash noch ich widersprechen.

»Normalerweise fange ich immer mit dem Tiernamen an, aber der offene Teil des Systems hat mir gesagt, dass auf Dorkin keine Tiere bei Healthy Paws registriert sind. Komisch für jemanden, der eine Tierarztpraxis leitet, stimmt's?«

Dieser Kommentar bringt mich zu der Überlegung, ob ich Stash so schnell wie möglich adoptieren sollte.

»Also werde ich kreativer. Persönliche Daten, Geburtstage, sein eigener, die seiner Kinder, der Hochzeitstag, so was alles. Dorkin ist geschieden, hat keine Kinder, und sein Geburtsdatum funktionierte nicht.«

Gabe bemerkt meinen alarmierten Gesichtsausdruck. »Fragen Sie nicht. Jedenfalls geht's mit dem Mann selbst weiter. Was weiß ich? Ich weiß, dass er total selbstverliebt ist. Ich weiß, dass er teure Kleidung und eine teure Uhr trägt. Eitelkeit und Geld. Natürlich schaue ich nach seinem Nummernschild, und – bingo – Dorkin hat ein besonderes Nummernschild für seinen Mercedes. Ich tippe die sechs Buchstaben ein – T O P D O G –, und Sesam öffne dich, ich bin drin.«

Ich weiß nicht, ob ich beeindruckt sein soll oder ihn durchsuchen sollte, ob er verkabelt ist als Teil einer Undercoveroperation des FBI.

»Ich schnüffle also eine Weile herum, vor allem langweilige

Zahlen, aber als ich denke, warum nicht mal nach Tallulahs Krankenakte schauen und ihren Aufschlag nachrechnen, um zu sehen, wie viel sie uns abgeknöpft haben, da fällt mir auf, dass es nicht aufgeht.«

Gabe hat seine Beweise so geordnet, dass jeder mit einem bisschen Geschäftssinn die Hauptabrechnung, die Dorkin für sich selbst erstellt, mit den einzelnen monatlichen Abrechnungen vergleichen kann, die jeder Doktor zu sehen bekommt. Alles, was ich sicher sagen kann, ist, dass Doc Honey deutlich schlechter abschneidet als ihre Kollegen.

»Ich kann dir immer noch nicht folgen. Sieht für mich wie Reihen langweiliger Zahlen aus.«

»Genau das sollen Sie auch sehen. Aber wenn Sie, wie ich, Zahlen lieben, dann gerät alles ins Wanken. Hier« – er hebt eines der monatlichen Excelblätter von Dr. Honey hoch – »der Arzt bekommt einen Prozentsatz von allem, was er tut: Impfungen, Medikamente verschreiben, Bluttests. Wenn er nichts in Rechnung stellt, bekommt er kein Gehalt. Dorkin dagegen erhält ein regelmäßiges Gehalt, aber wenn Sie genau hinsehen, dann bekommt er auch einen Prozentsatz von all dem nichtklinischen Kram, den die Praxis anbietet, wie die Tierpension, den Hundesalon, Tierfutter, Kauspielzeug, Hundebetten, Hundekleidung, was auch immer. Nichts davon wird publik, bis man die monatlichen Zahlen, die jeder Arzt tatsächlich zu sehen bekommt, mit den Zahlen auf Dorkins Hauptabrechnung vergleicht.«

Gabes Zeigefinger springt zwischen den Zahlen für verschiedene Monate und verschiedene Ärzte hin und her, und das Muster tritt klar hervor. Er ist schrecklich aufgeregt, völlig weggetreten, und das fällt mir auf, weil ich genau weiß, wie sich das anfühlt. Mathenerd trifft auf Wissenschaftsnerd.

»Die Produktionszahlen der Ärzte liegen immer unter dem, was sie tatsächlich generieren. Dorkin hinterzieht also Geld?«

»Im Prinzip, ja«, sagt Gabe. »Wo immer möglich rundet er die Rechnung zu seinen Gunsten auf. Nichts Großes, nichts Gieriges, nur ständig ein paar Hundert hier und da von jedem Arzt, genug, um einen Unterschied zu machen, nicht genug, als dass sie es bemerken würden. Übers Jahr hat er, selbst nach den Steuern, sein persönliches Einkommen deutlich erhöht.«

Ich schaue mir die Zahlen noch einmal an, und dieses Mal ist der Betrug offensichtlich. Niemanden trifft es härter als Winn Honey. Ich frage mich unwillkürlich, ob er sie bestraft. Eine persönliche Vendetta?

»Wie viele Leute wissen davon?«

»Sie, ich und Bello.«

»Du hast Charlie doch nichts davon gesagt, oder?«

»Nein.«

»Gabe?«

»Okay, ja. Aber ihr können Sie vertrauen.«

Ich denke an die clevere, witzige, aber im Grunde unglückliche, Eiscreme liebende Tochter meiner Onlinefreundin. Ich wäge ab, zögere, aber ich muss einfach fragen.

»Redet Charlie je über ihr Zuhause?«

»Sie meinen, warum sie fett ist?«

Ich bin nicht gut darin, Entsetzen zu spielen, daher versuche ich es nicht einmal.

»Ihr Dad ist vor ein paar Jahren ausgezogen. Er lebt mit einer 23-Jährigen zusammen, die er im Netz kennengelernt hat. Jetzt sind sie verheiratet, haben zwei Söhne, Zwillinge. Charlie und ihre Mom sind auf ihre Weise damit umgegangen. Der Doc hat vor lauter Stress abgenommen, hat trainiert und fing an, Dates mit jüngeren Männern zu machen, vielleicht um was zu beweisen. Dadurch fühlte sich Charlie von beiden Eltern verlassen. Dad hat seine neue Familie, und Mom will keine Teenagertochter, die ihre Date-Chancen ruiniert. Ich glaube, Charlie isst, um zu ärgern und um zu vergessen.«

»Das ist schade. Die beiden haben einiges durchgemacht«, sage ich. »Aber du hättest mich nicht ins Spiel bringen sollen.«

Gabe sieht eher unbefangen als zerknirscht aus.

»Und es war falsch, Dorkins Computer zu hacken.«

»Ach kommen Sie schon, Doc, das hier ist krass.«

Ich hasse es, es zugeben zu müssen, aber er hat recht, und es ist sogar gerecht. Das Beste, was ich tun kann, ist zu schweigen.

»Sehen Sie es ein. Guy Dorkin ist total am Arsch. Vergessen Sie ein bisschen verbotenen Porno oder Onlineglücksspiele, diese Info kann ihn in den Knast bringen. Warum sehen Sie so besorgt aus?«

Wie ich da stehe, die Kinnlade runtergeklappt und, ehrlich gesagt, ein bisschen panisch, erlebe ich etwas, was ich nur als außerkörperliche Erfahrung beschreiben kann. Es ist, als beobachte ich mich selbst, während ich drei für mich ungewöhnliche Dinge tue. Erstens, ich bemerke, dass meine Hand auf Stashs Kopf liegt und, anders als bei seinem früheren Herrchen, nicht weil ich ihn als Stütze brauche. Zweitens, obwohl ich gleichzeitig dankbar und wütend auf Lewis bin, weil er dieses verdammte, kleine Projekt in Auftrag gegeben hat, schiebe ich Gabes Beweise zu einem Stapel zusammen. Und schließlich, und am verstörendsten von allem, wende ich mich an Gabe und sage: »Ich frage mich, ob du noch etwas für mich tun könntest.«

DREIZEHN

Es ist an der Zeit, es zuzugeben: Ich entwickle eine gefährliche Bindung zu diesem merkwürdig aussehenden Doodle. Mir wird das schlagartig bewusst, als wir vom Parkplatz aus nach links fahren. Stash sitzt auf dem Beifahrersitz des Silverado, ein Auge auf mich, eines auf die Straße gerichtet, und plötzlich taucht etwas in meinem Kopf auf – Sorge. Ich mache mir Sorgen, weil ich diesem Tier keinen Gurt oder irgendeinen anderen, hundespezifischen Sicherheitssitz bieten kann, für den unwahrscheinlichen Fall eines Unfalls. Ist das ein Gefühl der lastenden Verantwortung oder Teil des Verliebens?

Wir fahren in die Stadt, mein Handy habe ich bereits am Ohr und rufe Lewis an.

»Wo bist du?«

»Bei meiner Frau und trinke Kaffee. Viele Termine? Soll ich kommen und aushelfen?«

Verdammt. Wie macht Lewis das? Ich will wütend auf ihn sein, weil er hinter meinem Rücken den Computernerd engagiert hat, aber er ist der liebevolle Ehemann, der Zeit mit seiner todkranken Frau verbringt und trotzdem gern einspringt, sollte es nötig sein.

»Nein, nein, es ist nicht viel los.«

Ich schaue zu Stash. Das ständige Beobachten verstört mich schon weniger, obwohl sein Blick auch bedeuten könnte: »Leg auf und fahr ordentlich.«

»Tut mir leid, diese Geschichte von dem Mann mit seinem

Labradoodle. Spielst du wieder mal Schutzengel für einsame Hunde?«

Lewis bezieht sich auf den Spitznamen, den bleibenden Ehrentitel, den mein Vater verliehen bekommen hatte: Schutzengel der vermissten Hunde. Wenn jemand einen Streuner gefunden hat oder ein Hund adoptiert werden musste, weil sein Besitzer umzog oder seine Arbeit verloren hat oder gestorben ist, dann hat Bobby Cobb ein Foto des Hundes an eine Wand im Wartezimmer gehängt und sich darum gekümmert, dass er in ein gutes Zuhause kam.

»Mal sehen«, sage ich und will zurück zum Thema. »Gabe war da. Der Junge, der sich mit Computern auskennt.«

»Ehrlich? Hat er was gefunden?«

Erstaunlich. Keine Entschuldigung, kein Zurückrudern, weil er einen Minderjährigen auf eine Spionagemission geschickt hat. Ich mache, so gut ich kann, weiter und erkläre Dorkins kleinen Betrug.

»Was hast du dir nur dabei gedacht, einen Teenager zu bitten, im Internet zu spionieren? Was, wenn er erwischt worden wäre?«

»Er hat gesagt, er schuldet dir noch einen Gefallen. Hat gefragt, ob er uns bei einer Praxiswebsite helfen soll, er würde es gratis machen.«

»Und da hast du das tierärztliche Pendant zu Wikileaks vorgeschlagen?«

»Er war derjenige, der Hacken ins Spiel gebracht hat. Hat eine Weile gedauert, bis mir klar wurde, dass das nichts mit Gartenarbeit zu tun hat. Ich dachte, das könnte uns auf ein paar Ideen bringen, wie Bedside Manor konkurrenzfähig bleibt. Man muss seinen Feind kennen. Hätte nie gedacht, dass er etwas so Nützliches finden würde. Glaub mir, Dorkin spielt sehr viel unfairer als wir. Hast du schon die *Gazette* von heute Morgen gesehen?«

»Nein.«

»Hol dir eine. Und bedank dich unbedingt bei Peter Greer, wenn du ihn das nächste Mal siehst. Dorkin muss kochen.«

Was hat Greer denn jetzt wieder getan?

»Lass mich überlegen, was wir mit Gabes Informationen machen können«, sagt Lewis, »ich komme bald vorbei.«

Wir legen auf, und da ich gerade an der Tankstelle vorbeifahre, halte ich an, neugierig auf die Zeitung. Ich will wissen, was da los ist.

Die Tankstelle in Eden Falls ist eine, bei der man nicht selbst tankt. Ein Junge, der wie Shackleton auf seiner Polarerforschung eingepackt ist, rennt hin und her, steckt Zapfhähne in Autotanks, füllt Öl nach, läuft mit Kreditkarten in den Laden und kommt wieder zurück.

Ich parke auf dem, was vom Parkplatz neben einem himalayaartigen Schneeberg noch übrig ist, und befehle Stash, sitzen zu bleiben.

Hinter den Zapfsäulen und dem Vorplatz befindet sich ein einstöckiges Gebäude, das in zwei Teile aufgeteilt ist. Rechts ein Minimarkt, wo ich neben Riesentüten Doritos, Zweiliterflaschen Limo und so viel Frostschutz, Auftauhilfen und Schneeschaufeln, wie ich im ganzen Leben jemals brauche, auch eine Ausgabe der heutigen *Gazette* zu finden hoffe. Links schweben reihenweise aufgebockte Wagen über Mechanikern in Blaumännern. Countrymusik läuft im Hintergrund, begleitet vom Aufheulen der Motoren, dem Rasseln und Klappern eines Drehmomentschlüssels und dem Widerhallen von Flüchen. Der Laden verbreitet einen schweren Geruchsmix aus Öl, Abgasen und Testosteron. Da erkenne ich einen der Mechaniker, der auf mich zukommt.

»Doc, alles in Ordnung?«

Es ist Drew, Marys Ehemann. Er knetet ein helles Tuch in seinen Händen, und es ist schwierig zu sagen, wo das Öl endet und wo seine Finger anfangen. Aber, hey, der Kerl kann tatsächlich reden.

»Ich dachte, Sie wollten Gillie heute Morgen sehen. Um ihn zu röntgen, oder?«

»Richtig«, antworte ich, »natürlich.« Natürlich habe ich vollkommen vergessen, dass Gilligan, der neurotische Collie, heute am Bauch geröntgt wird. Und natürlich bemerkt Drew, dass ich es vergessen habe.

»Doc Lewis erwartet ihn«, lüge ich. »Ich kaufe nur rasch eine *Gazette*.«

Drew nickt mir langsam zu, und eine Sekunde lang betrachten wir beide die faszinierenden Kratzspuren auf seinen Stahlkappenstiefeln.

»'tschuldigung für die Werbung«, sagt er.

»Deswegen will ich die Zeitung kaufen.«

Drew sieht verwirrt aus und zeigt auf die Zapfsäulen.

»Diese Werbung.«

Auf jeder der vier Säulen befinden sich über dem Benzinpreis Hochglanzposter von wunderhübschen und schrecklich niedlichen Hunden und Katzen, die ihre Supermodelbesitzer bitten, sie zu den besten Tierärzten weit und breit zu bringen: zu Healthy Paws: »Für alle Vierbeiner.« Ihre Telefonnummer in Patton ist groß darauf abgedruckt.

»Ich habe versucht, meinen Boss ...«

Obwohl Drew weiter darüber philosophiert, wie wichtig es ist, regionale Unternehmen zu unterstützen, höre ich nicht mehr richtig zu, weil ein riesiger, glänzend weißer Hummer an die Tankstelle gefahren ist.

Das dunkel getönte Fenster an der Fahrerseite öffnet sich, und eine Stimme befiehlt: »Einmal Premium volltanken.« Ich kann drinnen zwei Männer erkennen, und es wird viel gestikuliert, in die Augen geschaut und temperamentvoll gesprochen. Der Mann auf dem Beifahrersitz ist ein Unbekannter.

Der Mann hinterm Lenkrad ist derselbe gut aussehende Teufel, der gestern Abend eine ergebene und hingerissene Amy in seinen kräftigen Armen gehalten hat.

»... ich hab's jedenfalls versucht. Wir hören dann später von Ihnen?«

Der Kerl, der den Hummer fährt, könnte Italiener sein, auf diese klischeehafte Perfekter-Dreitagebart-, Gigolo-, Lamborghini-Fahrer-, »*bellisimo bambino*«-Art. Wartet Drew auf eine Antwort?

»Gut. Ja. Bis später.«

Der Mechaniker spaziert kopfschüttelnd weg, wahrscheinlich denkt er, er hätte direkt zu Healthy Paws gehen sollen. Ich bin wie erstarrt, unfähig, dem Reiz des hässlichen weißen Wals eines SUVs zu widerstehen. Die beiden Männer darin streiten sich offensichtlich, und ich erinnere mich an etwas, das Doc Honey in ihrer E-Mail geschrieben hat: Echte Männer sprechen mit ihren Herzen, nicht mit ihren Händen.

Um zu lauschen und ein paar nützliche Informationen zu erhaschen, überquere ich den Hof, nähere mich dem Hummer, nur um dann vom langen Arm des Gesetzes um 180 Grad herumgerissen zu werden.

»Dachte ich mir doch, dass Sie es sind«, sagt Chief Devito, einen dampfenden Kaffeebecher in der freien Hand.

»Sind Sie mit diesem Trickhund Hasch oder wie immer er heißt, schon weitergekommen?«

Ich will ihn gerade korrigieren, ändere dann aber meine Meinung.

»Nein. Nichts. Was ist mit dem Besitzer?«

Der Chief bläst angewidert eine Kondenswolke aus.

»Als hätte der Typ nie existiert.«

Ich versuche, nicht zu lächeln, aber Devito bemerkt mein Amüsement. Dann sieht er an mir vorbei, und ihm fällt der weiße Hummer auf.

»Hey, ist das nicht der Typ, den ich mit Amy aus dem Diner gesehen habe?«

Ich drehe mich um und bemühe mich, so auszusehen, als wüsste ich nicht, wovon er spricht, während der monströse SUV davonfährt.

»Komisch, weil mir irgendwer erzählt hat, Sie beide wären zusammen.«

Der Chief hebt den Becher in meine Richtung und genießt das letzte Wort, während er zurück zu seinem Wagen geht.

Jetzt bleibt mir nur noch, eine *Gazette* zu kaufen, mich zu Stash in den Silverado zu setzen und herauszufinden, was los ist. Ich entdecke es auf Seite sieben und erinnere mich an mein Gespräch mit einem gereizten, aggressiven Dorkin. Das erklärt alles.

Healthy Hintern lädt zum Tag der offenen Tür mit Gratisuntersuchung ein.
Werfen Sie einen Fick in die Zukunft der Tiermedizin!
Ob Zwergpinscher oder Dämliche Dogge, wir garantieren Ihre Zufriedenheit!
Gratis Floh- und Zeckenshampoo für all unsere Tierliebhaber!

Da fällt mir sofort das Wort *Schadenfreude* ein. Niemand hat je behauptet, dass Schadenfreude gut fürs Karma ist. Deswegen sollte ich nicht lächeln, aber ich tue es, und zwar auf dem ganzen Weg zum Inn in Falls View.

Bei meinem Abendbesuch neulich habe ich gar nicht bemerkt, wie viel Klasse das Hotel im wässrigen Winterlicht ausstrahlt. Eleganz ist vielleicht ein besseres Wort. Die Fassade des historischen Gebäudes wird von sieben verzierten, zweistöckigen Säulen beherrscht, die eine klassische Neuenglandveranda bilden, mit Blick auf etwas, das früher einmal ein spektakuläres Panorama von Wasserfällen war. Dank eines Felsrutsches vor 80 Jahren ist der »Wasserfall« nur noch ein tröpfelnder Schatten seiner selbst, eine vernachlässigbare Sehenswürdigkeit. Im Hotel dagegen hat man offensichtlich am Garten gearbeitet. Sollte sich die Klimaerwärmung je richtig durchsetzen, könnte ich mir vorstellen, auf der Veranda in einem Schaukelstuhl zu sitzen und den schönen Garten zu betrachten. Jetzt müssen mir eine Reihe knallroter Weihnachtssterne in Blumenampeln reichen.

Da mir ein TIERE-WILLKOMMEN-Schild aufgefallen ist, parken Stash und ich den Silverado, und dieses Mal spazieren wir beide durch ein dunkles, teures Foyer, ignorieren die Holzbalken an der Decke und das gemütlich knisternde Kaminfeuer. Wir überqueren einen Perserteppich von der Größe eines Footballfeldes und gehen zur Rezeption.

»Cyrus, so bald schon wieder hier. Brauchen Sie eine Bloody Mary?«

Santa Hemingway scheint zu glauben, ich hätte ein Problem mit dem Trinken.

»Nein, Sir. Stash und ich dachten, wir bringen Ihnen ein Geschenk. Und mit Geschenk meine ich Heilung für Henrys Nase. Mit Stash und ich meine ich den Hund, den ich ... beherberge ... für den Moment.«

»Augenblick mal. Heilung?«

Ich erkläre, was ich durch den Nasenabstrich herausgefunden habe, die Theorie der Mäusebisse, der Grund, warum vorherige Behandlungen nicht funktioniert haben und warum diese hier funktionieren wird. George lauscht andächtig schweigend, als würde er später über dieses Thema geprüft werden.

»Unglaublich. Ver...«

Gerade als er das Wort mit einem, wie ich befürchte, lobenden Fluch teilen will, kommen ein paar Gäste vorbei, und Santa grüßt sie, eine Hand an einer nicht vorhandenen Hutkrempe, und wünscht ihnen einen schönen Tag … wobei? Beim Iglubauen? Eisskulpturenmeißeln?

Ich lege das Päckchen mit der Salbe auf die Theke der Rezeption, da wird meine Hand hochgerissen und heftigst geschüttelt. Dann, als genüge dieses Maß an Dankbarkeit einfach nicht, kommt George, umarmt mich, ignoriert, wie steif ich bin und dass ich nicht mehr als ein halbherziges Klopfen auf den Rücken bieten kann. Stash starrt zu mir hoch. Ich frage mich, ob er einen Angriffsbefehl kennt, der mir die Flucht erlauben würde.

»Ich kann Ihnen gar nicht genug danken«, sagt George und hält mich auf Armeslänge von sich, in seinen Augen glitzern Tränen. »Ehrlich. Hey, da fällt mir was ein, haben Sie noch einen Moment? Ich möchte Ihnen etwas zeigen.«

George führt mich durch eine Tür hinter der Rezeption, durch einen weiteren Flur und in dasselbe Zimmer wie gestern, das voller Monitore ist.

»Gestern haben Sie mich doch nach einem weißen Hummer gefragt.«

George fängt an, mit einer Maus zu spielen, lässt Bilder auftauchen und schaut auf handgeschriebene Notizen auf einem Blatt Papier.

»Hat Ihr Hotelgast den verschwundenen Schmuck wiedergefunden?«, frage ich.

»Ungefähr fünf Minuten nachdem Sie gegangen waren. Hier ist es.«

Ich schaue auf den Bildschirm, ein Standbild von einer Deckenkamera, die sich offensichtlich am Ende eines Flurs befindet.

»Normalerweise würde ich so was nicht tun, und ich muss auch nicht wissen, worum es geht, aber Sie haben sich so um Henry bemüht, daher …«

George klickt auf die Maus, und ein Paar, das ins Gespräch

vertieft ist, tritt aus einem Zimmer. Die Tür wird überprüft, ob sie auch wirklich abgeschlossen ist, und dann bietet der Mann der Frau seinen Arm, eine theatralische Geste, formell wie ein Vater, der seine Tochter zum Altar führt. Die Frau nimmt den Arm, der Mann sieht geradeaus und sagt etwas, und der Kopf der Frau sinkt nach hinten, bevor sie sich vorbeugt. Es ist mehr als Lachen, sie schnappt nach Luft, ist völlig außer sich.

Es ist Amy.

»Das ist der Besitzer des Hummers. Das ist Marco Tellucci.«

George hält das Band an, Tellucci steht in einer armanischicken Pose da – fast verwegen –, seine Lippen umspielt ein subtiles Lächeln, ach, wie amüsant, er braucht nicht über seine eigenen Witze zu lachen. Auf dem Standbild erkenne ich eine Lachträne neben Amys rechtem Auge, ihrem braunen.

»Sie kamen aus Zimmer 21, einer Suite, hübsches, großes Bett. Und das ist Amy aus dem Diner in der Stadt.«

Ich bemühe mich, mein scharfes Luftholen nicht wie ein Japsen klingen zu lassen. »Sieht so aus, als würden sie sich gut kennen«, sage ich und tue so, als ließe es mich gleichgültig, und weiß doch, dass ich betroffen klinge. Wir verabschieden uns von George, und ich schaffe es, meine Klappe zu halten, bis wir wieder auf dem Highway sind.

»Ich kann witzig sein«, sage ich zu Stash. »Ich habe vielleicht weder sein Aussehen noch sein Geld, aber ich bin mir ziemlich sicher, dass mich einige Frauen amüsant finden.«

Ich schaue zu dem Hund neben mir. Stash hält den Blick stur nach vorn auf die Straße gerichtet, eine Haltung, die ich in meinem verletzlichen Zustand so interpretiere, als sage er: »Träum weiter, mein Freund!« oder »Einige Frauen, aber nicht die, die du *wirklich* willst.«

Ich schüttle mich. Was ist mit mir los? Ich suche Hilfe für

mein kriselndes Liebesleben bei einem Hund. Ist es möglich, dass meine Beziehung zu Amy vorbei ist, noch bevor sie überhaupt begonnen hat?

Oder ziehe ich mal wieder voreilig falsche Schlüsse?

Reiß dich zusammen. Ich bin schon viel zu weit gekommen, um mich jetzt wieder in einen Eremiten zu verwandeln. Es muss eine logische Erklärung geben.

Ich denke an Leonardo DiCaprio in *The Beach*, wie er sich in das französische Mädchen verliebt, die bereits einen festen Freund hat.

Wenn man sich in jemanden verliebt, findet man immer Gründe, um zu glauben, dass derjenige genau der Richtige für einen ist.

Ich meine, es scheint nur allzu wahrscheinlich, dass Amy bereits einen oder zwei Verehrer hat, die im Hintergrund nur darauf warten, sie zu schnappen. Soweit ich weiß, bin ich noch ein Anwärter. Vielleicht ist es an der Zeit, meine Komfortzone zu verlassen. Falls das die Art von Mann ist, die Amy normalerweise bevorzugt, dann muss sie erfahren, dass ich mehr zu bieten habe, als auf den ersten Blick sichtbar ist.

Ich halte mich am Lenkrad fest, suche mein Handy und wähle ihre Nummer.

»Hey, hier ist Cyrus, wo bist du?« Vorsichtig, nicht zu bohrend. »Ich meine, wie geht's dir an diesem netten Tag?«

»Mir geht's … gut. Was gibt's?«

»Nichts. Ich komme gerade von einem Hausbesuch. Schreckliche Nasenmissbildung bei einer Katze. Ich … ich … habe an dich gedacht.«

»Ach wirklich. Du siehst eine schreckliche Nasenmissbildung und denkst an mich. Meinst du, ich sollte mir die Nase operieren lassen?«

»Was? Nein. Natürlich …«

»Und, wann arbeiten wir uns von Eiscreme zu etwas ein bisschen … Romantischerem vor?«

Was? Fragt sie gerade nach einem Rendezvous? Und wenn ja, was ist mit Tellucci?

»Du meinst keine Streusel und Rumrosinen?«

»Ganz genau, aber den Rum könnten wir vielleicht behalten.«

Kess *und* kokett.

»Äh, das klingt toll. Wie wäre es, wenn wir endlich mal zusammen essen gehen, im Inn in Falls View?«

Dahin hatte ich Amy bei unserem ersten Date eigentlich einladen wollen. Ich habe es ausgesprochen, bevor mir bewusst wird, dass das Telluccis Hauptquartier ist.

Sie zögert, sagt schließlich »Sicher« und klingt überhaupt nicht sicher, sodass ich *nicht* frage: »Wann?«

Mir fällt unwillkürlich auf, dass Stash den Kopf gesenkt und den Hals ausgestreckt hat. Seine Bauchmuskeln scheinen sich in Falten zu legen. Entweder wird ihm im Auto schlecht, oder es liegt an meinem Gespräch.

»Weißt du, ich bin heute Morgen unserem örtlichen Detective über den Weg gelaufen. Er hat gesagt, dass er dich mit einem männlichen Model gesehen hat.«

Okay, das habe ich erfunden, aber ich muss sie zu einer Antwort bringen.

»Devito ist ein Idiot. Wie schon gesagt, das ist alles Vergangenheit. Es ist an der Zeit, nicht weiter neugierig zu sein, Cyrus, und Ruhe zu geben. Ich meine es ernst. Es hat nichts bedeutet.«

Es hat nichts bedeutet. Sagen das nicht Ehebrecher nach einem Seitensprung?

»Außerdem habe ich gehört, dass ich nicht die Einzige bin, die an einer neuen Beziehung arbeitet.«

Es hat nicht lang gedauert, bis die bösen Zungen von Eden Falls mich im Bett mit Winn Honey sehen.

»Bist du noch da?«

»Bitte, Beziehung ist ein zu starkes Wort«, entgegne ich, »und passt nur, wenn das Wort *Geschäfts-* davorsteht.«

Ich zähle fünf Mississippis.

»Ich meine den schwarzen Hund, der dem Unbekannten gehörte. Was dachtest *du* denn, wen ich meinte?«

Das Lachen am anderen Ende der Leitung sagt mir, dass zwei dieses Spiel spielen können.

»Wusstest du, dass man in der australischen Monopolyversion den kleinen Scottish Terrier aus Metall durch einen Labradoodle ersetzt hat?«

»Wow, da hat sich jemand verliebt.«

Ich höre eine Stimme im Hintergrund.

»Entschuldige, Cyrus, ich muss auflegen. Harry ruft. Ich verspreche dir, dass ich bald einen Abend freihabe. Also lass uns essen gehen, okay?«

Sie hat aufgelegt, bevor ich klarstellen kann, ob »frei« frei von Arbeit oder von Beziehungen bedeutet. So oder so, ich bin mir sicher, Amy will nicht, dass ich das frage.

Der Umweg zu Bedside Manor verlängert die Fahrt um 15 Minuten. Nennen wir es klinische Recherche, denn ich will mir ein ganz bestimmtes Grundstück ansehen.

Das Haus steht allein, ein Stück von der Straße entfernt und scheint eine gute Kopie von Frank Lloyd Wright zu sein. Das ist das Zuhause von Trish, Mavis Peebles' Tochter, sozusagen Schwester von Crispin, dem ausgestopften Labrador.

Eine halbe Minute lang untersuchen Stash und ich das Gelände. Amy hat recht, ich bin neugierig. Ich gebe sogar stur und unnachgiebig zu. Aber manchmal im Leben ist diese Haltung sehr praktisch. Und vielleicht ist das in diesem Moment so.

Zurück im Wagen, suche ich nach zwei wichtigen Ausrüstungsgegenständen: eine Schneebürste mit Eiskratzer, die in South Carolina praktisch nicht zu bekommen ist, und eine leere Plastiktüte.

»Zeit, das Immunsystem von jemand Bestimmtem zu testen.«

Der Beifahrersitz des Silverado ist der eindeutige Beweis, dass mein Vater oft Tiere transportiert hat. Das Polster sieht aus wie ein Bezug aus unterschiedlichen Katzen- und Hundefellfarben. Feste Nylonborsten kämmen schnell eine ordentliche Haarprobe für die Spurensicherung zusammen, die ich eintüte und in meine Hosentasche stopfe.

»Und von dir brauche ich ein bisschen Speichel.« Ich halte meine Hand vor Stashs Maul. »Stash, lecken.« Nichts. »Stash, lecken.« Er zuckt nicht mit der Wimper. Entweder gehört das nicht zu seinem Repertoire, oder, was wahrscheinlicher ist, ich benutze die falschen Wörter.

»Stash, Lippen spitzen.«

Keine Chance.

»Stash, Kuss.«

Mir wird schwarz vor Augen, als 30 Kilo Hund auf meine Brust springen und anfangen, mit einer schlangenhaften Zunge jedes Stückchen nackte Haut mit einem Speichellack zu bedecken.

»Stash, sitz, Stash, sitz.«

Als wäre der Kusswahnsinn nie geschehen, sitzt Stash ruhig und distanziert da, ich bin nass und keuche.

»Braver Hund«, sage ich, sammle mich, schabe Speichel von meiner Wange und reibe mir damit die Hände ein, als wäre es ein Desinfektionsmittel. »Okay, dann sehen wir mal, wer zu Hause ist.«

Wenn man einen Wagen ohne Rückwärtsgang fährt, liebt man eine runde Auffahrt natürlich. Ich parke, befehle Stash, im Auto zu bleiben, stecke eine klebrige Hand in die Tüte voller Fell in meiner Tasche und gehe zur Haustür. Sie wird geöffnet, noch bevor ich die Klingel finde.

»Kann ich Ihnen helfen?«

Das muss Lionel sein: Rollkragenpullover, dünnes, nach hinten gekämmtes Haar, eine glatte braune Cordhose und karierte Pantoffeln. Sehr häuslich. Wo sind die Hausjacke und die Pfeife?

Ich drücke etwas Fell in meine klebrige rechte Hand, strecke sie aus und mache einen Schritt nach vorn.

»Dr. Cyrus Mills«, sage ich und lasse ihm gar keine Wahl, er muss meine Hand schütteln. Ich lege meine linke Hand darauf, damit er nicht zu schnell davonkommt. »Ich war gerade in der Gegend und hatte gehofft, ich könnte kurz mit Ihnen oder Trish sprechen. Lionel, richtig?«

»Richtig«, sagt Lionel, sein Willkommenslächeln mehr ein vor Ekel verzogener Mund, während er versucht, sich die Hände abzuwischen, ohne dass ich es bemerke und er unhöflich wirkt. »Geht es um den toten Hund meiner Schwiegermutter?«

»Genau.«

Es scheint ihm nichts auszumachen, dass ich mein Anliegen vor Kälte zitternd auf seiner Türschwelle vorbringe. »Dürfte ich vielleicht reinkommen?«

Lionel scheint immer noch unsicher, als wollte er eine Art Tierarztausweis sehen oder mich durch eine radioaktive Dekontaminierungsschleuse schicken. Schließlich führt er mich in ein kahles Vorzimmer.

»Es wäre nett, wenn Sie Ihre Schuhe ausziehen. Im Regal hinter der Garderobe finden Sie eine Auswahl an Gästeschuhen. Welche Schuhgröße tragen Sie, 45?«

»44«, sage ich, taumele zur Seite, ein Stiefel hängt an meinem Fuß. Ich packe sein linkes Handgelenk und tue so, als fiele ich, damit platziere ich noch eine Schneckenschleimspur.

Ich entschuldige mich, so ungeschickt zu sein, und finde ein passendes Paar blaue Wildlederschuhe. Schick.

»Möchten Sie sich die Hände waschen?«

Ich schüttle den Kopf und lächle idiotisch, während ich meine Hände am Mantel abwische. Was ist nur mit mir los? Lionels Unbehagen muntert mich fast auf, während ich ihm in ein Wohnzimmer folge, das völlig unbewohnt zu sein scheint. Zwei riesige weiße Ledersofas stehen einander gegenüber, getrennt von einem leeren Glassofatisch auf einem schwarz-weiß gestreiften Plüschteppich. Drei der Wände sind bedrückend schlichtes Schiefergrau, ohne Bilder oder Fotos, aber die gesamte vierte Wand ist keine Wand. Es ist eine Art Fenster, kein Rahmen, keine Vorhänge, nur eine massive Glasscheibe, die einen spektakulären Blick auf die winterlichen Wälder und Berge im Norden bietet.

Es ist, als schaue man auf eine gigantische Postkarte von Vermont.

»Nettes Zimmer«, sage ich, lasse mich auf eine Couch fallen, rutsche bis ganz nach hinten, bewege meine Hände vor und zurück, um die Lederqualität zu begutachten und meine allergene Ladung zu verteilen.

Lionel fühlt sich sichtlich unwohl. Er setzt sich auf das gegenüberstehende Sofa.

»Es tut mir leid, Patricia ist nicht da. Ich arbeite zu Hause.«

Ich glaube, ich soll an den korrekten Namen seiner Frau erinnert werden.

»Das ist schön. Was machen Sie denn?«

»Marketing. Aber im Moment bin ich gerade, also, zwischen zwei Jobs. Sie wollten etwas besprechen?«

Ich nicke ihm wissend zu, ein Nicken, das bedeutet: Meinen Sie nicht eher, dass Sie entlassen wurden und arbeitslos sind?

»Ja, das ist richtig, Lionel. Entschuldigung, aber Sie haben da etwas im Gesicht.«

Ich deute auf mein eigenes rechtes Auge, um ihn besser zu dem imaginären Fussel zu lenken. Schauen wir mal, ob diese Hundeallergie existiert.

Lionels rechter Zeigefinger reibt am Augenwinkel des rechten Auges und platziert damit eine Probe gefährlich nah an den empfindlichen Schleimhäuten seiner Bindehaut. Es ist zu einfach. Es ist vollkommen unprofessionell und potentiell mörderisch (Obwohl, was würde die Polizei mir vorwerfen? Einen Angriff mit einem tödlichen Haar? Das bezweifle ich), aber diese Sache mit Amy macht mich mutig, wenn nicht sogar dreist.

»Es ist weg, es ist weg. Muss wohl ein Fussel gewesen sein. Ja, ich wollte über Crispin sprechen, den ausgestopften Labrador Ihrer Schwiegermutter.«

Lionel gewinnt seine Fassung zurück, fährt mit einer Hand durch seinen gepflegten, aber dünner werdenden Haarschopf und versucht noch einmal, ruhig sitzen zu bleiben. Mir fällt kein Ausschlag an seinen Händen oder Handgelenken auf, er kratzt sich auch nicht.

»Was ist mit ihm?«

»Nun, ich befürchte, dass die Reparatur des gebrochenen Schwanzes nur eine Übergangslösung ist.«

»Übergangslösung. Sie glauben, er wird wieder abbrechen?«

»Ich meine, dass ich das Gefühl habe, dass wir uns nicht um das eigentliche Problem kümmern. Ich weiß, ich bin bloß der Tierarzt und maximal am Rand involviert, aber es scheint offensichtlich, dass Mrs Peebles Hilfe im Alltag braucht. Ein ausgestopfter Hund bietet vielleicht pflegeleichte Gesellschaft, aber was sie wirklich braucht, ist eine Haushaltshilfe, eine professionelle Hilfe.«

»Mavis lässt sich nicht von diesem Hund trennen. Wir haben es versucht. Dieses Haus hat hinten eine Einliegerwohnung, nicht so modern, aber trotzdem nett. Wenn sie sie will, gehört sie ihr, aber leider können dieser Hund und ich nicht im selben Haus sein, geschweige denn im selben Raum.«

Lionel macht eine dramatische Pause, und ich bemerke, dass er die Rede schon oft gehalten hat. »Tödliche Allergie gegen Hundehaare. Ich muss immer eine Adrenalinspritze bei mir tragen, wenn ich ausgehe.« Er seufzt, als habe er sein schweres Los akzeptiert.

»Wow, eine Allergie, die sogar einen anaphylaktischen Schock auslösen kann. Beängstigend.« Keine Schwellungen, keine Quaddeln, nicht aufgedunsen, kein Niesen. Ich betrachte den rechten Augenwinkel, normales Blinzeln, kein Ödem, kein übermäßiger Tränenfluss.

»Mal unter uns, vielleicht wäre es am besten, wenn ich Mrs Peebles sagen würde, ich *könnte* Crispins Schwanz nicht reparieren. Wenn ich ihr sage, dass es an der Zeit ist, endgültig Lebewohl zu sagen.«

»Nein, nein, ich glaube, das ist keine gute Idee.«

»Aber dann könnte sie hier wohnen. Ohne einen Allergie auslösenden Hund.«

»Ja, aber denken Sie an die Aufregung. Meine Schwiegermutter ist eine zerbrechliche und empfindliche Seele. Sie hängt sehr an Crispin, und so ein Schock könnte ihre Gesundheit gefährden.«

»Ich verstehe. Ich dachte nur, dass … nun ja … angesichts ihrer körperlichen Einschränkungen wäre dieser Moment genauso gut wie ein anderer, um einen Schlussstrich zu ziehen. Vielleicht würde sie ein Altenheim in Erwägung ziehen?«

Dieses Mal tut Lionel so, als dächte er über den Vorschlag nach.

»Ich glaube, dass die sehr teuer sein können«, sagt er und bemüht sich, locker zu klingen, als hätte er diese Variante nicht schon bis auf den letzten Penny durchgerechnet.

»Sogar sehr. Auch wenn mein Kollege, Doc Lewis, es vorzieht, sie finanziell ruinös zu nennen. Er hat seine Tierarztpraxis verkauft, damit seine kranke Frau in ein anständiges Pflegeheim kommen kann. Alles weg. 73 Jahre alt und muss für mich arbeiten.«

Ich interpretiere das Zurückzucken seines Kopfs als Zeichen ehrlicher Überraschung oder Sorge.

»Aber was weiß ich schon? Mrs Peebles' Vermögen geht mich nichts an.«

»Gut«, sagt Lionel, obwohl ich einen Teil von ihm verloren zu haben scheine, zweifellos den »Was wird nur aus dem Erbe meiner Frau«-Teil.

»Also dann« – er steht auf – »danke, dass Sie mich auf dem Laufenden halten. Ich werde das auf jeden Fall mit Patricia besprechen, aber vorerst wären wir über alles, was Sie tun können, um den alten Crispin zu erhalten, sehr froh.«

Zusätzlich zu seinem süßlichen Lächeln verschränkt er die Arme vor der Brust, die Finger fest und unbeweglich unter den Achseln, als wäre ihm kalt, um weiteren Kontakt zu vermeiden.

Wir verabschieden uns, und ich stapfe zurück zum Silverado.

Auch wenn Lionel seiner Schwiegermutter nicht gerade eine Warnung auf die Stirn tätowiert hat, die jeden eifrigen Sanitäter darauf hinweist: »Wenn Sie ihr Leben retten, nehmen Sie sie mit nach Hause«, so fühlt es sich exakt so an. Mavis' Hasenpantoffeln sind in seinem sterilen Bau nicht erwünscht. Ich weiß vielleicht nicht, wie dringend er ihre Ersparnisse braucht, aber ich weiß eines: Lionel ist definitiv nicht allergisch gegen Hunde.

VIERZEHN

Das Unterleibsröntgenbild von Gilligan hängt an einem Leuchtkasten im Labor. Lewis betrachtet es, als würde er ein modernes Gemälde einschätzen, das auch von einem Kleinkind gemalt worden sein könnte.

»Du hast sie gerade verpasst«, sagt er. »Ich habe Mary gesagt, dass du sie anrufst, sobald du dir die Aufnahmen angesehen hast. Ist das dein neuer Begleiter?«

Ich stelle Stash vor, der höflich neben mir sitzt, ein Tätscheln akzeptiert, aber ansonsten passiv bleibt. Im Dienst ist er wie eine der Wachen vor dem Buckingham-Palast, stoisch und unerschütterlich.

»Er bleibt bei mir, bis Devito herausgefunden hat, wem er gehört.«

Lewis betrachtet Stash, geht zu einem nahen Schrank, schiebt eine halb leere Schachtel mit Verbandsmaterial zur Seite und nimmt eine alte Polaroidkamera heraus.

»Was tust du?«, frage ich.

»Einen Moment«, sagt Lewis, richtet die Kamera auf Stash, während der Hund mich im Auge behält. Es klickt, blitzt, und surrend kommt das frische Bild glänzend und feucht unten aus der Kamera. Lewis fasst das noch unentwickelte Bild am mattweißen Rand und fängt an, es wie einen Fächer hin und her zu wedeln.

»Wir hängen ihn an die Ruhmeswand. Mal sehen, ob jemand ihn wiedererkennt. Wenn nicht, will ihn vielleicht jemand adoptieren. Hier bitte.«

Er reicht mir das Polaroid. Irgendwie schafft Stash es, betreten und linkisch auszusehen, als wäre es ein Verbrecherfoto oder eines für das Jahrbuch der Schule.

Ich stecke es in die Brusttasche meines Hemdes, habe aber das Bedürfnis, etwas zu gestehen.

»Ehrlich gesagt habe ich daran gedacht, ihn zu behalten. Ich weiß, er ist eine Vogelscheuche mit seinen Dreadlocks und den merkwürdig geschnittenen Haaren ums Gesicht. Aber er hat etwas … Rührendes. Wie er immer … ich weiß nicht … im Dienst ist. Als könne er sich nicht entspannen.«

»Hhm«, sagt Lewis, »nach wem klingt das nur?«

»Ich meine es ernst. Er ist sehr klug und reagiert sofort auf verbale Kommandos. Ich habe ›rühren‹ und ›locker‹ ausprobiert, aber nichts funktioniert.«

»Ich habe gehört, dass du seinen Besitzer getroffen hast.«

Ich erzähle Lewis schließlich von der traurigen Bitte des hageren Mannes um Hilfe. »Als ich gefragt habe, was mit Stash passieren würde, hat er gesagt, dass das an mir läge. Ich habe keine Ahnung, was er damit gemeint hat, aber es fühlt sich richtig an, Stash zu behalten.«

Lewis scheint zu strahlen, wie jedes Mal, wenn ich sentimental werde. Ich nehme das als Zeichen, mich zu räuspern und weiterzuarbeiten.

»Danke, dass du die gemacht hast.« Ich nicke in Richtung der schwarz-weißen Röntgenaufnahmen von Gilligan an der Leuchtwand.

»Kein Problem, aber ich weiß nicht, ob ich eine große Hilfe war.«

Wir drei stellen uns vor die Röntgenaufnahmen und schauen uns eine seitliche und eine frontale Aufnahme eines Hundebauches mit all seinen Grauschattierungen an.

»Vielleicht hilft ein bisschen mehr Kontrast«, denke ich laut. »Könntest du das Deckenlicht ausschalten?«

»Was?«, fragt Lewis.

»Das Licht«, erwidere ich und zeige auf den Schalter, knapp außerhalb von Lewis' Reichweite.

Ob es nun die Geste war oder die Worte, meine feste Stimme oder Lewis' Zögern, Stash trottet jedenfalls zur Wand, stellt sich auf die Hinterläufe, und mit einer geübten Bewegung seiner Schnauze wird es dunkel.

Während sich meine Augen an die Dunkelheit gewöhnen, drehen sich unsere Schatten einander zu, und wir bewundern schweigend ein talentiertes Tier, bevor wir uns wieder den Aufnahmen zuwenden.

Ein bizarres Muster aus weißen Kommata, Schnörkeln und gewundenen Linien zieht sich über das Bild des Colliebauchs bis in den Dickdarm.

»Ohne Licht sieht es nicht weniger merkwürdig aus«, sagt Lewis. »Ich habe so etwas jedenfalls noch nie gesehen.«

Ich bemerke, dass Stash zwischen uns hin und her sieht und unseren Worten folgt, als handele es sich um ein verbales Tennismatch mit ihm als Balljungen, bereit und begierig zu helfen.

»Überlegen wir mal. Dieses … Zeug, was auch immer es ist, muss in Gillies Eingeweiden stecken. Und wenn es auf einem Röntgenbild weiß erscheint, dann muss es dicht genug sein, um die Strahlung nicht durchzulassen.«

»Es könnten Knochen sein. Zerkaute, gebrochene und zersplitterte Knochen.«

»Möglicherweise, und das würde auch erklären, warum er Gewicht verliert und keinen Appetit hat, aber wie passt das zu dem Zittern und den Anfällen?«

»Deswegen sind sie zu dir gekommen, mein Junge. Und jetzt hast du freie Bahn, um es herauszufinden.«

Ich verstehe nicht.

»Amy ist hergekommen, um dich zu treffen«, sagt Lewis. »Sie hat gesehen, dass ich mit Gillie gearbeitet habe, und darauf bestanden, dass ich ihr die Rechnung schicke, nicht Mary.«

»Das kann sie sich nicht leisten.«

»Das habe ich auch gedacht, aber ich war etwas taktvoller. Sie verspricht, dass Mary es ihr zurückgeben wird, aber sie weiß, dass sie im Moment knapp bei Kasse sind, und viel wichtiger, sie weiß, wie viel der Hund Mary bedeutet. Ich sage dir, dieses Mädchen ist ein Goldstück.«

Ich lasse meinen Kopf nach hinten sinken, die Augen bittend gen Himmel gerichtet.

»Will ich es wissen?«, fragt Lewis.

»Wahrscheinlich nicht. Siehst du, da ist noch dieser andere Kerl und …«

»Stopp.« Lewis' Hand landet auf meiner Schulter. »Weißt du, was das Wichtigste ist, was ich in 50 Jahren Ehe gelernt habe: aufrichtig zu sein – zueinander, aber auch zu sich selbst. Also, beantworte die Frage, warum du dieses Mädchen so sehr magst.«

Lewis wirft mir »den Blick« zu. Ich habe ihn schon früher gesehen. Es ist, als würde er einem ein Wahrheitsserum spritzen, so sorgt sein liebevolles Interesse dafür, dass man gern die richtige Antwort geben möchte.

»Okay. Ich habe den Großteil meines Erwachsenenlebens damit verbracht, emotionale Risiken zu vermeiden, darauf zu achten, nicht Opfer von …«

»Liebeskummer?«

»… von den Reizen einer verführerischen Frau zu werden. Weißt du, Amy ist unvorhersehbar, dickköpfig und gefährlich direkt. Aber bei keiner anderen Frau habe ich mich je so gefühlt.«

»Dann achte darauf, dass sie genau das erfährt. Wenn sie jemand anderen vorzieht, dann ist sie nicht die Richtige für dich.«

Wenn Lewis in diesen väterlichen Tonfall verfällt, packt mich die Furcht, aber die Sache ist die, diese Gespräche beruhigen mich jedes Mal wieder.

Lewis strahlt. Die Lektion ist erteilt, und er ruft: »Stash, Licht.«

Ich weiß nicht, wer schneller lernt, der Labradoodle oder Lewis.

»Das ist wirklich ein praktischer Trick. Aber zu ernsteren Dingen: Wie weit bist du bei Garveys Kuh, Ermintrude?«

»Ich arbeite daran.«

»Und?«

»Es könnte schlimm sein. Sehr schlimm. Aber ich bin mir noch nicht 100 Prozent sicher.«

»Dann stell sicher, dass du es bald bist, und, nicht böse gemeint, aber ich hoffe, du irrst dich. Was machen wir wegen des Vortrags morgen bei den Knights of Columbus? Am besten, wir gehen gemeinsam hin. Bilden eine einheitliche Front.«

Die Vorstellung, Bedside Manors altmodische Herangehensweise vor einem Raum voller Fremder verteidigen zu müssen, während Dorkin mich ins Kreuzverhör nimmt, erfüllt mich mit Panik. Lieber eine Wurzelbehandlung oder eine Darmspiegelung. Und vergessen wir nicht die Gastrednerin, Dr. Winn Honey, die nur zu gern berichten wird, dass ihr beruflicher Konkurrent sich hinter einem Pornostar-Pseudonym versteckt, um einsame Frauen über Partnerwebseiten auszunehmen.

»Glaubst du, dass ich wirklich hingehen muss? Ich meine, du füllst das Wartezimmer. Eden Falls wird dich sehen wollen, nicht mich.«

Lewis lehnt sich zurück und fängt an, mit seinem angeknacksten Schneidezahn auf seine Unterlippe zu beißen.

»Gibt es da etwas, das du mir nicht erzählst?«

So einiges, denke ich und spüre, wie mich der feige Ausweg lockt. Ich könnte das Treffen mit Dr. Honey heute Abend absagen und ihr eine entschuldigende E-Mail schicken und behaupten, ich hätte es versucht, aber nie eine echte Verbindung gespürt. Was stimmt. Dann, wenn Lewis allein zu den Knights geht, erfährt Winn nichts, und ich kann mich darauf konzentrieren, die Sache mit Amy zu regeln.

Lewis geht an Stash, der Löwenstatue an meiner Seite, vorbei und tritt zu nah an mich heran.

»Wenn du dir Sorgen machst, dass das zu einer Art Konfrontation wird, ist das unnötig. Wir haben angefangen, hier in Bedside Manor etwas Besonderes aufzubauen, etwas Authentisches. Wir gehen nicht dorthin, um uns zu verteidigen – wir gehen dorthin, um uns zu präsentieren.«

Seine Hände greifen nach meinen Trizepsen und drücken sie, während seine Augen nach meinem Gewissen greifen, um es ebenfalls zu drücken. Was ist das für eine Zauberei eines weisen, alten Mannes?

»Du hast absolut recht. Ich werde kommen.« Obwohl es sein könnte, dass ich bis dahin ein blaues Auge verpasst bekommen habe, ein roter Handabdruck auf meiner Wange leuchtet und ich ein Kühlpack auf meine Leisten halten werde. »Was sollen wir deiner Meinung nach mit den Informationen machen, die Gabe geklaut hat?«

Lewis zeigt seine beste Imitation der Grinsekatze.

»Mach dir keine Sorgen deswegen. Sieh es als Waffe für unseren letzten Ausweg.«

»Jetzt klingst du wie Truman.«

»Vertrau mir«, sagt Lewis, »ich habe einen cleveren Plan.«

»Ich meine, der Junge hat ihr Computersystem gehackt. Das ist eine Straftat.«

Lewis lockert seinen Griff, das Loslassen fast so dramatisch wie das Zupacken. »Was verstehst du nicht bei ›Vertrau mir‹?«

Ich lächle und entschuldige mich, um Mary zu Hause anzurufen. Ich murmele mich irgendwie durch eine nicht sehr hilfreiche Beschreibung von Gilligans Röntgenbildern und schlage vor vorbeizukommen, um ihn in seinem Zuhause zu beobachten. Danach rufe ich einen der wenigen Menschen im Telefonbuch meines Handys an.

»Hey, Doc, wie läuft's? Schon nervös wegen Ihres heißen Dates?«

Es ist Charlie Brown, und ich hatte gedacht, dass sie um diese Uhrzeit in der Schule sein müsste und ich eine Nachricht auf Band hinterlassen könnte.

»Erzähl mir jetzt nicht, du hast schon wieder Sport.«

»Ganz genau. Wenn Sie mich anrufen, um einen Rat zu bekommen, vergessen Sie das Eau de Cologne, davon muss sie nur niesen. Und lachen Sie nicht, wenn sie sagt, dass sie Rod Stewart liebt oder dass ihr Lieblingsfilm *Pretty Woman* ist, und bitten Sie sie nicht darum, Fotoalben anzuschauen.«

»Eigentlich habe ich gehofft, du könntest mir sagen, wie ihre Stimmung ist.«

»Hmm … okay … anders. Definitiv anders.«

»Das hilft mir nicht gerade weiter.«

»Aber das ist sie. Klar, sie ist nervös und aufgeregt und macht Stress wegen jedem einzelnen Detail, aber da ist etwas … anders.«

»Zum Beispiel?«

»Zum Beispiel hat sie mir gezeigt, was sie anziehen wollte, und sie trägt diesen kurzen Rock, weil sie, also, super Beine hat, und ich sage ihr, dass das zu billig aussieht. Und anstatt mich anzumotzen, hört sie mir tatsächlich zu und nimmt eine hübsche Hose. Es ist, als wollte sie dieses Mal alles richtig machen. Es ist süß.«

Diese Information ist schlimm genug, aber Charlie macht mich fertig, als sie fortfährt: »Ich bin echt froh. *Anders* ist bei meiner Mom was Gutes.«

Perfekt, noch ein Dilemma, um mein Liebesleben weiter zu verkomplizieren.

»Sehe ich dich heute Abend?«, frage ich.

»O Gott, nein, ich soll verschwinden. Ich gehe zu Gabe. Ziemlich cool, Dorkin zu erwischen, was?«

Gabe, was für ein Plappermaul.

»Hör mal, wenn du wegen Dorkin nichts verrätst, werde ich deiner Mom erzählen, dass der Loveatfirstsite.com-Betrug ganz meine Sache war.«

»Warum sollten Sie das tun?«

»Weil sie wissen muss, wer ich wirklich bin.«

»Die große Enthüllung? So schnell. Kommen Sie, spielen Sie noch ein bisschen mit, mal sehen, was passiert. Ich weiß, dass Sie gut für sie wären.«

Aber in diesem Satz glaube ich ein unausgesprochenes »Sie wären gut für *uns*« zu hören.

»Das ist das erste Date seit Ewigkeiten, bei dem sie tatsächlich Unterwäsche tragen will.«

Oha, viel zu viele Informationen. »Hör mal, Charlie, ich will dich oder sie nicht aufregen, aber es ist nicht fair, deine Mutter zu hintergehen.«

Charlie wartet eine Sekunde. »Ich hab's gerafft. Wenn das hier funktionieren soll, dann wollen Sie, dass es von Anfang an richtig läuft.«

Soweit ich das sehe, ist das Einzige, was Charlie »rafft«, die fehlgeleitete und herzzerreißende Vorstellung »Wenn meine Mom glücklich ist, dann wird sie auch glücklich mit mir sein«. Unglaublich. Ich sollte eigentlich mit Patienten zu tun haben, die mir nicht sagen können oder wollen, wo es wehtut. Stattdessen verbringe ich genauso viel Zeit damit, denjenigen auf zwei Beinen zu helfen wie denjenigen auf vier.

»Wie geht's Marmalade?«, frage ich und wechsle bewusst das Thema.

»Normal. Fett wie immer, aber meine vernarrte Mutter liebt sie trotzdem.«

Und da ist es. Die Verbitterung in ihren Worten tut mir weh. Fette Katzen bekommen bedingungslose Liebe. Aber fette Töchter nicht.

»Wolltest du mir noch irgendwas dazu sagen, Charlie?«

»Nee. Außer dass ich im nächsten Leben als Katze auf die Welt kommen werde.«

Sie legt auf, und ich entscheide, dass die beste Art, eine Panikattacke wegen meiner bevorstehenden Enthüllung gegenüber der verknallten Dr. Honey abzuwenden, die ist, mich in heftige Recherchen zu stürzen.

Egal, wie ich mich ihrem Fall nähere, Ermintrude ist eine Katastrophe. Mein Hauptverdächtiger für die arme Jerseykuh ist eine Krankheit, für die es noch keinen Bluttest gibt und, noch wichtiger, keine Therapie. Ein Zitat springt mir ins Auge: »Die Diagnose bedeutet den sicheren Tod.« Ich denke an Trey Garveys Stimmungsschwankungen, seine Ungeschicklichkeit, seine Lichtempfindlichkeit, wegen der er eine Sonnenbrille trägt. Es passt alles. Wenn doch nur die Verbindung zwischen Trey und Ermintrude weit hergeholt und eher unwahrscheinlich wäre, aber stattdessen fühlt es sich wie ein logischer Zusammenhang an.

Ich muss mich ablenken und konzentriere mich auf eine Artikelserie über die bizarren Metallgegenstände, die Hunde schlucken – Gitarrensaiten, Nadelkissen, Rasierklingen, Lametta, aber das alles sieht nicht so aus wie auf Gilligans Röntgenbild –, und dann, als meine Aufmerksamkeit nachlässt, gehe ich zur sogenannten Ruhmeswand. Kein Wunder, dass die Polaroidkamera nicht mehr beliebt ist. Die Wand ist ein übervolles Durcheinander von normalen Fotos und selbstgemachten Postern vermisster Tiere. Mir fällt das von letzter Woche auf – Frieda Fuzzypaws, der verschwundene Golden Retriever. Aber es sind die verblassten Polaroidbilder, die ins Auge springen. Obwohl es kein direktes Sonnenlicht gibt, scheint jeder der Hunde an einer akuten Gelbsucht zu leiden. Weil nirgendwo Daten stehen, kann ich nicht sagen, wie lange die Wand schon existiert, aber da es keinen serienmäßigen Hundeentführer gibt und Eden Falls kaum mehr als 2000 Einwohner hat, muss es sie wohl schon eine Weile geben.

Die Fotos sind in ordentlichen Reihen von rechts nach links aufgehängt. Ich nehme Stashs Foto und überlege, in der Mitte Platz für ihn zu machen, auf Augenhöhe, aber es fühlt sich nicht richtig an, das Erbe meines Vaters zu verändern. Jeder Hund trägt unten auf dem weißen Polaroidrand eine Nummer. Das ist vermutlich sehr sinnvoll, wenn man den Namen des Hundes nicht kennt. Ich schaue auf das letzte Foto, einen Zwergpinscher, verschwundener Hund Nummer 41.

Selbst auf dem Foto wirkt Stash wachsam und angespannt. Der Mann hat gesagt: »Es liegt an Ihnen«, daher bleibt Nummer 42 bei mir. Ich brauche keinen Pin oder Klebestreifen, um ihn aufzuhängen. Das Polaroid fühlt sich in meiner Tasche wie zu Hause.

Als ich mich gerade abwenden will, fällt mein Blick auf einen Gegenstand, der sowohl fehl am Platz als auch mir unheimlich bekannt ist. Von Hand ausgeschnitten, ungefähr wie ein Hundeknochen geformt, aus Karton mit je einem kleinen Loch an jedem Ende, durch das ein langes Seil gefädelt wurde. Ich drehe es um und wieder zurück, seufze und lächle. Es ist ein Schild, vielleicht sogar ein Zeichen, und ich wusste genau, was darauf steht: Auf der einen Seite in großen Buchstaben »OFFEN« und auf der Rückseite »ACH DU DICKER HUND – GESCHLOSSEN« (witzig für eine Tierarztpraxis, dachte ich wenigstens). Ich habe es für Dad gebastelt, als ich zehn Jahre alt war. Mom hat mir das Material und die Schere gegeben und es dann stolz an die Eingangstür der Praxis gehängt. Ich bin überrascht, dass er es aufgehoben und sogar benutzt hat. Vielleicht gefiel ihm der Witz, das Unkomplizierte. Vielleicht hoffte er noch auf den verlorenen Sohn. Warum auch immer, ich nehme das Schild von der Wand und hänge es wieder dorthin, wo es hingehört: an die Eingangstür.

Als ich an mein Laptop zurückkehre, treibt mich ein nagendes Schuldgefühl und Reue zu meinen E-Mails. Es ist wegen Gabe. Wer hätte gedacht, dass der Junge so ein geschickter Hacker ist? Als ich ihn um Hilfe gebeten habe, habe ich einfach nur Informationen gesammelt für eine Hintergrundüberprüfung. Jetzt fühlt es sich mehr wie ein Bruch der Privatsphäre an und, schlimmer noch, wie ein Vertrauensbruch.

Ich fange an zu tippen.

Betreff: Mission abbrechen
Hi, Gabe,
bitte ignoriere meine Bitte um weitere Informationen wie besprochen. Es ist nicht nötig. Danke für deine Diskretion.
C

Ich klicke auf Senden und habe gerade Zeit, mit den Händen übers Gesicht zu reiben und erleichtert aufzuatmen, als bereits eine Antwort in meinem Postfach ankommt.

Betreff: Zu spät!
Hey, Doc,
schon erledigt. Siehe Anhang. Ansonsten einfach löschen. Viel Glück heute Abend. Vergessen Sie Ihr Sildenafil nicht!!!!!
G

Sildenafil, der Wirkstoff in Viagra – hey, ich bin Wissenschaftler, ich weiß so was. Nicht lustig, Gabe, nicht zuletzt wegen der Büroklammer aus Pixeln und dem, was sich in dieser 124 KB Datei verbirgt.

Auf Löschen klicken oder ein Doppelklick zum Öffnen des Anhangs?

Wenn ich ihn öffne, bin ich nicht bloß eifersüchtig, ich bin jämmerlich, unsicher. Es ist verwerflich, Amys Privatsphäre nicht zu respektieren. Wenn ich ihn lösche, bin ich naiv und verdiene es, zum Narren gehalten zu werden. Schließlich bedeutet Information Macht und ist für einen Wissenschaftler unwiderstehlich. Die E-Mail ist weiterhin offen, der Pfeil der Maus schwebt im Niemandsland. Schließlich siegt die Interpretation objektiver Daten über den moralischen Willen, und ich klicke auf die Büroklammer.

Es ist vom Bürgeramt von Vermont State, eine digitalisierte Kopie eines Dokuments. Es trägt einen Notarstempel, stammt aus dem nahen Burlington, und dem Datum nach zu urteilen ist es zirka 13 Jahre alt.

Ich habe aufgehört zu atmen, das Vakuum in meiner Lunge verstärkt das Pochen meines Herzens.

Da stehen Details zu Zeugen, Namen, die ich nicht kenne, irgendjemand, der sich Friedensrichter nennt. Aber alles, was ich sehe, sind die zwei Namen ganz unten auf der Seite, die mir sehr bekannt sind.

Ein riesiger Korkenzieher verdreht mir die Eingeweide.

Mr Marco Tellucci in der einen Spalte, Amy Carp in der anderen. Bräutigam und Braut. Braut und Bräutigam.

Es ist eine Heiratsurkunde, und auch wenn mein Zeigefinger immer wieder auf Löschen klickt, weigert sich das Bild in meinem Kopf zu verschwinden.

FÜNFZEHN

Überspringen wir die Phase des Nichtwahrhabenwollens, und begeben wir uns direkt zur Wut.

»Sehe ich aus wie ein gutgläubiger Idiot?«

Ich gehe davon aus, dass ich diese Frage einfach laut ausspreche und nicht den schwarzen Hund auf dem Beifahrersitz nach seiner Meinung frage.

»Gott verdammt«, schreie ich und schlage mit der flachen Hand auf das Lenkrad. Dieses Mal schaut Stash zu mir. Obwohl seine Augenbrauen wahrscheinlich nur deswegen hochgezogen sind, weil er erschrocken ist, kann man ihre Botschaft auch leicht so interpretieren: »Ja, für mich siehst du wie ein gutgläubiger Idiot aus.«

Ruhig, Cyrus, ruhig. Schau dir die Tatsachen genauer an. Des Teufels Advokat direkt rechts neben mir schaut mich an, und mein Schock, meine Enttäuschung und meine steigende Unsicherheit wollen Stash gern eine Stimme verleihen.

»Amy trägt keinen Ehering.«

Man nennt es trotzdem Betrug.

»Amy lebt bei ihrem Großvater, einem Mann, der selbst gesagt hat, dass er ihren … Ehemann kaum kennt.«

Vielleicht wurde Amy zu Hause rausgeworfen, und ihre Heirat war eine Rebellion, ausgelöst von einer unwiderstehlichen Liebe.

»Jetzt bist du einfach nur streitlustig.«

Danke schön. Ich bemühe mich.

»Aber was für ein Mann ignoriert seine Frau, die einen kranken Verwandten pflegt, eine Frau, die gezwungen ist, zu allen möglichen Zeiten zu arbeiten, während er in einem schicken Hotel wohnt und in einem spritschluckenden Panzer herumfährt? Warum hilft er ihr nicht, wenigstens finanziell?«

Falls sie so unabhängig ist, wie du denkst, dann will sie sein Geld vielleicht nicht. Noch besser, sie könnte freiwillig seine Liebessklavin sein.

Ein Schauer überläuft mich.

»Einen Moment mal. Der Anruf in der Bar, der Anruf, den Amy annehmen *musste*. Ich habe ihre Reaktionen gesehen und auf ihre Körpersprache geachtet. Sie war ehrlich überrascht. Marco Tellucci ist vielleicht ihr Ehemann, aber sie hat schon lange nichts mehr von ihm gehört. Ja, und deswegen war es wichtig, deswegen hatten sie sich so viel zu erzählen. Die wichtigere Frage ist: Wo war er?«

Das ist leicht. Er saß im Knast für das, was er dem letzten Mann angetan hat, der sich an seine Frau rangemacht hat.

Mein innerer Monolog könnte da einer Sache auf der Spur sein, aber es ist an der Zeit, all diese unproduktiven Spekulationen sausen zu lassen. Wie meine Mutter, Ruth, immer gesagt hat, als sie mein Interesse daran geweckt hat, durch ein Mikroskop zu sehen: *Bleib offen, betrachte alle Möglichkeiten. Lass die Tatsachen für sich sprechen.*

Zurück in Bedside Manor, habe ich mich an die offensichtlichste Erklärung gehalten, bis ein Computerpling noch eine E-Mail von Gabe ankündigt.

Betreff: Noch eine Sache!
Hey, Doc. Bevor Sie fragen, ich habe schon nach Scheidungsunterlagen gesucht. Keine zu finden.
G

Ich bin mir nicht sicher, ob mich diese Nachricht so verstört oder die Tatsache, dass Gabe, ein Junge, den ich kaum kenne, richtig vorhergesehen hat, dass ich den Anhang unwiderstehlich finden würde. Wirke ich tatsächlich so oberflächlich, unreflektiert und, am schlimmsten, vollkommen vorhersehbar? Was hat diese Sache mit Amy mit mir angestellt?

Mir bleiben also nur noch zwei Möglichkeiten: »getrennt« oder »in Scheidung lebend«. So oder so, nach den Videoaufnahmen aus dem Inn scheint die Beziehung zwischen Tellucci und Amy rein freundschaftlich zu sein. Die Frage, zu der ich immer wieder zurückkehre, ist, warum hat Amy mich davor gewarnt weiterzumachen? Warum will sie meinen Glauben an sie testen, meine Fähigkeit zu vertrauen herausfordern? Sie muss wissen, wie sehr ich mit diesen abstrakten Konzepten kämpfe. Oder ist es umgekehrte Psychologie, mich zu bitten, sie in Ruhe zu lassen, während sie im Grunde will, dass ich alles herausfinde? Und ich glaube nicht an so eine küchenpsychologische Interpretation, dass sie mich bittet aufzuhören und gleichzeitig insgeheim hofft, dass ich es herausfinde. Das klingt vielleicht schrecklich naiv, aber meine Hauptvermutung ist, dass Amy mich beschützen will. Aber wovor? Hat sie in die Mafia eingeheiratet? War der Typ, den Tellucci in seinem Hummer angeschrien hat, ein Auftragskiller?

Meine Hand gleitet zum Beifahrersitz, und ich beobachte sie, als gehöre sie jemand anderem, als wäre sie das Eiskalte Händchen der *Addams Family*, das Stashs tuntige Frisur zerzaust. Jetzt verstehe ich, warum manche Menschen sich diesen stummen Wesen in Krisenzeiten, um Trost und Unterstützung bittend, zuwenden. Keine Psychospiele, keine Lügen, keine Schmerzen. Ich ziehe meine Hand zurück. Macht mich dieser Hund zu »manchen Menschen«?

Ich schaue zur Uhr und sehe, dass es fast zwei ist. Ich werde zu spät zu meinem Hausbesuch bei Gilligan, dem neurotischen Border Collie, kommen. Wenn ich weiterarbeite, weiter unterwegs bin, können sich meine Gedanken nicht aufhängen, und es gibt kein besessenes Grübeln. Durch diese Enthüllung über Amy würde ich am liebsten wieder zu meinem alten Verhalten zurückkehren. Wer braucht denn all dieses … Chaos? Vielleicht ist es Zeit, die Welt auszuschließen, meine Gefühle für Amy zu verdrängen und mich ganz auf Bedside Manor zu konzentrieren. Hey, ein kleiner Flirt mit Dr. Honey heute Abend könnte das perfekte Gegengift sein. Wenn Tommy Lovelace doch nur flirten könnte.

Wir fahren in die Auffahrt eines allein stehenden, einstöckigen Hauses. Es steht zwischen Bäumen, hat schwarze Schimmelflecken auf einer verrotteten weißen Holzverkleidung; auf dem Dach, das eine Wärmeisolierung bräuchte, befinden sich Eisstücke. An einer Seite steht ein rostiges Auto auf Betonsteinen und daneben, unter einer passenden Plane, etwas, das nur ein Schneemobil sein kann.

»Stash, sitz.« Ich will gerade den Motor ausschalten, da ändere ich meine Meinung. Dem Doodle soll es nicht kalt werden.

Auf halbem Weg zur Tür taucht der Collie von irgendwo hinter dem Haus auf, bellt, springt durch den Schnee, rennt hin und her und jagt herum.

»Sehe ich aus wie ein Schaf, das sich verlaufen hat?«

Jemand sollte sich lieber mal etwas entspannen.

Ich meine mich, nicht den Hund.

»Gillie, nein, stopp. Entschuldigung, Doc. Er ist gleich wieder ruhig. Kommen Sie rein.«

Anders als bei meinem Besuch bei Lionel gibt es hier keine blauen Wildlederpantoffeln. Ich stampfe auf der Fußmatte den Schnee von den Schuhen und trete ein. Ich hatte als Kind keine Großeltern, aber ich stelle mir vor, dass es in ihrem Haus genauso gerochen hätte, hätte ich welche gehabt: Eine kräftige Mischung aus gekochtem Kohl und ABC-Pflastern – nicht unangenehm –, und ich erinnere mich, dass das hier mal

Grandmas Haus war. Mary hat die Kapuzenjacke gegen ein rotes Sweatshirt eingetauscht.

»Kommen Sie mit nach hinten. Ich habe nicht gedacht, dass Sie so schnell wieder auftauchen würden.«

Gilligan führt uns durch einen zentralen Flur, und mir fällt links ein formelles Esszimmer auf – sechs Shaker-Stühle um einen Tisch, eine Tiffany-Lampe an der Decke – und rechts ein Schlafzimmer – Doppelbett, rosa Bettdecke, vergilbte Tapete.

Ich betrete eine Wohnküche mit Einbauschränken und einer Frühstücksecke. Schrumpeliges Linoleum, abgeplatztes Resopal, avocadofarbene Küchengeräte. Dieser Retrostil macht mich neugierig, und ich frage mich, wo sie den orangefarbenen Flokati verstecken.

»Wir haben große Pläne für dieses Haus«, sagt Mary, wodurch ich mich elend und voller Vorurteile fühle.

»Hey, Sie sollten meine Wohnung mal sehen.« Kaum dass ich die Worte ausgesprochen habe, bemerke ich den Schock auf Marys Gesicht. Ich hätte genauso gut sagen können: »Keine Sorge, ich wohne auch in einem Müllhaufen.«

»Ich meine, dieses Haus hat… großes Potential.«

Mary sieht so wenig überzeugt aus, wie ich klinge.

»Ich hoffe, dass Sie das nicht in Rechnung stellen«, sagt sie. »Es ist ja nicht meine Schuld, dass Sie nicht in der Praxis waren, wie Sie es gesagt haben.«

Zurück zum Geld. Vielleicht hätte ich einfach nur eine Weile durch die Gegend fahren und mich auf diese Weise von Amy ablenken sollen. Außerdem ist es nach Lage der Dinge sowieso unwahrscheinlich, dass es noch einen Unterschied macht, wenn ich ihre Freundin beeindrucke.

»Natürlich. Ich möchte Gilligans Bauch noch einmal abtasten.«

Ich muss zugeben, dass sich Gilligan zu Hause viel besser benimmt.

Oh, er ist immer noch unruhig, läuft Achter rund um Marys Beine, bevor ich ihn erwische, aber dieses Mal bleiben wenigstens meine Trommelfelle unbehelligt.

»Hat er noch mal einen Anfall gehabt?«, frage ich, während ich ihn vorsichtig abtaste und versuche, Spuren des mysteriösen metallischen Materials in seinen Eingeweiden zu finden. Ich sollte etwas Scharfes spüren, aber Gillie und die magischen Kräfte meines Abtastens bieten mir nichts.

»Nein«, sagt Mary.

»Er ist gegen Tollwut und Staupe geimpft, richtig?«

»Natürlich.«

Natürlich, das wäre zu einfach. Dann fallen mir seine Zähne auf, die Schneidezähne sind stark abgenutzt.

»Kaut er auf Steinen?«

»Ist mir nie aufgefallen«, antwortet sie.

Hör auf, mich anzustarren, Mary. Ich gebe hier mein Bestes.

»Hat er sich heute Morgen gelöst?«

Sie zögert, und ich bin mir nicht sicher, ob sie nachdenkt oder von meiner Formulierung verwirrt ist.

»Hatte er heute Morgen Stuhlgang?«

»Ja. Warum?«

»Könnten Sie mir bitte zeigen, wo?«

Mary öffnet die Tür nach hinten und zeigt vage in die Richtung einer Linde.

Ich entschuldige mich, als wäre ich derjenige, der zur Toilette müsste, und stapfe durch den Schnee, bis ich eine Sammlung Exkremente entdecke (oder vielleicht sollte ich sagen, eine Insel aus gefrorenen Schokoröllchen). Ich bin kein Experte für Hundekacke, aber es sieht für mich ziemlich normal aus. Ich packe eine Probe ein und kehre langsam ins Haus zurück. Mir gehen allmählich die Ideen aus.

»Irgendwas Besonderes?«, fragt Mary.

»Nein.«

»Gar keine Spur?«

»Doch, ich habe viele Spuren. Mein Problem ist es, die mit einem Minibudget zu interpretieren. In meiner Welt winkt eine Krankheit nicht freundlich und ruft dabei: ›Hey, schau dir mal diese Spur an. Die ist pathognomonisch.‹«

»Patho-was?«

»Krankheitstypisch, ein sicheres Zeichen, eine Information, die sagt, finde mich, und du hast deine Antwort. Rätsel gelöst. Es ist toll, wenn man es findet, aber es ist selten. Gilligan braucht noch eine Blutanalyse, einen Urintest, einen Unterbauch-Ultraschall. Sein klinisches Bild passt wunderbar zu Hepatitis, Leberentzündung, aber was ist die Ursache? Viren, Bakterien, Toxine, Kupfer, idiopathisch?«

»Idio-was?«

»Idiopathisch, das ist lateinisch und heißt: Ich habe keine Ahnung.«

»Ja«, sagt sie, und ihr Blick zeigt mir, wie frustriert sie ist, »so klingt es auch.«

Ich lege den Kopf in den Nacken, schließe die Augen und atme tief ein. Sie hat recht. Diese Frau braucht eine Antwort, die ich ihr nicht geben kann. Sie muss zusehen, wie ihr Hund das Essen verweigert, seine Rippen hervortreten, sein Bauch zusammenfällt, wie er angsterfüllt und hilflos strampelnd auf der Seite liegt, während ein elektrischer Sturm durch sein Gehirn tobt.

»Es tut mir leid, Mary. Ich habe heute keinen guten Tag. Das ist natürlich keine Entschuldigung, aber vielleicht muss Gillie zu einem Arzt gehen, der verdammt viel klüger ist als ich.«

Es fühlt sich an, als stiege Galle in meine Kehle.

»Ich gebe Ihnen gern eine Überweisung. Healthy Paws in Patton wird ihn sicher behandeln können.«

»Das war's«, sagt Mary, die Hände auf den Hüften. »Sie geben auf?«

Ich presse meine Lippen zu einer blutleeren grauen Linie zusammen und nicke, ohne sie anzusehen.

Mir fällt das Clint-Eastwood-Zitat ein: *Ein Mann muss seine Grenzen kennen.*

»Ich werde alle Informationen zu Gillie faxen und seine Röntgenbilder heute noch rausschicken. Damit sie kein Geld verschwenden, indem sie Untersuchungen wiederholen.«

Ich will gehen, schaue zurück und sehe, wie Mary den Kopf ihres Hundes zwischen ihre Hände nimmt und ihm das gleiche Mantra ins Ohr flüstert wie meines: »Es tut mir so leid.«

Durch eine ölige Smogwolke erkenne ich Stash, das Gesicht an die Windschutzscheibe gepresst, sobald er mich die Auffahrt entlanggehen sieht.

»Zurück auf deinen Sitz«, sage ich und steige in den warmen Wagen. Durch den Leerlauf habe ich wahrscheinlich eine viertel Tankfüllung verbraucht, aber das war es wert für einen schnellen Rückzug. Ich löse die Handbremse und rolle vor. Plötzlich fängt Stash wie verrückt an zu bellen. Ich bremse abrupt, weil ich denke, ich hätte etwas überfahren.

Sag mir bitte, dass Gilligan nicht rausgelaufen ist.

Aber als ich mich zu Stash umdrehe, um zu schauen, warum er so laut ist, sehe ich, dass er den Border Collie anbellt, der am Fenster steht. Gilligan muss auf den Hinterläufen stehen, die Vorderläufe auf der Fensterbank, seine Schnauze schiebt die schweren Gardinen zur Seite. Er ist im Zimmer links neben der Haustür, dem Esszimmer.

Er bleibt exakt dort, wo er war, als ich ging. Er steht am Esszimmerfenster und wartet darauf, dass wir nach Hause kommen. Er bleibt exakt dort.

Ich beuge mich rüber und küsse Stash auf den Kopf, und es ist mir egal, wer mich sieht.

»Stash, sitz. Mary, Mary«, rufe ich und laufe die Auffahrt hoch. »Ich habe etwas vergessen.«

Mary öffnet die Haustür, und ich renne an ihr vorbei, ignoriere die Fußmatte, trage Schnee über den Fußboden, betrete uneingeladen das Esszimmer, während sie noch nach Flüchen sucht.

Dieses Mal ziehe ich den Vorhang in echter *Zauberer von Oz*-Manier auf. Hinter den schweren Gardinen entdecke ich die Antwort auf meine Gebete. Die flüchtige pathognomonische Spur: Die Fensterbank ist stark von Hundezähnen zerkaut und angeknabbert.

»Was ist?«

Die abgenutzten Zähne – Gilligan kaut nicht an Steinen, sondern an Fensterbänken.

Ich kann nichts sagen, das Lächeln auf meinem Gesicht steht meiner Fähigkeit, eine Erklärung zu äußern, im Weg. Stattdessen tue ich etwas, was völlig untypisch für mich ist. Schieben Sie es auf das emotionale Chaos des Tages oder auf die Begeisterung, einen Fall nicht an das Reich des Bösen zu verlieren. Vielleicht schieben Sie es vor allem darauf, dass ich mir bewusst werde, mir sicher bin, dass ich diese Arbeit hier tun kann. Es ist fast greifbar, wie gut sich dieser Augenblick anfühlt. Spontan umarme ich Mary, so fest, dass ihre Füße vom Boden abheben, als wir uns wie Derwische drehen.

»Was, zur …«

»Es ist die Farbe, Mary. Die Farbe.«

»Das sehe ich. Der Hund hat diese Fensterbank ruiniert. Ich habe Ihnen doch gesagt, dass er unter Trennungsangst leidet.«

Ich schaue zum Fenster daneben, genau dasselbe.

»Ein altes Haus, haben Sie gesagt.«

»Ja, und?«

Plötzlich sehe ich es, der Fall ist gelöst.

»Diese weißen Flecken auf seinen Röntgenbildern. Das sind Farbstückchen.«

Mary legt ihren Kopf schräg. »Moment mal. Sie haben gesagt, Gillie hat etwas Metallisches verschluckt.«

»Das hat er«, sage ich. »Es ist Bleifarbe. Findet sich oft in alten Häusern. Wenn Sie das Haus von einem Makler gekauft hätten, wäre es dem Gutachter aufgefallen.«

Ich erkenne, wie sich die Zahnräder in Marys Kopf langsam in Bewegung setzen.

»Aber Grandma hat es uns vererbt. Wir brauchten keinen Gutachter. Ich hätte niemals …«

»Warum auch? Es ist mir klar geworden, als mein Hund Gillie angebellt hat, der am Fenster stand.«

Mein Hund. Wie leicht mir das über die Lippen ging.

»Chronische Bleivergiftung führt zu Gewichts- und Appetitverlust. Auch Änderungen in der mentalen Aktivität sind häufig.«

Mary runzelt die Stirn. Ich muss meinen Fremdwörtergebrauch wirklich einschränken.

»Ich meine, er benimmt sich dadurch merkwürdig. Es verursacht sogar Anfälle. Er wartet am Fenster, wird nervös, kaut am Fensterbrett, so wie ein Kleinkind an einer Kuscheldecke nuckelt, und bekommt so seine tägliche Bleidosis. Gilligan gehört offensichtlich zu den 40 Prozent der Bleivergiftungen, die keine basophile Tüpfelung in ihrem Blut zeigen.« Ich fahre fort, um zu erklären. »Kleine blaue Punkte auf seinen roten Blutkörperchen, klassisch bei einer Bleivergiftung. Wenn man die unterm Mikroskop sieht, hat man die Diagnose. Aber ich habe sie nicht gesehen. Ich habe Blei ausgeschlossen, dabei hätte ich weiter offen bleiben müssen. Es war ein dummer Fehler. Tut mir leid.«

»Seien Sie nicht albern. Wie wird es behandelt?«

Verdammt, dabei lief es gerade so gut.

»Ich erinnere mich nicht. Etwas mit Thiaminspritzen. Ich schlage es nach. Es bringt nichts, Gillie erbrechen zu lassen.

Halten Sie ihn erst mal von der Farbe fern, aber Sie werden sie abschleifen müssen. Komplett.«

Gilligan hat sich in eine Ecke zurückgezogen und betrachtet die Show.

Ich weiß nicht, ob er Lob für seine Holzarbeit erwartet oder die Schuld abstreitet.

»Sie sind unglaublich«, sagt Mary lächelnd, bevor sie mich freudig umarmt. »Amy hat versprochen, dass Sie ihn heilen würden.«

Dieses Mal zucke ich zusammen, aber glücklicherweise macht Mary es kurz.

»Ich rufe sie an«, sagt sie und deutet mit dem Zeigefinger auf mich. »Amy muss wissen, dass sie da jemand Besonderes hat.«

»Das wünschte ich, Mary«, sage ich und lächle gezwungen. »Das wünschte ich.«

SECHZEHN

Mein Herz stolpert, mein Mund weigert sich, Speichel zu produzieren, und in meinem Bauch flattern Schmetterlinge so groß wie Fledermäuse. Und bitte, bevor diese Anzeichen für reizende, nervöse Aufregung gehalten werden wegen meines entscheidenden Dates mit Dr. Honey: Es geht hier nur um Angst – sprachlose, weiche Knie machende »Ich glaube, mir wird schlecht«-Angst davor, Tommy Lovelace als ihren nervigen Rivalen von Bedside Manor zu demaskieren.

Auf dem Beifahrersitz, wo eigentlich ein Labradoodle sitzen sollte, liegt eine Flasche Rotwein. Verrückt, die Wechselwirkung von Verlust und etwas zu schätzen wissen, dieses »Man weiß erst, was man hat, wenn es weg ist«-Syndrom. Einerseits meine ich damit Stash, den ich heute Abend zu Hause gelassen habe. Ich bin mir sicher, dass er hinter der Wohnungstür sitzt, den Kopf schräg, und auf meine Rückkehr wartet. Okay, ich gebe zu, ich bin zurückgegangen, um nachzusehen, und er hatte sich nicht bewegt. Aber ich meine auch die untreue Amy und dass wir nie die Chance bekamen zu überprüfen, ob unsere Funken auch Feuer schlagen würden.

Dieses Mal steht kein pinkfarbener Jeep in Dr. Winn Honeys Auffahrt. Charlie Brown hat ihren Marschbefehl erhalten und ist hoffentlich direkt zu Gabe gefahren, ohne einen Umweg für ein Eis mit heißer Karamellsoße zu machen.

Ich schalte den Motor aus, greife nach dem Wein, und mein Blick fällt in den Rückspiegel. Kann der Mann dort im Spiegel das hier durchziehen? Vielleicht ist eine kleine Romanze etwas Gutes: Eine dringend benötigte Flucht vor Amy und eine Möglichkeit, den Schlag abzumildern, dass ich Tierarzt und kein Pornostar bin. Laut Charlie ist ihre Mutter bei Rendezvous üblicherweise mehr als fähig und willens. Ich kann praktisch garantieren, dass die Gäste des Miss Eden Falls Diner, noch bevor ich meinen morgendlichen Kaffee getrunken habe, wissen werden, dass ich die Nacht hier verbracht habe. Dr. Honey ist eine wunderschöne Frau – das Wort *heiß* sollte nur für Temperaturen benutzt werden. Sie ist intelligent und geistreich, aber seien wir ehrlich, ich suche nach Superlativen, die zählen, denn verglichen mit Amy fehlt ihr einfach etwas. Sie haut mich nicht um, und ich bin mir ziemlich sicher, dass sie das auch nie tun wird.

»Sei sanft, aber deutlich.«

Ich sehe zu, wie mein Spiegelbild zusammenzuckt. »Sei sanft?« Also bitte. Diese Frau wird in der Sekunde ausrasten, in der ich ihr erzähle, wer ich wirklich bin.

»Okay. Mach sie betrunken, lass es ins Gespräch einfließen und renne weg.«

»Bist du das, Tom?«, fragt die schlanke Silhouette, die an der geöffneten Haustür steht.

»Ja«, rufe ich, springe aus dem Wagen und gehe die Auffahrt hinauf. »Ich habe auf der Straße geparkt, weil mein Wagen ein Problem mit dem Rückwärtsgang hat. Ich wusste nicht, ob du lieber Roten oder Weißen trinkst.«

»Da hat aber jemand seine Hausaufgaben nicht gemacht«, sagt Dr. Honey mit einem Schmollmund und einem leicht beleidigten Kopfschütteln, bevor sie lächelnd nach dem Wein greift und mich auf die rechte Wange küsst. »Es steht in meinem Profil. Schön, dich wiederzusehen.«

Ich lasse den Pinot noir aus diversen Gründen nur sehr langsam los.

Offensichtlich hat Dr. Honey auf den Moderatschlag ihrer

Tochter gehört – Levi's, die eine Wespentaille und lange Beine betonen, eine weiße Baumwollbluse, die zum Gehorsam gebügelt wurde. Oben offen lenkt sie den Blick auf eine verschnörkelte Goldkette und nicht auf ihr Dekolleté. Der Eindruck ist konservativ, zeugt von Klasse und ist entwaffnend. Kein Vamp oder Flittchen. Warum habe ich Wein mitgebracht? Der verstärkt meinen Betrug nur noch. *Gesteh, Cyrus, hier und jetzt, auf der Türschwelle.* Ich sollte wenigstens die Flasche behalten, falls ich mich verteidigen muss.

»Alles in Ordnung?«, fragt sie und reißt mir schließlich die Flasche aus der Hand. »Scheint, als brauche da jemand einen Drink. Wir sind in der Küche.«

Ich folge ihr und frage mich, ob mir der Marilyn-Monroe-hafte Hüftschwung auffallen soll. Auf der Kücheninsel, bestehend aus Specksteinplatten, steht eine schwitzende Flasche Chablis, eine atmende Flasche Bordeaux und eine Auswahl Käse, Cracker, Trauben und Aufschnitt auf einer provenzalischen Platte.

»Hübsches Haus«, sage ich und denke daran, dass das angeblich mein erster Besuch ist.

»Danke. Das einzig Positive an meinem Ex ist Geld. Ich habe es behalten, aber die Hypothek zehrt am Gehalt.«

90 Prozent der Tierbesitzer kämpfen bei einer Scheidung leidenschaftlicher um Tiere als um Geld.

Dr. Honey zuckt mit den Schultern, hält die ungeöffnete Weinflasche fragend in meine Richtung, und ich nicke zustimmend.

»Deine E-Mail gestern«, sagt sie und fängt an, das Glas bis an den Rand zu füllen. Mir fällt eine blasse Lippenstiftspur am Rand ihres Glases auf, offensichtlich hat sie bereits angefangen, dem Wein zuzusprechen. »Bist du immer so … förmlich?«

Hör auf, die Hände zu ringen, und komm auf den Punkt.

»Äh … ich sollte … ich muss etwas erklären.«

Dr. Honey reicht mir mein Glas.

»Ja, stimmt«, sagt sie und stößt an, ein bisschen gelbe Flüssigkeit schwappt über, bevor sie an dem Wein nippt – oder ihn in sich reinschüttet. »Warum ich dich nervös mache.«

Ich fange an zu murmeln, der eindeutige Beweis, welche Wirkung sie auf mich hat.

»Also … äh …«

In ihren schmäler werdenden grünen Augen sehe ich Sorge, mit Verletzlichkeit gemischt. Es ist zu grausam, zu früh. Ich warte lieber noch, bis sich ihr Alkoholspiegel im Blut auf ein einschläferndes Niveau eingepegelt hat.

»Modelst du?«

Sie wirft den Kopf zurück, blendet mich mit ihren Zähnen, ihre Gesichtsmuskeln entspannen sich vor Erleichterung. Vielleicht hätte ich mir die Weinflasche über den Kopf hauen sollen.

»Die Fotos im Flur? Sehr aufmerksam. Nein, aber das ist nett von dir. Sie gehörten zu einem Aufbauplan nach der Scheidung. Weight Watchers und sechs Monate mit einem persönlichen Trainer, Beweise für vorher und nachher.«

Sie lehnt sich gegen die Kücheninsel und schiebt ihre Hüfte vor.

»Vorher?«, stammle ich.

Dr. Honey lacht durch die Nase. »Oh, die liegen sicher in einem Schließfach.«

»Und deine Tochter? Keine Bilder von ihr?«

Sie nimmt noch einen Schluck. Das Glas ist halb leer.

»Keine aktuellen Bilder. Sagen wir einfach, dass die Scheidung und die Pubertät ihren Tribut fordern. Meine Tochter ist ein hübsches Mädchen, aber sie ist nicht in Form und weigert sich, fotografiert zu werden. Bitte, probier mal den Prosciutto. Der ist aus diesem kleinen italienischen Feinkostladen gegenüber meiner Arbeit. Wirklich gut.«

Dr. Honey steckt sich eine Scheibe in den Mund und reicht mir eine Serviette. Ich tu so, als würde ich nicht bemerken, dass sie das Thema wechseln möchte.

»Es gibt also *doch* Vorteile, für Healthy Paws zu arbeiten«, sage ich, schneide mir ein Stück Gorgonzola ab und denke: *Hey, wenn sie sich auskotzen möchte, gern noch was loswerden will, das sich als nützliches Detail negativer Informationen herausstellen könnte, wer bin ich, sie aufzuhalten, bevor ich meine Ansage mache?*

»Kaum. Obwohl, wenn ich meine Stelle behalte, werde ich nächstes Wochenende auf Kosten der Firma nach Miami fliegen.«

»Wow. Na, dann sind sie wohl nicht so verkehrt.«

»Doch, sind sie. Es ist eine Konferenz für die Tierärzte von Healthy Paws aus dem gesamten Land. Sie wird zweimal jährlich abgehalten. Die Teilnahme ist Pflicht.«

»Worum geht's? Berufliche Fortbildung oder Weiterbildung?«

Sie biegt sich etwas zurück, überrascht, dass ich sofort an Weiterbildung denke.

Wieso sollte das ein Typ tun, der seinen Lebensunterhalt mit Filmkritiken verdient?

Ich erstarre und gebe vor, neugierig auf eine Antwort zu warten.

»Nein, es ist mehr wie ein Kult. Komplette Versenkung und Indoktrination zwölf Stunden am Tag, zwei Tage lang. Vorträge darüber, wie man den Kunden einschätzt, wie man das Kundenerlebnis optimiert, wie man Empathie ausstrahlt, nicht bloß Sympathie.«

»Klingt nach Psychogebrabbel.«

Dr. Honey stellt ihr Glas ab.

»Gib mir die Hand«, sagt sie, »als träfen wir uns zum ersten Mal.«

Ich wische heimlich meine Handinnenfläche hinten an

meiner Jeans ab, und wir schütteln einander die Hände. Sie scheint zufrieden.

»Was?«

»Handinnenfläche seitlich, in der neutralen Stellung, Augenkontakt und ein Lächeln. Gegenseitiger Respekt und aufrichtige Freundschaft.«

Diese Kurse sind eindeutig eine Zeitverschwendung. Und warum hält sie immer noch meine Hand?

»Vorsichtig sein, wenn meine Hand sich nach oben dreht. Das bedeutet, dass ich ein Kontrollfreak bin. Deswegen heißt es auch: die Oberhand gewinnen.«

Ich erinnere mich an mein erstes Treffen mit Dorkin, kann mich aber gerade noch zurückhalten, bevor ich ihn als Beispiel anführe.

Schließlich tauscht sie meine Hand gegen das Weinglas.

»Es geht vor allem darum, wie man bei jedem Kunden mehr Dollar herausquetschen kann. Es ist eine Gehirnwäsche.«

»Wird deine Tochter mitkommen?«

Dr. Honey lächelt mich angespannt an.

»Ich glaube, sie würde sich im Moment in einem Badeanzug am Pool nicht wohlfühlen.«

Anstatt zu antworten, zupfe ich eine Traube vom Stiel und denke an Charlize und ihre wahren Gründe, zu viel zu essen.

»Ein Teil von mir beneidet diese Tierärzte in Eden Falls.«

Ich bin schlagartig aufmerksam. »Ehrlich?«

»Manchmal«, sagt sie, beißt in einen Cracker und spült ihn mit dem restlichen Wein hinunter. Ich frage mich, wie viel sie verträgt und ob Alkohol sie wütend macht.

»Ich könnte dafür töten, nicht jeden letzten Dollar aus meinen Patienten herausquetschen und nicht alle 17 Minuten einen neuen Patienten sehen zu müssen. Was für ein Konzept, sich wirklich Zeit zu nehmen, die Tiere und ihre Besitzer kennenzulernen. Wahrscheinlich werden sie am Ende genauso viel Geld verdienen, weil sie Vertrauen und Treue wecken.«

Erstaunlich, sie klingt schon fast wie Lewis.

Während sie ihr Glas erneut füllt, bemerke ich den Grund für meinen ersten Hausbesuch hier.

»Was, um Himmels willen, ist das?«

Ich bin vielleicht ein hölzerner und theatralischer Schauspieler, aber Dr. Honey folgt meinem spitzen Zeigefinger in Richtung einer schlafenden Katze neben dem Kühlschrank. Es ist schwer zu sagen, wo die Rettungsringe der Katze enden und wo die Falten des Kissens beginnen.

»Das ist meine Seelenverwandte, die einzige, wahre Liebe meines Lebens.« Sie stakst hinüber und hebt das Tier von der Größe eines Panters hoch, dabei achtet sie darauf, in die Knie zu gehen. »Das ist meine Marmalade.«

In ihren Armen scheint Marmalades hoher Fettgehalt sich zu verflüssigen, sie breitet sich in alle Richtungen aus, unfähig, ihre Masse zurückzuhalten.

»Wow. Wäre es unhöflich zu fragen, wie viel er wiegt?«

»Vorsicht, Tom«, sagt Dr. Honey, drückt ihr Gesicht an Marmalades, sieht mich aber weiterhin an. »Du sprichst mit einer Frau, die früher einmal ›schwere Knochen‹ hatte. Ich sage nur, dass *ihr* Gewicht näher an 15 Kilo ist als an 20.«

»Langsamer Stoffwechsel? Drüsenkrankheit?« Ich behalte den Satz *Welche Erleichterung* für mich.

»Ich wünschte, ich wüsste es«, sagt Honey und setzt Marmalade wieder ab. Mir fällt auf, dass ihre Arme vor Anstrengung zu zittern begonnen haben. »Ich habe ein Vermögen für Tests ausgegeben, und alle Werte waren völlig normal.« Ihre Augen fangen an zu glänzen, sodass ein ermutigendes Wedeln mit der Hand nötig wird, um sie zu beruhigen.

»Was für eine Ärztin kann ihre eigene Katze nicht heilen?«

In der Welt des echten Flirtens wäre das eine perfekte Steilvorlage, um sie tröstend in den Arm zu nehmen.

Natürlich erstarre ich.

»Nach dem, was du gerade gesagt hast, kann es nur an zu viel Fressen und zu wenig Bewegung liegen.«

»Mach weiter«, sagt sie. Es gefällt ihr offensichtlich, dass ich Interesse zeige. »Aber denke daran, dass nur ich sie füttere. Ich weiß aufs Gramm genau, wie viel sie bekommt.«

Dr. Honey klopft zweimal an die geschlossene Tür des Vorratsschranks. »Sie frisst auf keinen Fall zu viel.« Sie tritt nah genug zu mir her, dass ich den Alkohol in ihrem Atem riechen kann. »Ich habe genug davon, von der Arbeit zu reden. Ich will was von dir und diesen Filmen hören, die du für deine Arbeit ansehen darfst.«

»Also, es ist eigentlich nicht so aufregend.«

»Ach, komm schon.« Sie streicht eine einzelne Haarsträhne hinter ihr linkes Ohr und legt ihre rechte Hand flach auf meine Brust. »Erzähl mir von deiner letzten Kritik.«

Ich erinnere mich an das, was Charlie gesagt hat, und denke daran, die Handlung von *Pretty Woman* nachzuerzählen. Wie weit käme ich, bevor sie es merkt? Was, wenn sie amüsiert, verlegen, aber auch begeistert ist, weil ich mir die Mühe gemacht habe, ihren Lieblingsfilm herauszufinden?

Ich führe sie noch einmal an der Nase herum.

Die Uhr tickt, und die Löwin scheint bereit zu springen. Ohne Vorrede oder Plan führt mich die völlige Verzweiflung in ein gefährliches Drauflosreden.

»Okay. Es war ein Low-Budget-Independent-Film. Ein Regiedebüt, gedreht nach einem hauptsächlich improvisierten Drehbuch.«

Ich leere mein Weinglas in zwei großen Schlucken, Dr. Honey ermuntert mich mit einem »Nur weiter«-Blick.

»Da ist diese … alleinerziehende Mom, und sie ist ein guter

Mensch, aber sie ist einsam und wurde verletzt. Ihre Teenagertochter hat ein paar … Probleme. Sie bekommt Fressattacken und stopft Eiscreme in sich rein, weil sie so den Schmerz des Verlassenseins dämpft.«

»Uh, das klingt wirklich deprimierend.«

»Nein, nein. Es ist mehr eine moralische Erzählung. Weißt du, da ist auch diese einzigartige allegorische Figur, eine Hauskatze, und diese Katze ist krankhaft fettleibig, doch der Mutter ist es egal, weil sie dieses Wesen so oder so bedingungslos lieben wird.«

Sie knallt ihr leeres Glas auf die Theke, und ich bin überrascht, dass es nicht zerbricht.

»Thomas, was läuft hier?«

Plötzlich spüre ich, wie ich vom Drauflosplappern zu echtem Brainstorming komme und die einzelnen Puzzleteile schließlich ein Bild ergeben.

»Bitte, nur noch einen Moment. Es ergibt alles einen Sinn. Diese Mutter ist verletzt worden, sie verdrängt es, aber sie weiß, dass irgendwo da draußen der Richtige wartet und ihr nur zu gern die Schmerzen nimmt, ein Ritter in glänzender Rüstung, der eine süße, fette Katze viel eher akzeptiert, als er ein schwaches, fettes Kind je akzeptieren würde.«

Die flache Hand auf meiner Brust packt mit einem festen Griff mein Hemd.

»Was soll das?«

»Ich komme jetzt zum Punkt.« Ich versuche, einen Schritt nach hinten zu machen, während ich weiter Sätze ausspucke. »Die Handlung wird ziemlich gekünstelt, als dieser Fremde … ein Mann mit den besten Absichten … in die Beziehung verwickelt wird, aber wenn dann der Abspann läuft, ist alles gut … alles wird aufgelöst.«

Ich bin vor Aufregung über die Entdeckung, die ich gerade gemacht habe, ganz nervös.

»Ich weiß nicht, was du vorhast, aber du machst mir Angst und solltest gehen. Sofort.«

Es lag daran, wie Marmalade geduldig vor dem Vorratsschrank saß, als Charlie in der Nähe war, als wüsste die Katze, dass sich das Warten lohnt. Bei ihrem liebenden Frauchen jedoch nicht.

Dr. Honey ist wütend, und meine Vorstellung irritiert sie offensichtlich (wer kann es ihr verdenken?).

»Bitte, ich gehe, und es tut mir leid, aus mehr Gründen, als ich es sagen kann. Aber die Lösung findet sich in der Ursache für die Fettleibigkeit der Katze.«

»Raus«, blafft sie.

Mein Oberkörper will gehen, aber meine Füße haben sich nicht gerührt.

»Weil es die Schuld der Tochter ist.«

»Was?«

»Es war Charlie. Ich vermute, dass sie Marmalade überfüttert.«

»Aber warum?«, flüstert sie.

Ich atme tief ein, denn das hier liegt weit außerhalb meiner Komfortzone.

»Ich vermute, dass sie etwas beweisen wollte. Egal, wie sehr sie Marmalade überfüttert, egal, wie aufgedunsen und träge die Katze wird, du liebst sie trotzdem. Kannst du dasselbe über deine Tochter sagen?«

Dem Gesichtsausdruck von Dr. Honey nach zu urteilen, war das für sie genauso unangenehm wie für mich. Sie dreht sich weg, und nach einem Moment nimmt sie eine Serviette und benutzt sie als Taschentuch.

Den Kopf gesenkt, ist ein leichtes rhythmisches Zucken ihrer Schultern das einzige Zeichen, dass sie weint.

»Charlie hat mich in diesen Schlamassel gebracht«, sage ich, bereit, alles zu erklären.

Dr. Honey dreht sich abrupt zu mir um, Tränen laufen über ihre Wangen, in ihrer Faust zerknüllt sie eine Serviette.

»Charlie?«, sagt sie ungläubig.

»Ich weiß, dass sie dir nichts Böses wollte. Ich glaube, sie dachte, ich könnte helfen.«

»Ich verstehe nicht. Wer bist du?«

Ich versuche, aufrecht zu stehen, angespannt wie ein Feuerwehrmann wappne ich mich gegen meine Strafe.

»Ich bin Cyrus Mills. Dr. Cyrus Mills. Wir haben vorgestern sogar am Telefon …«

Weiter komme ich nicht. Wie bin ich nur auf die Idee gekommen, dass ich eine wohlverdiente Ohrfeige bekäme? Hätte ich gewusst, dass Winn Honeys persönlicher Trainer berühmt für Kampfsport und Kickboxen ist, hätte ich meine Erklärung per E-Mail geschickt. Stattdessen werde ich zu Boden geworfen, ausgeknockt von einem Roundhouse-Kick an meine Schläfe.

SAMSTAG

SIEBZEHN

Die Wettervorhersage hat »leichten Schneefall« am Nachmittag angekündigt, was hier in der Gegend bedeuten kann, alles unter 30 Zentimeter Neuschnee. Deswegen fahre ich früh los, begierig, einer persönlichen Vorhersage zu entfliehen, die ausgiebige Panikanfälle, vereinzelte Ausbrüche von Einsamkeit und eine Flut aus Selbstmitleid angekündigt hat.

Statt über das stürmische Zusammentreffen mit dem tierärztlichen Bruce Lee gestern Abend und die bevorstehende, wohlverdiente Quittung dafür bei den Knights of Columbus zu grübeln, ist es Zeit, einen Hausbesuch zu machen, den ich schon viel zu lange vor mir hergeschoben habe.

Es ist nicht einfach, zu lenken und zu schalten, wenn man sich eine Tüte Tiefkühlerbsen an die linke Schläfe halten muss. Aber die Schwellung nach Dr. Honeys Karateschlag lässt bereits nach. Ich wünschte, ich könnte dasselbe über die Spannung zwischen uns sagen. Noch vor Mitternacht habe ich eine SMS von Charlie bekommen.

Mom ist total wütend!

Ich habe abgewartet, ob noch mehr kommt, aber das war alles, was sie geschrieben hat. Vielleicht wurde Charlies Handy eingezogen, oder vielleicht hat sie sich auf die Seite ihrer Mom geschlagen und mich zum gemeinsamen Feind erklärt.

Stash begleitet mich. Dank Chief Matt Devito ist unser

rätselhafter Mann mit dem Schrittmacher immer noch unbekannt und Stashs Herkunft ebenso. Ist mir nur recht, und das nicht bloß weil ich mich nur zu gern um einen obdachlosen australischen Labradoodle kümmere. Es ist auch so, dass ich durch meine aktuellen, emotionalen … Herausforderungen … die direkte, klare Beziehung zu einem Hund schätze.

Ich fahre zu Garvey's Baumschule und Gartencenter und parke an exakt derselben Stelle wie vorher, neben dem Hof, aber dieses Mal gehen Stash und ich den Weg, der zu den Hauptställen führt, allein. Meine Arzttasche wird nicht gebraucht. Es gibt keine Therapie für die Nachricht, die ich jetzt bringe.

Bevor ich losgefahren bin, habe ich mich mit Lewis zusammengesetzt, um zu besprechen, was ich sagen werde. Ich habe mir die Fakten des Falls noch einmal angesehen und sie mit den wissenschaftlichen Daten verglichen, die ich herausgesucht hatte. Und am Ende meiner Präsentation war Lewis nicht nur überzeugt, sondern stimmte auch zu, dass wir verpflichtet sind, es öffentlich zu machen. Obwohl er anbot mitzukommen, sagte ich ihm, dass das hier meine Sache ist.

»Wenn es knallt«, sage ich, »dann kann man auch die Schuld dem Kerl geben, der das Feuer an die Zündschnur gehalten hat.«

Stash und ich gehen an den äußeren Gewächshäusern vorbei, am Streichelzoo, der noch im Winterschlaf liegt, an der Lichtung, wo sie eine Reifenrodelbahn bauen wollen, und an der verschneiten Silhouette der Minigolfwindmühle. Ich fühle mich wie der herzlose Mann von der Abrissfirma, der hier ist, um die Seele von Generationen und eine Institution von Eden Falls zu zerstören. Schlimmer noch, es gibt ein zweites ahnungsloses Opfer in diesem Fall. Deswegen habe ich einen Termin mit der bekloppten Kuh, Ermintrude, ihrem Besitzer Mike und ihrem Krankenpfleger Trey ausgemacht.

Als wir den Stall betreten, füllt sich meine Nase mit dem erdigen, methanhaltigen Dampf eng zusammenstehender Tiere, meine Ohren werden von einem Kommando angegriffen, das im Holzdach über mir widerhallt.

»Legen Sie den Hund an die Leine.«

Es dauert eine Weile, bis ich den Mann im olivgrünen Overall sehe – schwarze Mütze auf dem Kopf und die bekannte verspiegelte Sonnenbrille auf der Nase –, wie er von einer Stufenpyramide aus kleinen, eckigen, ordentlich gestapelten Heuballen herunterklettert und zwei zu einem Tierstand schleppt. Es ist eine völlig vernünftige Bitte, abgesehen davon, dass ich keine Leine dabeihabe und Stash bei Fuß geht, als wolle er sich von seiner besten Seite zeigen. Der Doodle hat nicht einmal mit der Wimper gezuckt, als wir an blökenden Schafen oder grummelnden Lamas vorbeigekommen sind. Es ist klar, dass er völlig unbeeindruckt ist, den Blick nach vorn gerichtet, das Tempo gleichmäßig. Entweder überheblich oder zu Tode gelangweilt, das ist schwer zu sagen.

»Stash, sitz«, befehle ich, und ohne zu warten, ohne mich prüfend umzusehen, gehe ich weiter, den Blick auf Mike Garvey den Dritten gerichtet, und sehe, wie er innehält, so beeindruckt von dem Hund, dass er die Heuballen fallen lässt und ihn ehrfürchtig betrachtet.

»Ignorieren Sie den Hund, Mr Garvey, dann wird der Hund Sie und Ihre Tiere ignorieren. Er ist hoch trainiert und wird keine Probleme machen, das verspreche ich. Ist Ihr Vater da hinten?«

Stash steht mitten auf dem Mittelgang des Stalls und starrt mich mit einem perfekten Tunnelblick an. Man muss diesen Hund einfach lieben. Trey ist klar beeindruckt und ehrlich gesagt ich auch.

Garvey grunzt (wenigstens glaube ich, dass es Garvey war

und nicht das Gloucester-Old-Spot-Schwein hinter ihm) und marschiert zu Ermintrudes Platz. Mit einem Taschenmesser schneidet er das orangefarbene Nylonseil durch, das den Ballen zusammenhält, und reißt das Heu in mundgerechte Büschel, die er in die Krippe auf der anderen Seite des Geländers wirft. Die Jerseykuh steht im Schatten, den Kopf in der Ecke, zitternd und abwesend.

»Ihm ist was dazwischengekommen. Er ist nicht da, und ich habe zu tun«, sagt Trey. Er schiebt sich an mir vorbei, die Nasenflügel verächtlich geweitet kehrt er zum Heustapel zurück, klettert hinauf und nimmt die nächste Ladung. Hasst er mich, Tierärzte oder alle menschlichen Wesen?

»Aber Mr Garvey, Sie und Ihr Vater haben diese Uhrzeit vorgeschlagen, nicht ich.«

Er zögert, atmet tief ein, stöhnt kehlig und verteilt einen Heuballen an die Ziegen, einen weiteren an die Schafe, bevor er zurückgestapft kommt, um mehr zu holen. Trey wirkt so konzentriert wie Stash, aber anders als bei dem disziplinierten Labradoodle sind hier zwanghafte Dämonen im Spiel. Es scheint, als müsse er diese Aufgabe erledigen, bevor er reden kann, und es sieht so aus, als nähme er die Heuballen in einer genauen Reihenfolge, um den Stapel abzubauen. Kein Zweifel, das Futter wird jeden Tag auf exakt dieselbe Weise jedem der unterschiedlichen Tiere gebracht. Trey ist offensichtlich ein Gewohnheitstier.

Ich warte bei Ermintrudes Platz, der dem Heustapel am nächsten liegt, das monotone Gurren der Blaubrillentauben wie eine Serenade im Hintergrund, dabei versuche ich, die Patientin zu untersuchen.

Kühe bewegen ihren Kiefer über 40 000 Mal jeden Tag, aber diese Kuh nicht. Sie erschrickt und taumelt zur Seite, als ich in die Hände klatsche. Es ist herzzerreißend, ihren knochigen Brustkasten zu sehen, ihr schroffes und zackiges Rückgrat, schlappe Muskeln über den Knochen, ihre eingesunkenen Augen, düster und flehend.

Dann bewegt sich etwas in den Schatten neben ihr, ein Vogel vielleicht. Sie zuckt zusammen, tritt zurück, und mir fällt ein bisschen grüner Ausfluss auf, der eine Kruste um ihr linkes Nasenloch bildet.

»Sie sind ja noch hier«, sagt Trey und kommt herübergestiefelt, die Hand an der Stirn, als hätte er etwas vergessen oder wieder mal heftiges Kopfweh. »Sprechen Sie mit Dad, nicht mit mir.«

»Es geht hierbei genauso sehr um Sie, Mr Garvey, wie um Ermintrude.«

Trey richtet sich auf, drückt einen schmutzigen Zeigefinger in sein Kinngrübchen (wie kommt er nur mit einem Rasierer in diese Kuhle?), und dann senkt er den Kopf genug, um mich über seine Sonnenbrille hinweg ansehen zu können, und sagt: »Ich bin keine Kuh.«

»Tatsächlich sind Kühe dem Menschen genetisch zu 80 Prozent ähnlich.«

Trey wirft mir einen Blick zu, als sei das noch deutlich untertrieben.

»Hey, haben Sie was gegen Migräne dabei?«

»Nein«, erwidere ich und ignoriere das Déjà-vu. »Seit wann sondert die Kuh Nasensekret ab?«

Trey sagt nichts.

Ich versuche es noch mal. »Seit wann läuft ihre Nase?«

Es ist schwer zu sagen, ob sein Schweigen auf Nichtverstehen oder Verärgerung basiert.

»Hören Sie, ich bin kein Experte für Großtiere, aber Ihr Vater hat mich gebeten herauszufinden, was mit Ermintrude los ist. Ich habe eine Diagnose, und die betrifft auch Sie.«

»Warum mich? Ich kümmere mich doch nur um sie.«

»Das ist mir klar, aber die Krankheiten von ihnen beiden

sind direkt miteinander verbunden. Sie haben das, was sie hat, und umgekehrt. «

»Sie ist also ansteckend?«

»Nicht so, wie Sie sich das vorstellen. Ich rede nicht über Bakterien oder Viren, ich rede von einem pathogenen Protein, etwas namens Prion.«

»Klingt wie ein ausländisches Auto.«

Ich bin mir ziemlich sicher, dass Trey keine Witze machen will. Sein Kinn zuckt, die Hände bewegen sich ständig, er tritt von einem Fuß auf den anderen wie ein Boxer, der auf seinen Kampf wartet – er ist ein nervöses Wrack.

»Prionen sind hartnäckig, wirklich heftig, sie können nicht von Desinfektionsmitteln getötet werden, auch nicht durch normales Kochen. Wissen Sie, wie Wissenschaftler Prionen nennen?«

Ich hatte nicht vor, auf eine Antwort zu warten, aber Trey schüttelt trotzdem den Kopf.

»Unsterblich.«

Er tritt einen Schritt zurück, jetzt habe ich seine Aufmerksamkeit. Nur, wie erkläre ich es am besten?

»Ich habe viel recherchiert und mich bemüht, eine andere Lösung zu finden. Ich habe mir Zeit genommen, die Fakten genau betrachtet, die Anzeichen, die diagnostischen Indizien, über die ich verfüge. Aber ich bin immer wieder auf die klinischen Ähnlichkeiten zwischen Ihnen und der Kuh zurückgekommen.«

Ich möchte ihm die Sonnenbrille von der Nase reißen, damit ich irgendeine visuelle Rückmeldung bekomme. Meine eigene Verlegenheit in den Spiegeln zu sehen, das hilft nicht gerade.

»Sie vermeiden beide das Sonnenlicht. Ermintrude presst ihren Kopf in die Ecke, weil sie wie Sie an Migräne leidet, und laut Ihrem Vater haben Sie sich in letzter Zeit etwas« – *vor-*

sichtig, Cyrus – »anders verhalten. Nicht wie Sie selbst. Ebenso Ihre Kuh.«

Dass er still dasteht, macht mir mehr Sorgen als sein Schweigen.

»Sie verdienen es, als Erster informiert zu werden, Sie können dann selbst mit Ihrer Familie sprechen oder ich, was immer Sie für das Beste halten, aber wenn ich hier weggehe, werde ich das staatliche Veterinäramt anrufen. Innerhalb von Stunden wird Ihr Parkplatz voller Kamerateams und Reporter sein, und über Ihnen werden Fernsehhubschrauber kreisen.«

»Werde ich berühmt?«

Er scheint munterer zu werden.

»Auf eine gewisse Weise schon. In den gesamten Vereinigten Staaten hat es erst einen einzigen anderen Fall dieser Art gegeben, und das war vor über zehn Jahren. Er hat der amerikanischen Rinderindustrie Milliardenverluste bei den Exporten eingebracht. Und dieser Fall hatte seinen Ursprung ebenfalls in Kanada.«

»Kanada?«

»Ermintrudes Mutter. Sie hatten sie aus Kanada importiert, richtig? Irgendwann fing sie an, sich merkwürdig zu benehmen, und wurde auf dem Hof geschlachtet und, wie Ihre Grandma mir erzählt hat, wurde nichts weggeworfen. Ermintrudes Mutter war Patient null, die Quelle der Prionen, der pathogenen Proteine. Ihre kontaminierten Körperteile müssen in die Nahrungskette gelangt sein, eine Kette, die Gott sei Dank nur Ihre Familie und Ihre Tiere umfasst. Ich weiß nicht, ob Ihr Diabetes Sie empfänglicher gemacht hat, und ich bin mir nicht sicher, warum Ihr Immunsystem schwächer war, aber Sie müssen kontaminiertes Rindfleisch gegessen haben. Jahrelang passiert nichts, die Prionen sitzen schlafend in Ihrem Gehirn, warten auf ihren Augenblick, haben Zeit, fangen langsam an, verursachen eine kleine Depression, Stimmungsschwankungen, Ungeschicklichkeit, arbeiten sich hoch zu unnachgiebiger Migräne, die über Ibuprofen nur lacht. Aber sie sind unsterblich, denken Sie daran, man kann sie nicht aufhalten, und ein knappes Jahr nach der Diagnose werden diese Prionen ...«

»Werden sie was?«

Ich schlucke. Bei den Zehntausenden von Krebsfällen, die ich in meiner Karriere diagnostiziert habe, war ich nie der Arzt, der die schlechten Nachrichten überbringen musste, der gezwungen war, die vernichtende Kraft ein paar wohlgewählter Worte zu erleben. Ich glaube, dass es eine Kunst ist, entsprechend auf den Punkt zu kommen.

»Sie werden Sie töten. Sie werden vielleicht ein Jahr oder so mit der Krankheit leben, aber sie verläuft immer tödlich.«

Er sollte das von seinem Hausarzt hören, nicht von dem neuen Tierarzt in der Stadt.

»Das reicht. Was habe ich?«

»Trey, es tut mir leid, ich bin mir ziemlich sicher, nicht zu 100 Prozent, aber über 90 ...«

»Was?«, schreit er.

»Rinderwahnsinn«, platze ich heraus. Er beginnt, auf den Fersen zu schaukeln.

»Wie, wie, einen Moment mal.« Trey scheint ganz in Erinnerungen versunken, sein Gesicht verzieht sich. »Sind Sie 100 Prozent sicher, dass ich die Krankheit nur durch das Fleisch von Clover bekommen konnte?«

»Genau«, antworte ich, »das befürchte ich.«

Das schallende Lachen kommt von ganz tief, es entwickelt sich von einem Kichern zu brüllendem Gelächter, herzhaft und ehrlich. Er muss sich vornüberbeugen, stolpert nach hinten und hält sich fest. Das ist nicht die Reaktion, die ich erwartet habe.

Er setzt seine Brille ab, und zum ersten Mal sehe ich seine Augen, braun, blutunterlaufen und feucht. Trey schnappt nach Luft, wischt sich die Tränen mit dem Handrücken ab.

»Ich bin Vegetarier, Doc. Seit meinem ersten Collegejahr, ein Jahr vor Clovers Tod. Seitdem habe ich kein Rindfleisch mehr gegessen. Ich kann nicht für Ermintrude sprechen, aber wenn sie und ich dasselbe haben, dann ist es kein Rinderwahnsinn.«

Ich stehe da und fühle mich so dumm, wie ich aussehen muss. Ich beobachte, wie sich auf seinem Gesicht zunächst der Ausdruck von Erleichterung zeigt, dann von Empörung. In dem Moment fällt Vogelkacke, weich und mit grünen Flecken, mitten auf meine Stirn, ein milchiges Zeichen, das über mein Gesicht läuft.

Trey lacht sich kaputt, ringt nach Luft, pinkelt sich fast in den Overall. Zum Glück habe ich ein Taschentuch dabei.

»Sie hätten einen Hut tragen sollen, Doc. Aber es soll Glück bringen.« Dann zuckt er zusammen, presst seine Finger fest auf die Nasenwurzel, als hätte ihn erneut der Schmerz in den Nebenhöhlen getroffen. Der Trey, der dann wieder auftaucht, ist aufgebracht und bereit zu explodieren.

»Sie gehen jetzt besser, bevor ich darüber nachdenke, dass mein Dad einem Tierarzt gutes Geld gibt, der seinem Sohn eine tödliche, gehirnfressende Krankheit anhängen will.«

»Also, Mr Garvey, ich wollte nie …«

Die Speicheltröpfchen treffen mein Gesicht, bevor der Schrei meine Ohren erreicht. »Ich habe gesagt, gehen Sie.«

Ich trete einen Schritt zurück, entschlossen, den Speichel an meinem Kinn nicht abzuwischen, und sehe zu Stash. Er hat sich nicht bewegt, aber er betrachtet etwas anderes. Sein Kopf ist schräg nach oben gerichtet, er schaut zu den Vögeln. Ich folge seinem Blick zu den Hunderten von Tauben, die auf den Deckenbalken sitzen.

Das Gloucester-Old-Spot-Schwein zockelt ans Geländer – *weiß mit großen schwarzen Flecken*. Der schwarze Hund im Gang – *kein einziger weißer Fleck. Tauben. Kackende Tauben. Aber wo genau kacken sie hin?*

Ohne ein Wort zu sagen, marschiere ich zum anderen Ende des Stalls und dann langsam zurück, dabei suche ich in den Stellplätzen und auf dem Boden nach Spuren von Vogelfäkalien. Und dann, obwohl ich ein bisschen langsamer bin als Stash, erkenne ich, was los ist.

»Bitte, Mr Garvey, beantworten Sie nur noch eine Frage, ich verspreche, dass ich danach gehe. Wenn Sie Ermintrude füttern, machen Sie das dann immer genau so, wie ich es heute gesehen habe?«

Trey knurrt, aber sein widerwilliges Schulterzucken lässt mich weiterbohren.

»Sie füttern zuerst Ermintrude, stimmt's? Sie bekommt immer die oberste, äußere Schicht Heu?«

»Ja.«

»Und die anderen Tiere bekommen die unteren Ballen, keine äußeren, immer innere.«

»Worauf wollen Sie hinaus? Ich halte gern Ordnung.«

»Ich will darauf hinaus, dass Sie Ermintrude mit Heu füttern, das voller Taubenkacke ist. Die Ballen weiter unten werden von der obersten Schicht geschützt, die stets an Ermintrude geht, weil sie als Erste gefüttert wird.«

»Und was, gibt's einen Prius in der Vogelscheiße?«

»Nein, kein Prion, einen Pilz. Kokzidioidomykose. Man kann ihn in die Lunge oder die Nebenhöhlen einatmen und dann, wenn man Pech hat, kann er sich bis ins Gehirn vorarbeiten. Verdammt! Deswegen läuft Ihre Nase. Deswegen haben Sie Migräne, Lichtempfindlichkeit, und deswegen sind Sie etwas ungeschickt.«

Trey wirkt bestürzt.

»Deswegen haben Sie den Nüchternheitstest nicht bestanden, obwohl Sie keinen Alkohol im Blut hatten.«

»Ich habe Devito gesagt, dass ich keinen Pot rauche, aber er wollte mir nicht glauben.«

Während Trey sich an sein Treffen mit dem Chief erinnert, schaue ich zu der Kuh, schaue ihr in die großen braunen Augen und möchte mich entschuldigen. Hier geht es nicht darum, dass ich als Tierarzt für Nutztiere versagt habe. Hier geht es darum, dass ich die Anzeichen manipuliert habe, damit sie zu einem Konzept passen, das ich bereits im Kopf hatte. Hier geht es um Demut, meine Fehldiagnose war so dumm, wie meine korrekte Diagnose genial ist.

»Dieses Kokzi… wie auch immer bringt mich nicht um, oder?«

»Nein, aber Sie müssen die richtigen Medikamente nehmen. Gehen Sie zur Notaufnahme in Patton, sagen Sie denen, Sie möchten einen Test auf… Vergessen Sie's, ich schreibe es auf. Hier, falls der Test positiv ist, werden wir Ermintrude genauso behandeln. Oh, und Sie werden Ihre Tauben loswerden müssen. Keine Fotos mehr mit Vogelfutter, okay?«

Falls ich ein Lächeln oder einen dankbaren Handschlag erwartet habe, das habe ich nicht bekommen. Hoffentlich können diese sozialen Fehltritte korrigiert werden. Aber wer bin ich schon, um so was zu sagen?

»Wie viel?«, fragt Trey, plötzlich todernst, die Sonnenbrille wieder auf der Nase, als sei er bereit, Poker zu spielen.

»Vergessen Sie's. Es tut mir leid, dass ich Mist gebaut habe. Nach all der Panik, die ich verursacht habe, stelle ich den Hausbesuch nicht in Rechnung.«

Garvey schiebt die Lippen vor. »Nein, nein«, sagt er und zeigt mit dem Daumen über seine Schulter in Richtung von Stash.

»Ich frage nach dem Hund. Wie viel wollen Sie für ihn?«

Stash blieb die ganze Zeit wie befohlen sitzen. 20 Meter entfernt, und wir haben immer noch Augenkontakt. Er ist wie ein Diagnoseglücksbringer, zuerst bei einem Collie, jetzt bei der Kuh.

»Tut mir leid, Mr Garvey, aber Sie könnten mir nicht genug bezahlen. Dieser Hund ist nicht zu verkaufen.«

ACHTZEHN

Als ich auf den übervollen Parkplatz der Knights of Columbus Banquet and Reception Hall fahre, empfängt mich ein beleuchtetes Schild, das verkündet, dass sich diese Einrichtung perfekt für Partys, Hochzeitsfeiern und Mittagessen nach Beerdigungen eignet. In meiner momentanen Stimmung klingen alle drei Varianten kein bisschen »perfekt«. Ich bin natürlich nicht in Partystimmung (okay, das bin ich sowieso selten), und falls Amy 13 Jahre Ehe mit ihrem italienischen Lover feiert (das wäre also die Spitzenhochzeit, und ja, das habe ich nachgeschlagen), dann bin ich sicher nicht dabei. Und Viertel vor drei ist ein bisschen spät fürs Mittagessen. Was bleibt mir dann noch? Richtig, die Beerdigung, und obwohl ich mir sicher bin, dass Dr. Honey mich liebend gern lebendig begraben würde, ist die einzige Praxis, die auf dem Weg in diese große Klinik im Himmel liegt, Healthy Paws, jawohl!

Ich parke neben einer Miniaturausgabe der Anden, die hinten auf dem Parkplatz zusammengeschoben wurde – der Wetterbericht hatte tatsächlich recht, nur leichter Schneefall –, und sehe zu, wie die Konvertiten der Kirche von Healthy Paws aus ihren Wagen zum Haupteingang strömen, begierig, das Evangelium des Neuen Testaments der Veterinärmedizin zu hören. Um ehrlich zu sein, hoffe ich, dass Winn Honey ordentlich predigen kann. Ja, ich weiß, das klingt komisch bei einem Mann, der immer noch zusammenzuckt, wenn er die Schwellung über seinem linken Auge berührt, aber wie sie mit ihrer Tochter nach der Scheidung umgegangen ist, scheint vor allem fehlgeleitet, aber nicht herzlos. Die Ursache liegt in ihrer Verletzung, und sie ist keinen Deut besser als ich, der ich meinen Vater aus meinem Leben gestrichen habe. Ich kann Buße tun, aber nie Vergebung erreichen. Winn Honey hat diese Chance, und ich wünsche ihr alles Gute (was nicht dasselbe ist, wie in Reichweite ihrer Hände oder Füße kommen zu wollen). Ich habe meinen Beitrag zur Lösung von Marmalades Gewichtsproblem geleistet. Alles andere – Erziehungstechniken, Verlustängste, die Suche nach Wiedergutmachung – überschreitet meine beruflichen Kompetenzen bei *Weitem* (und auch meine Komfortzone). Falls ich ein Gespräch angeregt haben sollte, dann können Charlie und ihre Mom es allein weiterführen.

Ich wusste nicht, was ich zu dieser Veranstaltung anziehen sollte, und habe mich dann für eines der Tweedjacketts mit passendem Wollschlips meines Vaters entschieden. Es fühlt sich ein wenig zu gezwungen an, ein bisschen zu sehr nach Gentlemanfarmer, aber wenigstens sehe ich präsentabel aus.

Kaum aus dem Wagen werde ich von einem heftigen Wind angegriffen, der wie ein Skalpell schneidet und mir Tränen in die Augen treibt, während ich zur Tür gehe. Das Letzte, was ich jetzt gebrauchen kann, ist auszusehen, als hätte ich geweint. Zum Glück erkenne ich niemanden, als ich meine Augen mit einem Taschentuch abtupfe, bis die berüchtigte Ethel Silverman, ihren Husky Kai im Schlepptau, um die Ecke biegt. Ich erinnere mich spontan an das Plakat für diesen Vortrag, das vor dem Diner hing: »Hunde erlaubt*«. Ich habe nie herausgefunden, was das Sternchen bedeutet – wenn er sich in Gesellschaft gut benimmt, sich stimmlich zurückhält, sich nicht drinnen erleichtert? Vielleicht hätte ich den Labradoodle mitbringen sollen. Stash hasst es, allein zu sein, das ist eindeutig. Sein unvergesslicher Gesichtsausdruck beim

Abschied, den ich in dem Sekundenbruchteil erhaschte, bevor ich die Wohnungstür zwischen uns geschlossen habe, war mehr als Traurigkeit, es war Ungläubigkeit, Unfähigkeit zu akzeptieren, dass er keine Arbeit hat, dass ich, das Herrchen, dem er dient, ihn nicht brauche.

Ich gehe langsamer, um Ethel und Kai die Chance zu geben einzutreten, und dann, mit pochendem Herzen und einem tiefen, eines Tauchers würdigen Atemzug, gehe ich hinein.

Die Halle ist genau das: ein finsterer Hangar mit schwachen, fluoreszierenden Lichtern, die hartnäckig gegen die Düsternis der fensterlosen, holzgetäfelten Wände ankämpfen. Es ist trügerisch voll, weil alle an diesem Ende versammelt sind, sodass ich, kaum dass sich die Tür hinter mir geschlossen hat, gezwungen bin, zu drängeln, schieben und mich zu entschuldigen, während ich versuche, vorwärtszukommen und mich umzusehen. Das stetige Summen der Gespräche einzelner Gruppen lässt nie nach, und mir fallen hier und da Hunde an der Leine oder auf dem Arm auf. Es wirkt, als hätte man die Versammlung zusammengetrieben, um Platz für ordentliche Reihen aus Metallstühlen vor einem Podium und einem Projektor am anderen Ende des Raumes zu schaffen. Niemand scheint sich setzen zu wollen.

Ich schaue nach links und rechts und bemühe mich, neugierig und nicht verstohlen zu wirken, ich erhasche einen Blick auf Doris' gelbe Bienenkorbfrisur, bedauere die Tatsache, dass sie meine beste (einzige) gesellschaftliche Option ist, und entdecke dann zu meiner Erleichterung Peter Greer, den Chefredakteur der *Eden Falls Gazette*.

Mit einer Größe von 1,95 m ist Greer ein wahrer Wolkenkratzer, Kopf und Schultern ragen über die Menge. Ich kann nicht erkennen, bei wem er steht, aber da er ein echter Alliierter von Bedside Manor ist, gehe ich zu ihm.

Da kommt sie wie eine neonpinkfarbene Wolke auf mich

zu, ein Mädchen in einem knallbunten Kasack mit Haaren, die weiß blondiert und zu einer Krone steifer Dolche gegelt sind.

»Hund, Katze oder Exot?« Sie lächelt ehrlich, aber leicht wahnsinnig und wedelt mit drei Geschenktüten vor meinem Gesicht herum.

»Wie bitte?«

»Haben Sie einen Hund, eine Katze oder etwas Lustiges wie einen Gleitbeutler oder ein Chinchilla?«

Ich sehe das Healthy-Paws-Logo auf ihrer Brusttasche und das Plastiknamensschild darüber – Popcorn. Aha, die kesse Sekretärin. Wenn ich ein Mädchen Popcorn nennen würde, und das werde ich niemals tun, dann würde ich hoffen, dass sie sich genau so entwickelt. Ihre Augen sind mangaartig wild, die Lippen zucken vor Spannung, sie ist quirlig bis kurz vorm Platzen. Durch ihre Adern muss Red Bull anstelle von Blut fließen. Im Moment sieht Doris ziemlich gut aus.

»Einen Hund«, sage ich, und in diesem Moment des Eingeständnisses überkommt mich ein überraschendes Bewusstsein, das sich am besten als Freude bezeichnen lässt. Dieses kurze, warme und kuschelige Gefühl wird schnell erstickt, als mir eine Geschenktüte mit dem Bild eines spielenden Labradorwelpens an die Brust gedrückt wird. Ich schaue hinein und entdecke eine Flasche Flohshampoo, ein Healthy-Paws-Kühlschrankmagnet und biologisch abbaubare Hundekotbeutel in einer knochenförmigen Hülle.

»Danke«, sage ich mit einem höflichen Lächeln, »aber ich nehme es dann auf dem Weg nach draußen mit.« Ich habe nicht vor, das tatsächlich zu tun.

Popcorn zuckt mit den Schultern: »Wie Sie wollen«, und saust davon, vermutlich um einen doppelten Espresso nachzutanken.

Als Greer mich kommen sieht, teilt sich die Menge, und im

Schatten seiner Sonnenfinsternis sehe ich, dass er mit keinem anderen als Lewis spricht.

»Ah, bereit zum Kampf, Cyrus?«

Greer streckt die Hand aus und zerdrückt meine (ich bin sicher, dass er das nicht einschüchternd meint), während Lewis mit seinem üblichen Todesgriff die Kontrolle über meine freie Schulter übernimmt.

»Nur zu«, flüstert Lewis. »Wir können nicht nur einstecken, sondern auch austeilen, außerdem haben wir hier einen Heimvorteil.«

Ich bemühe mich, zurückzulächeln und mich von Lewis' Zuversicht anstecken zu lassen, aber die Muskeln um meine Lippen und Augen verraten mich und werden zu einer stummen Bitte um Gnade.

»Meine Damen und Herren, es ist an der Zeit, die Plätze einzunehmen, damit der Spaß beginnen kann.«

Ich erkenne die Stimme, den autoritären und doch jovialen Tonfall, als kündige er eine Jahrmarktsattraktion an. Am anderen Ende des Raums erspähe ich den Mann höchstpersönlich, Dorkin, und neben ihm, in einem schicken Businesskostüm, niemand anderes als den Jackie Chan von Patton, Dr. Winn Honey. Zum Glück scheint keiner der beiden meine Anwesenheit bemerkt zu haben.

»Entschuldigen Sie mich, Gentlemen«, sagt Greer. »Mr Dorkin hat mich gebeten, ihn vorn zu treffen. Anscheinend hat er noch ein Hühnchen mit mir zu rupfen wegen der Annonce, die wir gestern veröffentlicht haben. Ich weiß nicht, was ich ihm sagen soll. Entweder ist mein Korrektor ein Idiot oder ein Witzbold.« Er schaut mich mit hochgezogenen Augenbrauen an, aber an Lewis gewandt klopft er zweimal verschwörerisch auf die Brusttasche seines Mantels, bevor er geht.

»Will ich wissen, worum es gerade ging?«, frage ich.

Lewis grinst. Heute zieren Spielkarten und Würfel seine Fliege. Ein klares Symbol, ein Profispieler nutzt Wissen und Tricks, um zu gewinnen.

Was hat er jetzt schon wieder getan?

Ich bekomme die volle »Armdrücken und gut zureden«-Behandlung.

»Dorkin hat mich entdeckt, bevor du hier warst. Er wird dir die Chance geben, ein paar Worte zu sagen, aber ich habe gemerkt, dass er dich gern in Verlegenheit bringt. Wenn er versucht, dich vor Publikum zu provozieren, sei ganz du selbst, der Arzt, der eine Leidenschaft für Tiere hat.«

»Ja, aber genau genommen ist meine Leidenschaft die Diagnose, die Spannung, ein medizinisches Rätsel zu lösen. Ich meine, die Tiere sind okay, aber na ja, die Besitzer, sie haben oft die Tendenz, sich einzu…«

Seine Finger finden den Nervus ulnaris, meinen »Musikantenknochen«.

»Nur die Ruhe, Cyrus. Am besten überlässt du mir die Leidenschaft für Tiere und Menschen, aber Dorkin wird sicher dich angreifen, weil Bedside Manor deine Praxis ist. Nicht schwafeln. Halte dich kurz. Niemand erinnert sich an eine endlose, komplizierte Antwort. Nur etwas Knappes kann wie ein Knock-out-Schlag wirken.«

Warum fühle ich mich eher ausgeschimpft als motiviert?

»Glaubst du wirklich, dass Bedside Manor es mit Healthy Paws aufnehmen und einer genauen Prüfung standhalten kann?«, frage ich, plötzlich unsicher.

»Aber natürlich«, sagt Lewis, doch ich spüre das leichte Zittern hinter seinen Worten.

Ich erinnere mich an den Film *Der englische Patient*, an die Sandsturmszene, in der Kristin Scott Thomas Ralph Fiennes fragt, ob er glaubt, dass alles gut wird.

Ja. Ja. Sicher.

Ja *ist beruhigend.* Sicher *nicht.*

»Ich bin vorn bei Greer«, sagt Lewis. »Wenn wir zusammensitzen, sieht das nicht gut aus, es wirkt schwach.«

Ich könnte argumentieren, dass wir gemeinsam Solidarität demonstrieren würden, aber er ist weg, bevor ich die Chance dazu habe. Ich schätze, ungefähr 150 Leute sind anwesend, ziemlich viele für einen Samstagnachmittag, die meisten haben sich nach vorn gesetzt. Mir fällt ein Mann in einer Tarnjacke auf, der auf einem Gangplatz in der letzten Reihe sitzt, ein Deutsch Kurzhaar auf der einen Seite und mindestens vier Geschenktüten nebeneinander auf der anderen. Irgendwas sagt mir, dass er nicht lange bleiben wird. Ich setze mich auf einen Stuhl an der Seite, bequem und tief. Da vorn noch viel Platz ist, wundere ich mich, als sich plötzlich jemand neben mich setzt.

»Hallo«, sagt Amy, stupst meinen Ellbogen an und scheint ganz – wage ich, es zu sagen – begeistert, mich zu sehen.

Unwillkürlich entwickle ich einen akuten Tetanusanfall, die Muskeln in meinem Körper verkrampfen sich, mein Rückgrat wird steif. Ich grunze »Hallo« zurück.

»Was ist denn mit dir los?«

Mein Gehirn ist voll von unserem letzten Gespräch, Amy, die mich zum Schweigen bringt, weil ich, ach, ich weiß nicht, ein bisschen neugierig war wegen eines Mannes, der sich als ihr Ehemann herausgestellt hat.

»Nervös wegen des Vortrags deiner Freundin? Denkst du, es stört sie, wenn ich mich hierhersetze?«

Obwohl sie die Frage ganz ernst stellt, blitzt der Schalk aus ihrem blauen und ihrem braunen Auge.

»Was ist denn an der Seite von deinem Kopf passiert?« Sie stupst mit einem Zeigefinger gegen meine Schläfe, ich zucke zurück und atme, die Zähne zusammengebissen, scharf ein.

»Ich bin in der Dusche ausgerutscht.«

Sie unterdrückt ein Lachen. »Eine bessere Ausrede hast du nicht? Denn ich glaube ja eher an einen Streit unter Liebenden.«

»Wir sind keine Liebenden«, blaffe ich laut, nachdrücklich und leider als einzige Stimme in einem Raum, der plötzlich still geworden ist.

Alle drehen sich zu uns um, Amy schafft es, sich den anderen mit einem übertrieben überraschten Blick anzuschließen. Vom Podium aus entdeckt Dorkin mich und sagt etwas zu Honey, die neben ihm steht, dabei behält er mich im Auge.

»Da steckt jemand in Schwierigkeiten«, sagt Amy und bewegt kaum die Lippen.

»Sie ist nicht meine … Freundin«, flüstere ich und schaue nach vorn, meine Wangen glühen.

»Hmm, du könntest recht haben. Ihr Todesblick ist eindeutig auf dich gerichtet, nicht auf mich. Ich spüre Feindseligkeit, keine Eifersucht.«

Ich betrachte Amys Profil, während sie so tut, als sei sie aufgeregt wie ein Kind, das sich wünscht, die Show möge endlich beginnen. So lange Wimpern. Warum ist sie hier und benimmt sich so … aufgekratzt?

Zeit, sie zum Schweigen zu bringen.

»Solltest du nicht dein Italienisch auffrischen?«, frage ich.

Sie schwingt abrupt zu mir herum, entsetzt.

»Was weißt du, Cyrus?«

»Nicht viel. Ein Name. Ein Heimatland.«

»Dann belass es dabei«, sagt sie und fügt in perfektem Italienisch hinzu: *»Non essere un cretino.«*

Dorkin unterbricht, bevor ich noch weitere Informationen aus Amy herausbekomme.

»Wow, was für ein fantastisches Publikum. Offensichtlich erkennen die Tierliebhaber von Eden Falls den Wert der Tiermedizin, und auf die Tiermedizin wird bei Healthy Paws besonders großer Wert gelegt. Auf dem neuesten Stand der Wissenschaft, täglich rund um die Uhr geöffnet zu fantastischen Preisen.«

»Wenn er so weitermacht, werde ich kotzen«, sagt Amy hinter vorgehaltener Hand.

»Aber ich bin erst später an der Reihe. Jetzt freue ich mich sehr, Ihnen Dr. Winn Honey vorzustellen, eine von *vier* Tierärzten, die in unserer *verkehrsgünstig* gelegenen Praxis in Patton arbeiten. Dr. Honey hat einen Abschluss der Universität …«

Honey senkt den Kopf, die Hände vor sich verschränkt, während Dorkin stolz ihre Abschlüsse und Auszeichnungen herunterrasselt. »… und, last but not least, im Vergleich zu Doc Lewis und Doc Mills ist sie sehr viel netter anzusehen, habe ich recht, meine Herren?«

Sollten die Herren im Raum ihm zustimmen, so behalten sie es für sich, und obwohl Honey lächelt, wie sie es zweifellos früher schon oft tun musste, erntet der sexistische Spruch empörtes Murmeln, keine wohlwollende Zustimmung. Sie muss in der Vergangenheit Dorkins Annäherungsversuche abgewehrt haben. Deswegen hat er sie auf dem Kieker. Als Honey das Podium übernimmt, wird Applaus laut, und Dorkin setzt sich auf seinen Platz in der ersten Reihe, Lewis links von ihm, Greer rechts. Die Deckenlampen verlöschen, und das erste Bild einer PowerPoint-Präsentation erscheint: *Praktische Erste Hilfe für Ihre Tiere*.

»Danke, Guy, für diese … großzügige … Einführung. Und an all die Frauen im Saal: Seien Sie froh, dass Sie nicht mit ihm arbeiten mussten, *bevor* er seine Fortbildung über sexuelle Belästigung gemacht hat.«

»Getroffen«, sagt Amy über vereinzeltem Applaus. »Ich verstehe, warum du die Frau magst.«

Aber ich klatsche nicht, ich starre Dorkin an. Lewis und

Greer müssen ihn wohl im Sitz zurückhalten. Warum hält sich Honey nicht an den Text und greift ihren Boss an?

»Was jetzt folgt, soll praktisch sein und leicht zu behalten. Keine Sorge, es gibt am Ende keinen Test. Hier nun ein paar der häufigsten Notfälle samt der passenden Ersten Hilfe.«

Das Publikum macht Oh und Ah angesichts des Bildes eines traurigen Bassetwelpen mit einem Fiberglasgips an seinem Vorderlauf neben einer Liste, auf der unter anderem steht: Knochenbrüche, offene Wunden, Ersticken, Hitzschlag (in dieser Gegend wohl eher nicht), Insektenbisse und -stiche, Haushaltsgifte und Krampfanfälle.

Nach drei weiteren Bildern ist klar, dass Dr. Honey eine begabte und geistreiche Rednerin ist. Gutes Tempo, informative, unterhaltsame Bilder, viel direkter Augenkontakt. Sie ist alles, was ich als Redner nicht bin. Das Publikum ist aufmerksam, und ich sehe, dass Dorkin sich entspannt und sich wieder zurücklehnt, als könne er ihre frühere Indiskretion vergessen.

20 Minuten später blicke ich zu Amy, und sie schaut zurück, lächelt und wendet sich dann wieder dem Vortrag zu. Aber ich schaue sie weiterhin an. Sie wirkt so locker, diese … Ehefrau … die meine Welt auf den Kopf gestellt hat. Was für ein Narr ich gewesen bin zu glauben, dass diese witzige, intelligente, schöne Frau sich für mich interessieren könnte. Die Wahl ihres Mannes, nein Ehemannes, mit seiner Eitelkeit sollte mir alles sagen, was ich wissen muss. Falls das ihr Geschmack ist, dann wird sie mich immer ausspucken.

»Was?«, fragt Amy, den Blick nach vorn auf das nächste Bild gerichtet.

»Ich, äh, wollte dir sagen, dass ich nicht extra nach Marco Tellucci gesucht habe«, murmele ich. »Es war Zufall. George vom Inn hat sich ein paar Überwachungsvideos angesehen und …«

Amy hebt eine Hand, damit ich still bin, beugt sich zu mir, ihre Lippen berühren leicht mein Ohr. »Cyrus, du kannst der klügste Mensch der Welt sein – und der dümmste. Gerade du solltest wissen, dass jeder sein Päckchen zu tragen hat.«

Sie nimmt meine Hand, drückt sie und lehnt sich wieder in ihrem Sitz zurück.

Ich bin sprachlos. Sprechen alle Frauen diese kryptische Sprache, die Männer wie ich nicht verstehen können, egal, wie sehr sie sie erlernen möchten? Ich habe mich in Selbstmitleid gesuhlt, weil ich von dem Italiener ausgebootet wurde. Ich habe die Heiratsurkunde gesehen. Es ist doch nur fair, eine Ehe als ein bisschen mehr als ein »Päckchen« zu betrachten. Was übersehe ich hier?

Zehn Minuten später, während Honey zu ihren abschließenden Bildern kommt, zögert sie zum ersten Mal, durchsucht ihre Notizen, als hätte sie den roten Faden verloren. Es dauert einen Moment, bevor ich begreife, was passiert ist. Charlie Brown kommt auf Zehenspitzen den Gang entlang zu dem leeren Platz neben mir.

»Hey, Doc, ich dachte, ich komme fürs Feuerwerk. Um ein bisschen moralische Unterstützung zu bieten.«

Ich stelle Charlize »meiner Freundin« Amy vor und mache deutlich, dass Charlie Dr. Honeys Tochter ist.

»Das ist ein ganz schönes Veilchen«, flüstert Charlie.

»Ich werd's überleben«, sage ich. »Wie läuft's zwischen dir und deiner Mom?«

Charlie runzelt die Stirn, sie macht eine So-lala-Geste mit der Hand. »Besser. Sie hat mich nach Hause gerufen, und wir haben bis morgens um zwei Uhr miteinander geredet.«

»Du solltest wissen, dass ich nur anhand von Indizien auf die Ursache für Marmalades Fettleibigkeit geschlossen habe und… na ja… meine Vermutung, warum das so ist, war…

nur geraten und ... sehr unprofessionell. Es tut mir leid, falls ich ...«

»Ich bin froh. Es war Zeit, dass sie es erfährt. Ich wollte, dass sie selbst darauf kommt, ich wollte, dass sie sieht, was sich direkt vor ihrer Nase befindet. Zu schade, dass es zwischen Ihnen und Mom nicht gefunkt hat.«

Ich bemerke, dass Amy zuhört.

»Ich hätte mich nie auf euren Datingbetrug einlassen dürfen. Ich habe es nur getan, um Insiderinformationen über Healthy Paws zu bekommen. Das war alles.« Und dann, um meine Theorie zu überprüfen, füge ich hinzu: »Außerdem ist deine Mom zu attraktiv für mich. Ich ziehe eine Frau vor, die etwas einfacher ist, sogar häuslich.«

Der Schmerz an meinem linken Schienbein sagt mir, dass ich richtiglag.

»Raten Sie, wer nächstes Wochenende nach Miami fliegt!«

Ich drehe mich ganz Charlie zu. Sie ist ehrlich begeistert, und zwar mehr, als man es von einem Mädchen erwarten kann, dem es um Sonnenbräune oder einen heimlichen Drink am Pool geht. Ich vermute, dass sie begeistert ist, weil sie die Chance erhält, ihrer Mutter näherzukommen. Gut für sie. Ich wünschte, ich wäre so klug gewesen, dieselbe Chance wahrzunehmen, als mein Vater noch lebte.

Dr. Honey legt ihren Laserpointer ab und sagt: »So ... ja, ich denke, ja, das war das letzte Bild.«

Dorkin tritt vor, klatscht, während er das Podium betritt, und fordert das Publikum auf, so wie er seine Anerkennung zu zeigen.

»Könnten wir bitte Licht bekommen, Dr. Honey wird gern Fragen beantworten, und ich ermuntere unsere Kollegen von Bedside Manor, an der Diskussion teilzunehmen.« Und dann, als geplanter spontaner Einfall: »Vorausgesetzt, Sie möchten das.«

Dorkin richtet sein falschestes Zahnlückenlächeln an Lewis und dann an mich.

Fast sofort ist Ethel Silverman auf den Füßen.

»Danke, Doc, für all … das … aber ich möchte gern wissen, warum Sie und Ihre schicke Praxis hier nach Kunden fischen, wo Eden Falls doch bereits eine absolut gute Tierarztpraxis besitzt.«

Ich weiß nicht, ob ich Ethel umarmen oder anschreien sollte. So viel zum Thema: auf den Punkt kommen.

»Nun«, sagt Dorkin und strahlt, »vielleicht ist Dr. Honey so nett und fängt an.«

Es ist, als hätte Dorkin sich gerade Popcorns Speedvorrat reingezogen. Er sabbert richtig bei dieser Steilvorlage. Es ist die perfekte Chance für Honey, mir einen Gnadenstoß zu verabreichen und das Publikum in der sanften Umarmung von Healthy Paws zu wiegen und gleichzeitig Bedside Manor zu schmähen, wie sie einen tollwütigen Hund schmähen würde.

Winn Honey lässt sich Zeit, sie sieht weder Dorkin noch Ethel an, sondern nach hinten zu Charlie und mir.

»Gute Frage und eine, die nur von einer Kundin kommen kann, die Bedside Manor unglaublich treu ist. Sehen Sie, wir können versuchen zu konkurrieren, diese Treue zu erzwingen oder zu kaufen, aber bei dieser Art von Treue geht es um Beziehungen, Persönlichkeiten, einem Bauchgefühl zwischen Menschen und zwischen Menschen und Tieren. Healthy Paws verfügt über all das Spielzeug, den modernen Schnickschnack, wir können jeden Test machen und jede mögliche Therapie anbieten, aber schlussendlich ist entscheidend, welches Gefühl Sie bezüglich einer Praxis haben. Hört man Ihnen zu? Sorgt man sich?«

Sie hält eine Sekunde inne, aber dann blickt sie Charlie an.

»Als Ärztin und als Mom habe ich viel zu lange Oberflächlichkeiten dem Wesentlichen vorgezogen. Es ist schlimm genug, zu sehen, ohne wirklich hinzuschauen, aber es ist viel schlimmer, sich gar nicht erst die Mühe zu machen hinzusehen.«

Ich bemerke das Glitzern einer dicken Träne, die über Charlies linke Wange rinnt.

»Lassen Sie mich Ihre Frage so beantworten: Wir sind hier, damit Sie wissen, Sie haben die Wahl, und Auswahl ist immer gut, aber schauen Sie hin, stellen Sie Fragen, hinterfragen Sie bitte sehr genau, denn das, was zählt, was wirklich zählt, werden Sie nicht an der Oberfläche finden.«

Ethel sieht verwirrt aus, während Dorkin den Eindruck macht, als würde er gleich platzen.

»Ja, aber Ihre Anmerkung zur Auswahl«, sagt Dorkin. »Sollten wir nicht darüber sprechen, was jeweils geboten wird? Dr. Mills, vielleicht würden Sie gern ein paar Worte sagen. Dr. Mills?«

Alle drehen sich zu mir um, und der Augenblick, den ich gefürchtet habe, ist schließlich gekommen. Ich stehe auf und sage: »Nein, ich finde, Dr. Honey hat es perfekt zusammengefasst«, und setze mich wieder hin. Lewis nickt von vorn zustimmend, nicht gerade ein Knock-out, aber auf jeden Fall kurz.

Alle Blicke wenden sich wieder Dorkin zu.

»Nun … in Ordnung … aber ich bin mir sicher, Dr. Honey würde uns sehr gern noch etwas über …«

»Eigentlich bin ich fertig. Wenn das also alle Fragen waren, bedankt sich Healthy Paws für Ihr Kommen und wünscht Ihnen und Ihren Tieren gute Gesundheit. Und bitte, nehmen Sie auf dem Weg nach draußen so viele Geschenke mit, wie Sie tragen können.«

Es wird wieder geklatscht, das Publikum steht auf, und ich kann nicht sehen, was vorn los ist.

»Was hast du da nur eingefädelt, Dr. Mills?«

Die Frage kommt von Amy, die wie ich in der letzten Reihe wartet, bis der Raum leer genug ist, um beobachten zu können, was vorn vor sich geht. Es ist nicht gerade ein Stummfilm, da die melodramatische Klaviermusik vom Gemurmel der Leute und hier und da einem Hundejaulen ersetzt wird, aber es ist klar, wer der Bösewicht und wer die Heldin ist.

»Ich weiß nicht«, erwidere ich, als Dorkin mit seinem Zeigefinger vor Honeys Gesicht herumfuchtelt und dann zum Ausgang zeigt. Da tritt Lewis zwischen sie, seine Gewohnheit, beim Reden immer zu nah zu kommen, ist endlich mal nützlich, und der Chefredakteur Peter Greer stellt sich neben Dorkin und bekommt ein geheimnisvolles Dokument überreicht.

»O nein, er hat doch nicht …«

»Er hat was nicht?«, fragt Amy.

Ich antworte nicht, ich denke mir, dass Lewis mit seiner Trickspielerfliege darauf vorbereitet ist, sein Wissen und Tricks einzusetzen, um zu gewinnen, und Greer die vertraulichen Abrechnungen gibt. Ich sehe vor mir, wie Greer vorhin zweimal auf seine Brusttasche geklopft hat, ihre schweigende Abmachung, die bedeutete: »Nur wenn es hässlich wird.«

»Er hat was nicht?«, beharrt Amy.

Ich mache »schsch«, obwohl ich sowieso nicht hören kann, wie Dorkin die Papiere zur Seite schiebt, sich umdreht, um zu gehen, während sie zu Boden flattern. Greer ignoriert sie, er streckt seine große Hand aus und reißt Dorkin herum, der von diesem Angriff sichtlich geschockt ist. Eine Sekunde lang denke ich, es könnte zu einem Handgemenge kommen, aber Greer hält ihn am Revers fest, hebt ihn hoch, sodass Dorkin auf Zehenspitzen stehen muss. Ich sehe zu, wie der Körper des Managers erschlafft, die Hände in einer kapitulierenden Geste geöffnet werden. Greer lässt los, sammelt seine Beweise ein und übergibt sie.

Der englische Chefredakteur wendet mir den Rücken zu

(ich hoffe, er sagt etwas Sarkastisches wie: »Da hat jemand aber ein kleines Problem«), aber ich habe einen wunderbaren Blick auf Dorkin, dessen Augen hin und her zucken. Die Erkenntnis, dass sein Betrug aufgeflogen ist, lässt seine Knie weich werden. Der Dorkin, der jetzt mit Greer spricht, ist ein ganz anderer, schwer verwundet, unterwürfig und bettelt womöglich um sein Leben.

»Wenn du mir nicht sagst, was los ist, werde ich …«

»Ich bin mir nicht ganz sicher«, behaupte ich. Es verwirrt mich, wie Greer Dorkin etwas ins Ohr flüstert, was zu heftigem Kopfnicken beim Manager von Healthy Paws führt. Was auch immer zwischen ihnen vorgefallen ist, Dorkin scheint übermäßig dankbar und in Eile zu gehen. Er stürmt den Gang entlang und an uns vorbei zum Ausgang. »Aber es sieht so aus, als sei alles gut.«

Eine Faust trifft meinen linken Oberarm.

»Du bist der nervigste, rätselhafteste Mann, den ich je …«

»Das ist er, auf jeden Fall«, sagt Greer zu Amy. Plötzlich steht er neben uns und sieht sehr zufrieden mit sich aus.

»Was hast du getan?«, frage ich leise und ziehe ihn zur Seite.

»Alles wunderbar in Ordnung, alter Junge. Lewis hat darauf bestanden, dass ich eure … Entdeckung … als Versicherung behalte. Als Honey vom Manuskripttext abwich, konnte ich nicht danebenstehen und zusehen, wie ihre Karriere in den freien Fall überging. Ich habe Dorkin ein Angebot unterbreitet: Damit *das* verschwindet, verschwinden *Sie*. Niemand erfährt von den unterschlagenen Geldern, Healthy Paws zieht sich aus Eden Falls zurück, und Doc Honey leitet die Praxis in Patton, wie sie es für richtig hält.«

»Und Dorkin hat zugestimmt?«

»Welche Wahl hatte er denn? Die einzige Person, die etwas verloren hat, bin ich. Der erste richtige Scoop seit Jahren.«

Greer zwinkert mir zu, nickt Amy höflich zum Abschied zu und folgt den Nachzüglern aus der Halle.

Amy hat die Arme vor der Brust verschränkt. Ich komme ihr zuvor, noch bevor sie »Und?« sagen kann.

»Wir haben Dorkin erpresst, damit Doc Honey ihre Stelle behalten kann.«

Sie wirkt von dieser Enthüllung völlig unbeeindruckt.

»Siehst du, es war also gar nicht so schwierig. Aber damit hast du doch immer noch Konkurrenz?«

»Was?«

Ich höre gar nicht richtig zu, mich beschäftigt, was da vorn passiert: Doc Honey läuft mit ausgebreiteten Armen auf Charlie Brown zu. Sie vergraben ihre Gesichter in der Schulter der jeweils anderen, umarmen sich fest.

»Du lächelst, Dr. Mills.«

»Wie bitte?«

Ich drehe mich zu Amy um, und sie sieht mich mit diesen hypnotischen, zweifarbigen Augen an. Der restliche Raum und all die Machenschaften darin verschwinden.

»Vielleicht habe ich deine Dr. Honey falsch eingeschätzt«, sagt sie, und ein Lächeln spielt um ihre Lippen, »aber manchmal vertut man sich sehr leicht, wenn du weißt, was ich meine.«

Ich weiß nicht, ob sie über sich oder über mich spricht. Flirtet sie, oder verspottet sie mich? Welche verheirateten Leute benehmen sich so? Das Ganze ist irgendwie merkwürdig, weil da offensichtlich etwas zwischen uns ist. Ich bemerke, dass ich immer noch eine Chance habe.

»Das ist jetzt vielleicht ein bisschen kurzfristig für eine Frau mit deinem hektischen Sozialleben, aber wie wäre es mit morgen Abend für …«

Mein Satz bleibt in der Luft hängen, als ich ihren veränderten Blick bemerke.

»Hör mal, Cyrus … im Moment … kann ich nicht«, beginnt sie. Ich lasse sie nicht mal zu Ende sprechen. Ich hebe resigniert meine Hand. Es ist an der Zeit, dass diese Achterbahn anhält, weil ich aussteigen muss. Ich drehe mich um und gehe in Richtung Ausgang, versuche, die Hoffnung, dass Amy meinen Namen rufen wird, zu ersticken.

Da hätte ich mir keine Sorgen machen müssen. Sie ruft nicht.

SONNTAG

NEUNZEHN

Es gibt 20 Staaten in den USA, darunter auch Vermont, in denen der Transport von Hunden in einem Pick-up nicht gesetzlich geregelt ist. Sollte der Hund in einer scharfen Kurve herausfallen, bekommt man vielleicht einen Strafzettel, weil man die Ladung nicht richtig gesichert hat, denn die Gesetzgebung hat sich noch nicht um Kinder, geschweige denn um Tiere gekümmert. Deswegen mache ich mir auch keine Sorgen wegen Crispin, der unter einer flatternden Nylonplane mit Bungeeseilen auf der Ladefläche befestigt ist. Bellen oder sich über die Kälte beschweren würde er ja sowieso nicht.

Mein Handy klingelt.

»Sein Name ist Seth Pickrell«, sagt Lewis und klingt schwer von sich selbst begeistert. »Dein geheimnisvoller Mann. Stashs Besitzer.«

»Woher weißt du das?«, frage ich. »Und noch wichtiger, weiß Devito es?«

Ich kann die leichte Panik in meiner Stimme nicht verbergen. Bedeutet das, dass ich Stash zurückgeben muss?

»Ich glaube nicht«, sagt Lewis. »Und ich bin mir ziemlich sicher, dass ich meine Spuren verwischt habe. Ich habe überlegt, was dein Doodle alles kann, und bin auf eine Wohltätigkeitsorganisation namens NEADS gestoßen, die Assistenzhunde für Kriegsveteranen, Gehörlose, autistische Kinder oder körperbehinderte Menschen bereitstellt. Ich habe sie angerufen und gefragt, ob sie jemals einen Hund namens Stash trainiert haben. Es stellte sich heraus, dass sie das tatsächlich getan haben, bloß dass Stash seit drei Jahren als vermisst gilt. Er ist aus ihrem System gefallen.«

»Verstehe ich nicht.«

»Dein Doodle wurde einem Mann namens Al Pickrell zugeteilt. Al wohnte allein in einer kleinen Hütte in den Wäldern außerhalb von Patton. Der arme Kerl hatte ASL, wie Stephen Hawking, und Stash war bis zum Ende bei ihm.«

»Und Seth ist Pickrells Sohn?«

»Bingo. Ein Sohn, der mit 16 Jahren von zu Hause fortgegangen und nur zurückgekommen ist, um den Hund seines verstorbenen Vaters abzuholen. Seth war noch nicht krank, als er Stash zu sich genommen hat. Er brauchte keinen Assistenzhund. Er brauchte eine Verbindung zu seinem Dad. Es ist wohl nur eine kleine Gnade, dass Stash dann auch Seth helfen konnte, als er krank wurde.«

»Einen Moment mal. Das alles hast du doch nicht bei einem Anruf erfahren. Hilft dir Gabe schon wieder?«

»Also bitte.« Lewis schnaubt. »Auch wenn die Familie von der anderen Talseite stammt, habe ich eine viel bessere Quelle.«

Aha, Doris.

»Ich habe den Leuten von NEADS gesagt, dass es uns verdächtig erschien, als ein Assistenzhund namens Stash mit einem Typen auftauchte, der sich weigerte, uns Namen oder Adresse zu nennen.«

»Sie wollen ihn also zurückhaben?«

In der Leitung wird es für ein paar Sekunden still. »Das hängt von dir ab. Sie haben mich gebeten, ihn zu beschreiben und, na ja, ich habe vielleicht seinen orangenen Schnurrbart nicht erwähnt. Ich dachte, du könntest sie noch mal anrufen und meinen Fehler korrigieren oder … vielleicht ein bisschen Haarfärbemittel kaufen, um ihn ganz schwarz zu machen. So oder so habe ich Devito erzählt, wir hätten den Assistenzhund des Unbekannten leider nicht zurückverfolgen können.«

Wie Sie bin ich schließlich zurückgekommen, bloß dass Sie diese Praxis bekommen haben und ich diesen Hund.

War Seth wie ich ein weiterer verlorener Sohn, der nach Wiedergutmachung suchte? War Stash seine einzige und beste Beziehung zu einem Vater, den er nie gekannt hat, eine lebende Verbindung zu einer Vergangenheit, die er gern verändert hätte?

»Und noch eins«, sagt Lewis, »NEADS hat mir die Zauberworte verraten.«

»Ich kann dir nicht folgen.«

»Das Kommando, das diesem armen Hund endlich die Chance gibt, sich zu entspannen und zur Ruhe zu kommen.«

Lewis wiederholt die Worte, und ich schwöre, Stash schaut mich an, als hätte er gehört, was er gesagt hat.

Was ein menschliches Ohr auf sechs Meter Entfernung hört, hört ein Hundeohr auf 25 Meter.

Ich lege auf, biege von Eden Falls' Hauptstraße ab und erspähe mein Ziel, ein goldrutengelbes Puppenhaus mit einer Veranda, die ums ganze Haus reicht. Scheint, als käme Trish aus bescheidenen Verhältnissen. Falls sie nach oben geheiratet hat, dann wette ich, dass Lionel das Erbe braucht, weil sie sich übernommen haben.

Von Schnee verkrustete Autos stehen auf beiden Seiten der schmalen Straße. Mavis Peebles' Auffahrt ist ein kurzer, steiler Hang, ich fahre also direkt hinauf und bete, dass der Leerlauf und die Schwerkraft reichen werden, um später wieder zurück auf die Straße zu rollen.

»Stash, komm«, sage ich und biete ihm an, auf meiner Seite auszusteigen. Ich nehme ihn mit, weil ein kleiner, flackernder orangefarbener Punkt auf dem Armaturenbrett mir sagt, dass ich tanken muss. Wenn ich ihn im Wagen und den Motor im

Leerlauf laufen lasse, schafft es der Silverado nicht mehr bis zur nächsten Tankstelle.

Der »stärkste Klebstoff auf diesem Planeten« scheint seinem Namen alle Ehre zu machen. Crispins Schwanz hat wieder seine alte, waagrechte Eleganz erhalten, und wenn man ein bisschen darüberkämmt, sieht man die Naht kaum noch. Ich schnappe mir die schwarzen Hinterläufe samt Rollen und will den treuen Labrador gerade von der Ladefläche heben, als ich mich an mein einziges Treffen mit Mavis Peebles erinnere.

»Danke, Bobby«, hat sie gesagt und mir verschwörerisch zugezwinkert. Lag das an ihrem Alter, oder wollte sie mir heimlich eine Botschaft zukommen lassen?

Ich lasse Crispin erst mal den Wagen bewachen. Es ist Zeit herauszufinden, was mein verstorbener Vater vorgehabt hat.

Ich folge einem schneeverwehten Weg, steige über zwei Stufen auf die Holzveranda, wo ein robuster gusseiserner Türklopfer mir erlaubt, meine Ankunft zu verkünden. Stash steht neben mir, aufmerksam, aber geduldig, eine gute Imitation von Crispin – ohne Rollen.

Ich höre, wie ein Fernseher leiser gestellt wird. Drinnen bewegt sich jemand, dann knarren Bodendielen.

Ich klopfe noch einmal.

»Einen Moment noch«, sagt eine sanfte Frauenstimme, als stünde sie hinter einer Badezimmertür und richte gerade noch letzte Details an ihren Haaren, um präsentabel zu sein.

Die Tür öffnet sich, und Mavis Peebles schlurft in dicken Schaffellpantoffeln und einer handgestrickten Wolljacke über einem minzgrünen Nylonhauskleid näher.

»Das ist nicht Crispin«, sagt sie und streckt ihren knotigen, rheumatischen Zeigefinger aus.

»Nein, Mrs Peebles, das ist mein Hund.« Ich zögere, das »mein« fühlt sich immer noch merkwürdig an, aber auch angenehm erfrischend. »Das ist Stash.« Ich schaue nach unten und bin baff. Stashs perfekte Imitation des toten Hundes wird durch ein außergewöhnliches Verhalten ruiniert, das bei diesem speziellen Labradoodle ganz neu ist – er wedelt mit dem Schwanz.

»Ich wollte ihn nicht allein lassen, wenn das für Sie in Ordnung ist.«

Mrs Peebles sieht eher nervös als verwirrt aus.

»Wo ist Crispin?«, fragt sie.

Ich blicke zurück zum Wagen, bekomme ein schlechtes Gewissen, bin versucht, auf ihre Ängste einzugehen, aber hier geht es um weit mehr als darum, den gebrochenen Schwanz ihres Hundes zu reparieren. »Dürfen wir reinkommen?«

Mavis dreht sich um, den ganzen Körper, nicht bloß den Kopf, als schaue sie nach, ob die Luft rein ist, bevor sie die Tür weit öffnet.

Bevor ich mich bedanken und eintreten kann, ist ein gewisser Hund an mir vorbeigeschossen, um sich an Mavis' rechte Hand zu schmiegen und diese methodisch abzulecken, als wäre Hundespeichel die neueste Rheumatherapie.

»Sehr zutraulich, nicht wahr?«, sagt Mavis und humpelt zu ein paar Holzstühlen mit steifen Lehnen, die um die Wärme eines alten gusseisernen Radiators versammelt stehen. Ihr Gang ist eine schaukelnde Bewegung von einer Seite zur anderen wie bei einem Kaiserpinguin. »Darf ich ihm einen Keks geben?«

»Natürlich«, sage ich und betrachte das kleine Wohnzimmer, das offensichtlich zu einem Schlafzimmer umgebaut wurde. Abgesehen von dem hohen Bett unter dem Fenster gibt es einen Kleiderschrank, ein paar Bücherregale und einen kleinen Fernseher. Der Ton ist abgestellt, aber dem theatralischen Spiel und der Unmenge an schönen Menschen nach zu urteilen, muss das eine Seifenoper sein. Das gut aussehende, stoppelige Gesicht eines dunklen Casanovas taucht auf, und leider erinnert mich das an Mr Marco Tellucci.

Auf dem Tisch neben ihrem Stuhl (wenigstens nehme ich an, dass es ihrer ist, da es der einzige mit dicken Kissen ist) enthauptet Mavis eine gelbe Labradorkeksdose, greift hinein – dabei ertönt ein elektrisches Jaulen – und nimmt einen kleinen Milchknochen heraus. Stash schaut ihr in die Augen, wartet auf ein zustimmendes Nicken, dann nimmt er den Keks sanft auf die Zunge, trottet zur anderen Seite des Zimmers, setzt sich und frisst langsam und methodisch den knochenförmigen Hundekeks.

»Tee? Kaffee?«

»Nein danke«, sage ich, während Mavis durch eine offene Tür zockelt, die anscheinend in die Küche führt.

»Kann ich Ihnen helfen?«

»Nein«, zischt Mavis. »Hinsetzen«, befielt sie, und ich frage mich, ob Stashs Anwesenheit die Frau wieder zurück in die Zeit versetzt hat, in der sie Crispin erzogen hat.

Brav setze ich mich auf den passenden Stuhl ohne Kissen. Jetzt verstehe ich, warum Mavis diese harten Stühle ausgewählt hat: Wenn die Gelenke steif sind, ist es so einfacher, sich hinzusetzen.

Die Dinge, die auf dem Tisch neben der Labradorkeksdose stehen, zeigen mir, wie Mavis ihre Tage verbringt: zwei Wollknäuel und Stricknadeln – bemerkenswert angesichts ihrer stark deformierten Hände –, die Fernbedienung und überraschenderweise ein Kindle-Reader.

Stash, der sein Leckerli gefressen hat, läuft an mir vorbei, um nachzusehen, was in der Küche vor sich geht. Was ist denn mit dem los? In seiner Eile streift er eines der Kissen von Mavis' Stuhl, wodurch der Rand eines kleinen Buchs sichtbar wird. Ich greife danach, um es wieder zurückzuschieben, aber der Titel lässt mich stutzen:

Teuflisch schwere Sudoku für Süchtige. Es ist nicht der flapsige Ton, der mir eigenartig vorkommt, sondern die Vorstellung, dass eine senile alte Frau über die geistigen Fähigkeiten verfügt, komplexe Matherätsel zu lösen.

Ich lehne mich in meinem Stuhl zurück und erhasche einen Blick in eine Einbauküche: rote Schränke, weiße Geräte und, ziemlich verstörend, Stash, dessen Vorderläufe auf der Arbeitsfläche liegen, als bettele er um mehr Fressen. Ich höre das Pfeifen eines elektrischen Wasserkochers und das Klirren von Bechern – anscheinend bekomme ich Tee. Ich habe noch ein wenig Zeit. Also richte ich die Kissen, um das Sudoku-Heft zu verbergen, und schalte den Kindle ein. Ich habe keinen E-Reader, und manchmal frage ich mich, ob die nicht nur dafür gut sind, dass neugierige Männer völlig unerkannt *Fifty Shades of Grey* lesen können, aber was taucht auf: Tolstois *Anna Karenina*. Nicht gerade hirnlose Unterhaltung. Und dann ist da der »Zurück«-Knopf auf der Fernbedienung – eine Reisesendung auf einem staatlichen Kanal. Ich schalte wieder um auf… wie auch immer diese Serie heißt – *Unsere Traumklinik* –, offensichtlich Fernsehen für geistig Minderbemittelte.

»Danke«, sage ich, als Mavis zurückkehrt und mir zitternd einen Becher reicht.

Sie stellt ihren sorgfältig auf einem Untersetzer auf dem Beistelltisch ab, bevor sie sich auf ihrem Stuhl niederlässt. Stash steht seitlich neben ihr, aber außer Streichelreichweite. Seltsam, denke ich, dass er so eine Distanz hält, bis mir die vier runden Abdrücke im blauen Teppich auffallen, die ein hundegroßes Rechteck begrenzen. Es ist, als würde er dem älteren Hund seinen Respekt zollen und sich nicht auf Crispins Platz stellen.

»Haben Sie den Schwanz repariert?«, fragt Mavis. Sie schaut auf meine Lippen, vermeidet Blickkontakt, als müsse sie betonen, wie stark ihr geistiger Verfall ist. Ich bin überzeugt, dass es nur Theater ist oder wenigstens eine Übertreibung. Lewis würde mit mir schimpfen, darauf bestehen, dass ich vorsichtig bleibe, aber der Arzt in mir braucht die Hintergrundgeschichte, während der Filmfan unwillkürlich an David Mamets *Haus der Spiele* denkt, als Joe Mantegna sagt: *Es heißt Vertrauensspiel. Warum? Weil Sie mir Ihr Vertrauen schenken? Nein. Weil ich Ihnen meines schenke.*

»Was, wenn ich nein sage, Mrs Peebles?«

Langsam gleitet ihr Blick in mein Gesicht hoch.

»Sind Sie bei Ihren Patienten an die Schweigepflicht gebunden?«

»Aber Sie sind nicht meine« – ich zögere – »klar«, sage ich, »nichts verlässt dieses Zimmer.«

Mavis seufzt, lehnt sich im Stuhl zurück, die Hände sinken auf die Armlehnen. »Das war die Idee Ihres Vaters. Er wusste, dass ich lieber ziemlich eingeschränkt hier zu Hause lebe, als in einem Krankenhausbett oder bei meiner Tochter in ihrem … Raumschiff gefangen zu sein.«

»Idee? Sie meinen, Crispin ausstopfen zu lassen?«

Mavis beugt sich vor und nimmt ihren Becher mit beiden Händen, genießt die Wärme.

»Ich bin weder verrückt noch senil, aber wie soll ich mich um einen neuen Hund kümmern? Die meiste Zeit habe ich zu große Schmerzen, um in die Küche zu gehen, geschweige denn aus dem Haus. Ich bin 83 Jahre alt. Wer würde sich um meinen Hund kümmern, wenn ich tot bin? Es wäre nicht fair.«

»Einen Moment, Mrs Peebles. Wollen Sie damit sagen, dass mein Vater Ihnen geraten hat, sich ein bisschen … schrullig anzustellen?«

»Nein. Ich improvisiere ab und zu. Es ist nicht schwierig. Vor sich hin starren, etwas Sinnloses sagen oder etwas aus der eigenen Kindheit erzählen. Gerade genug, damit sie sich Gedanken machen. Nein, Doc Cobb hat das Ausstopfen vorgeschlagen – pflegeleicht, ruhig, und es wirkt garantiert vollkommen verrückt. Dass Tiere in Pflegeheimen verboten sind, war nur noch ein Bonus.«

»Aber was ist mit Ihrer Tochter? Ich hatte den Eindruck, dass es ihr egal ist, ob Sie in ein Pflegeheim oder zu ihr nach Hause ziehen, sie möchte einfach nur, dass Sie die Pflege bekommen, die Sie brauchen.«

»Haben Sie ihr Haus gesehen?«

»Ja, habe ich.«

»Haben Sie Lionel getroffen?«

Ich nippe an meinem Tee und versuche, nicht das Gesicht zu verziehen. Er ist bitter, weil er zu lange gezogen hat.

»Genau«, sagt sie. »Er kann so oft beteuern, wie er will, dass er hinten eine hübsche Wohnung anbauen wird, aber Lionel fängt dann immer schnell von seiner Allergie an. Er wäre froh, wenn ich abkratzen würde.«

Ich sollte ihr widersprechen, vielleicht behaupten, es falle ihrem Schwiegersohn schwer, seine Gefühle zu zeigen, aber ich glaube, dass sie recht hat. Deswegen habe ich kein Problem, Lionel auszuliefern.

»Das mit der Allergie ist eine Lüge. Als ich da war, habe ich ihn mit Fell und Hundespeichel in Kontakt gebracht, die üblichen Hundeallergene. Er hat kein einziges Mal geniest, sich gekratzt oder geschnieft.«

Mavis' Lippen öffnen sich und enthüllen strahlend ihr Gebiss.

»Ihr Dad hat mir gesagt, ich würde Sie mögen. Also, abgesehen von Ihrem Mordversuch – warum haben Sie ihn zu Hause besucht?«

Ich ziehe die Augenbrauen hoch und atme tief durch. »Also … ich, ich weiß nicht … Hören Sie, ich habe es geschafft, Crispins Schwanz zu reparieren, soll ich ihn aus dem Wagen …«

»Setzen Sie sich wieder hin. Warum waren Sie bei ihm?«

Ich zucke mit der Schulter und frage mich, was Amy antworten würde. »Manche Leute sagen, ich bin neugierig. Ich ziehe wissbegierig vor. Ich habe immer gern jegliche Art von Rätsel gelöst.«

»Ich mag Rätsel«, sagt Mavis und zieht unter ihrem Kissen ihr »teuflisch kniffliges« Sudoku hervor. »Aber hier geht es doch noch um mehr.«

»Eigentlich nicht«, erwidere ich und kämpfe um ein verlegenes Lächeln.

Ihr verbogener Rücken biegt sich noch ein bisschen stärker nach vorn, ein Finger deutet in meine Richtung.

»Eigentlich schon.« Ihr Grinsen umfasst jede Falte in ihrem Gesicht wie die Luftdrucklinien eines Tiefdruckgebiets. »Genau wie Ihr Vater. Sie beißen schnell an, sind dann total involviert und Ihrem Gewissen verpflichtet, das Richtige zu tun.«

»Bitte, er war der Schutzheilige, ich nicht. Ich wollte nur sicherstellen, dass Sie all Ihre Optionen in Betracht ziehen. Dadurch wissen Sie, dass Sie Crispin behalten *und* bei Ihrer Tochter wohnen können, falls Sie das wollen.«

Mavis kneift ihre Augen zusammen, funkelt mich aber zufrieden an.

»Manche Leute würden sagen, dass Sie sich in Dinge einmischen, die Sie nichts angehen.«

Ich nicke. »Schon richtig, aber sie gingen offensichtlich meinen Vater etwas an. Sehen Sie es einfach so, dass ich dort weitermache, wo er aufgehört hat.«

»Es ist mehr als das«, sagt sie und nimmt einen Schluck Tee. »Sie versuchen, die Sache zu Ende zu bringen.« Mavis mustert mich, lässt die Hand mit dem Becher sinken und fügt hinzu: »Sie sind schon merkwürdig, Dr. Mills. Glauben Sie es jemandem, der ziemlich gut darin ist, sich zu verstellen: Es fühlt sich gut an, sich ab und an zu öffnen und der Welt zu zeigen, was in einem steckt.«

Ich spüre, wie ich mich entspanne. Das Vertrauen von Arzt und Patient funktioniert in beide Richtungen. »Bei mir nicht, Mrs Peebles.«

»Genau wie Ihr Vater. Na ja, nicht ganz.«

»Was meinen Sie?«

»Bobby Cobb war deutlich umgänglicher. Er hat viel von Ihnen erzählt.«

»Hat er das?«

»Die ganze Zeit. Er hat sich Sorgen gemacht, weil Sie allein sind.«

Ich lasse das Wort »allein« wirken und schaudere dann wegen seiner emotionalen Kälte. Erstaunlich. Mein Vater kann mich durch seine treuen Kunden immer noch erreichen.

»Aber es sagt viel über Sie aus, wie viel Sie hier für mich getan haben. Das sollten Sie zeigen.«

»Ich bin, wer ich bin, Mrs Peebles.«

Sie greift nach Stash, der sich zur Seite lehnt, um sich kraulen zu lassen. Sogar dann, wenn er Aufmerksamkeit bekommt, achtet er darauf, es einem so leicht wie möglich zu machen.

»Sagen Sie mir«, sagt Mavis, »wenn Sie und dieser Hund allein sind, wie verhalten Sie sich dann?«

Ich denke darüber nach. »Ich bin einfach ich. Aber mit einem Hund ist es anders.«

»Wirklich?« Ihre Klauenhand macht sanfte, zangenartige Bewegungen hinter Stashs linkem Ohr, und er steht ganz still. »Sie sind direkt, lassen den Hund wissen, wie Sie sich wirklich fühlen. Es ist nicht kompliziert. Es ist ehrlich. Allein mit einem Hund, darf man strahlen und der Mensch sein, den der Hund erwartet. Ich habe diese Seite an Ihnen gesehen. Ich wette, die wenigsten haben dieses Glück.«

Jetzt bekomme ich schon aufmunternde Reden von einer verrückten Dame mit einem ausgestopften Hund.

»Lassen Sie mich Crispin holen«, sage ich und stehe auf. Stash macht keinerlei Anstalten, mir zu folgen. Ich gehe zum Wagen. *Der Mensch sein, den der Hund erwartet.* Wo hat sie das denn her?

Der arme Crispin rutscht hinten von der Ladefläche, ich drücke ihn an meine Brust und trage ihn ins Haus. Er ist unglaublich leicht, wirklich nur noch ein Schatten seiner selbst, aber seine Bedeutung wiegt schwer, was sich auch nicht verändern wird.

»Soll ich ihn an seinen üblichen Platz stellen?«, frage ich und platziere seine Rollen genau auf die passenden Dellen im Teppich. Vor Aufregung und in der Anstrengung, ihren Tee abzustellen und aufzustehen, gleitet Mavis der Becher aus der Hand, der Tee fließt auf ihren Kindle zu.

»Ich mache das«, sage ich und gehe in Richtung Küche, aber ein schwarzer Wirbelwind ist schon wieder zurück, ein sauberes weißes Küchentuch im Maul, das er in die Mitte der milchig braunen Pfütze fallen lässt. Stash hat anscheinend die Küche nicht nach Fressen durchsucht, sondern sich in einer Aufklärungsmission die Küche genau angesehen.

»Braver Hund«, sagt Mavis, wischt den Tee auf und schaut tief beeindruckt in meine Richtung.

Ich sage nichts, und zwar nicht deshalb, weil ich nichts zu sagen hätte, sondern weil ich Angst vor dem habe, was gesagt werden muss. Es ist so offensichtlich. Dafür wurde Stash trainiert, das liebt und braucht er. Seine Daseinsberechtigung ist es zu helfen. Deswegen folgt er mir überallhin, deswegen hasst er es, allein gelassen zu werden.

Alles, was ich ungläubig bestaune, weswegen ich dieses Tier bewundere, sind nur Tricks für mich, aber für jemanden wie Mavis Peebles, für jemanden, der ihn braucht, machen sie einen großen Unterschied, und zwar den zwischen einer offenen und einer verschlossenen Tür, zwischen hell und dunkel, zwischen etwas auf dem Boden liegen lassen zu müssen oder es aufgehoben zu bekommen. Es ist so offensichtlich wie schmerzlich.

Aber was ist wegen Mavis' Ängsten, einen neuen Hund anzunehmen?

Das ist kein Problem. Ich würde gern jeden Tag mit Stash Gassi gehen, und falls die Zeit je kommt, würde ich ihn sofort zurücknehmen.

Bleibt noch die Tochter, »Patricia, nennen Sie mich Trish«, und ihr pseudoallergischer Ehemann. Stash ist hypoallergen, und ich kann bestätigen, dass meine Tests in Lionels Fall nicht zu negativen Reaktionen geführt haben. Ob Trish zustimmt und möchte, dass ihre Mutter direkt zu ihnen zieht oder hier bleibt, das geht mich nichts an. Noch mal: Sollte Stash ein neues Zuhause brauchen, stehe ich bereit.

»Mrs Peebles …«

20 Minuten später, nach meinem Anruf, sinke ich auf ein Knie und nehme Stashs Kopf zwischen meine Hände. Es ist Zeit, dass ich ihm etwas für all seine Treue, Hingabe und unermüdlichen Dienste zurückgebe. Wir schauen uns in die Augen, und endlich kann ich die Zauberworte sagen.

»Stash. *Freizeit.*«

Ein Teil von mir hat sich vorgestellt, es wäre, wie einen Schalter umzulegen, als würde man ihn ausschalten und der Doodle ließe sich auf den Boden fallen, erleichtert, außer Dienst zu sein. Das zeigt nur, wie wenig ich über Hunde weiß. Stattdessen strahlt Stash, dreht sich auf den Hinterläufen um, schießt in die Küche und kommt mit einem Küchentuch im Maul zurückgerannt, um mich in eine Runde Tauziehen zu verwickeln. »Rufen Sie mich, wenn Sie etwas brauchen«, sage ich zu Mavis und bändige den verrückten Doodle mit einem

»Stash, sitz«, während ich das Küchentuch an die Klinke der Tür knote. Irgendwann hat Trish die runden Türknäufe gegen lange Klinken austauschen lassen, die leichter zu bedienen sind. Jetzt, mit dem Kommando »Stash, Tür« – das war nicht schwer herauszufinden –, ist das Leben noch leichter.

»Sind Sie sich sicher?«, fragt Mavis.

Ich versuche, den Augenblick anzuhalten, die logische, praktische Entscheidung zu treffen. Aber mit einer neu gefundenen Offenheit, sage ich: »Nein, bin ich mir nicht. Ich werde ihn vermissen. Aber irgendwie weiß ich, dass Stash sich sicher ist, und das ist es, was zählt.«

Mavis begleitet mich zur Haustür, und es trifft mich unwillkürlich, dass Stash sich bereits entschlossen hat, an ihrer Seite zu gehen, nicht an meiner. Ohne ein Wort zu sagen, macht sie eine Geste mit der Hand, als sei sie in der Kunst schwieriger Abschiede wohl trainiert, am besten schnell, sauber und endgültig. Was ist das nur mit Menschen, die schon einiges im Leben hinter sich haben? Instinktiv weiß Mavis, dass sie nicht nach mir greifen soll, mich nicht berühren, nichts mehr sagen soll.

Ich schlittere den eisigen Abhang zum Wagen hinunter – der Mann, der mit zwei Hunden kam und ohne Hund geht – und beschließe, nicht zurückzusehen. Vielleicht unterstützt die arktische Luft die Decke der kalten Objektivität, die sich um mich legt. Ich will mich nicht normal fühlen, ich will weniger fühlen. Ich muss es so sehen: Stash kann seine vielen Talente einsetzen, und für Mavis ist es wie ein neuer Anfang. Ich klopfe auf das Polaroid-Andenken, das ich in meiner Brusttasche herumgetragen habe.

Wegen des Abhangs und dem möglichen Glatteis rutsche ich langsam zu meinem Wagen, steige ein und lasse den Motor an. Den Fuß auf der Bremse, den Motor im Leerlauf, will ich den Wagen gerade zurückrollen lassen, als mir die Bewegung an einer Spitzengardine hinter einem Fenster im ersten Stock ins Auge fällt und ich jemanden entdecke, der zu mir heruntersieht – es ist Stash.

Er ist nur ein paar Sekunden lang da, verstrubbelt, konzentriert und unermüdlich darauf bedacht zu helfen, aber es reicht, dass ich mich über meine Entscheidung freue. Ich habe beobachtet, wie Stashs Training ihm einen Sinn gibt, aber vor allem hat der Zyniker in mir seine Gabe zu spüren bekommen. Wenn er mich aufmuntern kann, dann ist dieser Hund für jemanden wie Mavis ein Lebensretter.

ZWANZIG

Ich möchte gern glauben, dass meine Ausbildung als Pathologe auf meiner Entscheidung basiert, aber ich kann den Satz *Der Mensch sein, den der Hund erwartet* nicht ignorieren. Meine Lebensberaterin Swami Mavis Peebles hat da schon ins Schwarze getroffen, was die Dekonstruktion meiner Gefühle und das Herauslassen meines inneren Monologs angeht. In Stashs Gesellschaft war ich ganz entspannt, mein wahres Ich. Und ob es mir nun gefällt oder nicht, dieses wahre Ich fühlt sich immer noch von einer rätselhaften und einschüchternden Kellnerin angezogen. In meinem früheren Beruf musste ich herausfinden, warum etwas tot oder sterbenskrank war. Wenn Amy sich weigert, offen über den Mann zu sprechen, der – auf dem Papier – ihr Ehemann ist, und wenn in unserer kriselnden (hoffentlich weder toten noch sterbenskranken) Beziehung noch was zu retten ist, dann muss ich die Wahrheit auf anderem Weg herausfinden, nämlich indem ich Marco Tellucci selbst frage.

Es ist leicht herauszufinden, wo und wann. Ein Typ namens Liam, der an der Rezeption arbeitet, hat meinen Anruf entgegengenommen.

»Hi, Liam, ich bin für heute Abend zum Essen mit einem Freund im Inn verabredet, aber ich erinnere mich nicht mehr, ob Mr Tellucci einen Tisch für halb acht oder acht Uhr reserviert hat.«

»Einen Moment bitte.« Eine Pause. »Die Reservierung ist für acht Uhr, Sir.«

Aha, also immer noch hier, und Eden Falls bietet für das Abendessen ja nur eine kleine Auswahl.

»Danke. Und es sind nur wir zwei, richtig.«

»So sieht es aus, Sir.«

Das »wer« ist ein bisschen kniffliger, weil es dabei darum geht, wen Tellucci zum Abendessen eingeladen hat. Gestern, bei den Knights, hat Amy mich abblitzen lassen, als ich für heute Abend ein Date mit ihr abmachen wollte. Falls sie diejenige ist, die mit ihrem Ehemann zu Abend isst, dann muss ich ihn, *mano a mano*, vom Tisch weglocken, um mit ihm zu sprechen. Oder ich könnte hineinstürmen, den verlassenen Liebhaber spielen und vor den anderen Restaurantgästen eine Erklärung verlangen. Oder, überlege ich unter der heißen Dusche mit noch knapp einer Stunde Zeit bis acht Uhr, vielleicht wäre es einfacher und sicherer, direkt zu seinem Zimmer zu gehen.

Ich stelle mir vor, dass ich der Nerd der Highschool bin (dazu braucht es nicht viel Fantasie), der in die beliebte Cheerleaderin verliebt ist, der sie die Hausaufgaben abschreiben lässt, weil sie ihn in der Klasse gegrüßt hat, derjenige, der all seinen Mut zusammengenommen und sie gebeten hat, mit ihm zum Schulball zu gehen, und sie jetzt beobachtet, wie sie lacht, das Gesicht verzieht und zurückzuckt, weil sie bereits mit dem gut aussehenden Quarterback verabredet ist.

Wäre diese Verabredung doch bloß ein Klassentreffen nach 20 Jahren, und Marco Tellucci würde sich als alkoholabhängiger, schlagender Frauenheld herausstellen, der gerade aus dem Gefängnis entlassen wurde und Opfer eines Säureattentats auf sein Gesicht war.

Ich trete aus der Dusche, trockne mich ab und sehe zu, wie mein Spiegelbild im beschlagenen Badezimmerspiegel über dem Waschbecken erscheint. Da die Chance, dass Amy im Restaurant sein wird, groß ist, will ich so gut wie möglich aussehen, was bedeutet, dass ich mich für heute zum zweiten Mal rasiere. Ich hoffe auf einen Kontrast zu Tellucci, der wahrscheinlich einen Fünf-Uhr-Schatten hat, der sich meistens schon um elf Uhr zeigt.

Ich durchsuche den Medizinschrank meines Vaters und entdecke eine Flasche Old-Spice-Aftershave und eine uralte Tube Pomade. Ich spritze ein paar Tropfen Aftershave in die Hände und klopfe die Flüssigkeit auf meine Wangen. Na ja, nicht gerade die Pheromone, auf die ich gehofft hatte. Dann stecke ich meine Finger in das klebrige weiße Gel. Ich bin nicht davon überzeugt, dass »ein kleiner Klecks reicht!«, um diese nervige Strähne zu bändigen, und verwandle meine Haare in einen schmierigen, glatten Helm. Was bin ich für ein Idiot. Ich drehe die Dusche auf und fang noch mal von vorn an.

Zehn Minuten später bin ich von der Körperpflege zur Mode gewechselt. Sollte es zu einer Auseinandersetzung kommen, wäre es vielleicht praktisch, etwas Solideres zu tragen, zum Beispiel ein Kettenhemd oder eine schusssichere Weste. Aber was, wenn es einen Dresscode gibt oder ich im Restaurant warten muss, bis ich zuschlagen kann? Ich fühle mich immer noch nicht wohl dabei, habe aber meine Lektion gelernt und bügle ein simples weißes Baumwollhemd. Obwohl der alte blaue Blazer meines Vaters sich für mich etwas zu maritim anfühlt, auf den goldfarbenen Knöpfen auf den Manschetten sind sogar winzige Anker gestanzt, passt er gut genug.

Jetzt bleibt mir noch eine Entscheidung: Krawatte oder offener Kragen? Ein Teil von mir wünscht sich, ich hätte ein seidenes Brusttuch oder ein schweres Goldmedaillon und Unmengen von buschigem Brusthaar – ich wäre auf Amys Reaktion gespannt. Aber das hier ist Vermont, und ich bin nur daran interessiert, Rechenschaft zu fordern. Ich stecke die

Krawatte – meine einzige – in meine Brusttasche, zur Sicherheit.

Als Erstes muss ich den Silverado betanken, und als ich an die Tankstelle fahre, taucht plötzlich eine Gestalt mit schwarzer Skimaske an meinem Fenster auf. Ich bin schon halb auf dem Beifahrersitz, im Glauben, überfallen zu werden, als ich mich daran erinnere, dass die Tankstelle persönlichen Service anbietet.

»Für 40 Dollar normal«, rufe ich und schiebe zwei Zwanziger durch den Fensterspalt, sicher ist sicher. Der vermeintliche Angreifer verschwindet und lässt mich mit einer weiteren, unwillkommenen Erinnerung an Healthy Paws zurück: einer Werbung, einem glänzenden, auffälligen Banner über dem Zapfhahn. Bloß dass dieses Banner hier bekritzelt wurde. Oh, das bekannte Logo und die lächelnden Gesichter von Mensch- und Tiermodel sind noch da, aber die letzten sieben Ziffern der Telefonnummer wurden mit einem Klebestreifen überklebt, auf den von Hand mit einem schwarzen Edding andere Zahlen geschrieben worden sind.

Ich schaue zu den anderen Zapfsäulen, jedes Plakat ist so verschmiert worden. Ich könnte annehmen, dass Guy Dorkin noch einmal Pech gehabt hat, dass die Werbeagentur einen Druckfehler gemacht hat. Aber irgendetwas sagt mir, dass diese Korrektur dank Gilligan, dem Collie, dasteht: Drews Art, ohne Worte Danke zu sagen. Ich bin mir nicht sicher, wie er das seinem Chef erklärt hat, aber wenn man die Telefonnummer »der besten Tierarztpraxis weit und breit« wählt, landet man in Bedside Manor.

Während der Fahrt zum Inn in Falls View gebe ich meiner Strategie den letzten Schliff. Es wäre besser, Tellucci allein zu erwischen, zivilisierter, weniger dramatisch. Möglicherweise ergibt sich die Chance, ihn auf dem Weg zur Toilette anzusprechen. Er könnte auch einen anonymen Tipp bekommen, dass ein Mann in einem blauen Blazer seinen Hummer mit einem Schlüssel verkratzt. So oder so, eine Konfrontation ohne Amy wird ihre Empörung verhindern, nein verringern (oder wenigstens bekomme ich sie nicht hautnah mit), und ich werde keinem erniedrigenden Vergleich mit ihrem Mann unterworfen.

Machen wir uns nichts vor, ich kann mit dem Italiener nicht mithalten, wenn es ums Aussehen und ums Geld geht, mir bleibt also was – Charakter?

Laut dem Internet, das nie lügt, sind die drei einnehmenden Charakterzüge, die ein Mann ausstrahlen sollte, Selbstbewusstsein, Humor und Sensibilität. Das erklärt alles. Intelligenz, wohl meine Stärke, scheint nur optional zu sein. Obwohl der Italiener sowohl klug *als auch* erfolgreich sein kann, hoffe ich, dass sein Reichtum aus einer Stiftung stammt, von lebenslangem Schmarotzen oder einer illegalen Aktivität, die ich bei unserem Spitzenermittler Chief Devito anzeigen kann.

Ironischerweise parke ich neben dem weißen Hummer und freue mich zu sehen, dass Salz und Schneematsch ihm seinen Autosalonglanz genommen haben. Ich laufe die Treppe zum Haupteingang hinauf und durch das Foyer in Richtung Bar und Restaurant.

»Hey, Doc, na endlich«, sagt George, der eine Art Uniform trägt – schwarze Hose, schwarzes Hemd und einen schmalen schwarzen Schlips. »Kommen Sie zum Abendessen?«

»Ja, ich treffe … jemanden, den ich kenne.«

»Großartig. Und schauen Sie sich das mal an.«

Er holt sein Smartphone hervor und fängt an, mit dem Zeigefinger über den fettigen Bildschirm zu wischen.

»Sehen Sie: vorher … nachher.«

Er wechselt zwischen zwei Nahaufnahmen der deformierten Nase von Henry, dem Kater. Es ist erst zwei Tage her, seit ich das Medikament abgegeben habe. Ich erwarte eigentlich erst in einer guten Woche sichtbare Ergebnisse, deswegen sehen die Bilder für mich identisch aus.

»Das ist toll«, sage ich, da ich mich an einen wissenschaftlichen Artikel erinnere, in dem beschrieben wird, dass fast 40 Prozent der Tierbesitzer glaubten, ihr Hund lahme nicht mehr, obwohl er nur Zuckertabletten bekommen hat. Wenn George glücklich ist, bin ich glücklich. Placeboeffekt hin oder her, wie Lewis sagt: »Der Besitzer hat immer recht.«

»Ich kann Ihnen gar nicht genug danken«, sagt George. »Wollen Sie an der Bar warten? Bei einem Drink?«

An diesem Punkt wird mir klar, dass mein Plan voller Löcher ist. Was werde ich tun? Sie ausspionieren? Und was werde ich sagen? »Entschuldigen Sie, aber Sie sind anscheinend mit meiner Traumfrau verheiratet.«

»Warum nicht«, entgegne ich, und George winkt mir, ihm zu folgen.

Es stellt sich heraus, dass die Bar perfekt ist: leer, dunkel und mit Blick in einen romantisch beleuchteten Gastraum, der von einer üppigen Stuckdecke und einem Kronleuchtermonster dominiert wird. Direkt darunter steht ein runder Tisch für acht Personen, er ist leer. Wenn man überlegt, warum ich hier bin, ist es keine große Überraschung, dass ich an den Film *Der Rosenkrieg* denken muss. *Wenn Liebe blind ist, dann ist die Ehe wie ein Schlaganfall.*

Ich setze mich auf einen Hocker in der Ecke, wo ich mich hinter einem Stützpfeiler verstecken kann. Über mir übertönt ein Streichquartett aus einem Lautsprecher das Murmeln der in Gespräche vertieften Restaurantgäste. Es ist ein ruhiger Sonntagabend im Winter, aber trotzdem hat George die Gäste strategisch platziert, sodass neue Gäste glauben müssen, dass relativ viel los ist. Ich beneide einen bärtigen Mann ein bisschen, der in ein Buch vertieft ist, und mir fällt das Paar auf, das ich vorgestern im Hotelfoyer gesehen habe. Ich hatte mich gefragt, ob sie auf dem Weg zu einer Wintersportaktivität waren. Dank Sonnenbrille und zu schwacher Sonnencreme deuten ihre Waschbärengesichter darauf, dass ich mich nicht geirrt habe.

»Was möchten Sie trinken?«, fragt George und geht hinter die Theke.

Einen klaren Kopf bewahren oder locker werden?

»Einen Maker's Mark, ohne Eis.«

Während George meinen Whisky einschenkt, treten sie ein, die Telluccis, Arm in Arm, und gehen in Richtung eines Tisches für vier Personen. *Merkwürdig*, denke ich, *vier, nicht zwei*. Aber die Götter sind auf meiner Seite. Amy setzt sich mit dem Rücken zu mir. Da fällt mir weit hinten links eine andere Frau auf, die mir den Rücken zuwendet, ihre Haare sind sorgfältig zu einem Knoten hochgesteckt. Der junge Mann, der mit dem Gesicht in meine Richtung sitzt, beugt sich vor, redet angeregt und kommt mir irgendwie bekannt vor.

»Bitte schön«, sagt George und schiebt mir ein Glas zu, das mindestens einen Doppelten enthält.

Ich nicke, nippe einmal und genieße das Brennen in meinem Rachen, als ich Amys Hand auf seiner erspähe. Sie drückt sie kurz, dann lässt sie los.

»Ich bin dann in der Küche. Sagen Sie mir Bescheid, wenn Ihre Freunde kommen und Sie einen Tisch brauchen.«

»George«, sage ich und kippe den Drink auf ex wie einen Shot, »vielleicht könnten Sie mir einen Gefallen tun.«

Eine Minute später kommt Mr Marco Tellucci auf mich zu. Er hat einen geheimnisvollen Anruf auf dem Apparat in der Bar bekommen. George ist so nett und lässt uns einen Moment allein.

Der Italiener geht an mir vorbei, nimmt den Hörer und sagt Hallo in eine tote Leitung, während ich von meinem Hocker herabrutsche.

»Mr Tellucci, könnte ich unter vier Augen mit Ihnen sprechen?«

Er legt wie in Zeitlupe auf, sieht verwirrt aus, nein, es ist mehr als das, vielleicht wachsam oder sogar ängstlich.

»Wer sind Sie?«

»Mein Name ist Cyrus Mills, und ich möchte Ihren Abend nicht stören, aber ich würde gern …«

»Cyrus«, ruft er und greift sich an die Brust, als sei er erleichtert, obwohl ich eher auf einen Herzinfarkt gehofft hatte. Ohne zu zögern, kommt er näher, umarmt mich und küsst mich auf beide Wangen.

»Amy hat mir so viel von dir erzählt«, sagt er mit einem winzigen Akzent, aber genug, um aufzufallen, besonders, stelle ich mir vor, wenn man eine Frau ist. Ich überlege, ob ich extra langsam oder lauter oder überdeutlich den Satz »Amy hat mir nichts über Sie erzählt« sagen soll.

Alles, was ich herausbekomme, ist ein geflüstertes »Wirklich?«.

»Das ist doch wunderbar. Komm, komm, du musst uns Gesellschaft leisten. Darauf bestehe ich.«

Jetzt beginnt er, mich zu seinem Tisch zu zerren, und ich überlege, dass ich vielleicht 20 Sekunden habe, um mich von ihm loszureißen und wegzurennen. Ich habe nicht damit gerechnet, dass er quer durch den Raum rufen würde: »Amy, schau mal, wen ich entdeckt habe.«

Plötzlich muss dieser Augenblick verlegener Kameraderie mehr wie eine Verhaftung aussehen, und ich erstarre – der erwischte Gauner.

Amy dreht sich um, steht auf, und bevor ich den Schlag abmildern kann, mit einem eiligen Kompliment, wie wunderschön sie in dem langärmeligen schwarzen Seidenkleid aussieht, blickt sie zu Boden und schüttelt den Kopf.

»Du konntest es einfach nicht lassen, was«, sagt sie.

Ein Teil von mir möchte kontern: »Wenn etwas oder jemand es wert ist, darum zu kämpfen, kämpfe ich.« Aber denken Sie daran, ich stehe neben ihrem Ehemann, also sage ich nichts und lasse meine knallroten Wangen für mich sprechen.

»Setz dich«, sagt Tellucci und bietet mir den Stuhl gegenüber von Amy an, »und noch ein Glas Prosecco für dich.«

Er greift nach einer Flasche in einem Eiskübel, und bevor ich ablehnen kann, füllt er mein Glas mit geübter, ruhiger Hand, und die beiden anderen Gläser werden ebenfalls aufgefüllt. Obwohl es ein Tisch für vier Personen ist, ist für drei gedeckt. Wen erwarten sie noch?

»Auf Cyrus«, sagt Marco, »ein Mann ganz nach meinem Geschmack.«

Wir stoßen an und trinken gleichzeitig, da winkt Marco dem Kellner, damit er noch eine Flasche bringt. Was hat er vor? *Ein Mann ganz nach meinem Geschmack?* Ich habe nichts mit diesem Mann gemeinsam.

»Du hast den armen George wegen des Telefonanrufs lügen lassen«, sagt Amy, »nur um Marco allein zu erwischen?«

Ich nicke verlegen, schuldig im Sinn der Anklage.

Amy schüttelt noch mal den Kopf.

»Tu dir keinen Zwang an, ganz so, als wäre ich nicht hier. Aber vergiss nicht, ich habe versucht, dich aus allem herauszuhalten.«

Bei ihr klingt das ein bisschen bedrohlich. Vielleicht sollte ich mir doch Sorgen über die Cosa Nostra machen.

Marco betrachtet mich, augenscheinlich fasziniert von meiner Neugier.

»Okay … also, um das klarzustellen, du, Marco, bist Amys …«

»Lebensgefährte« und »Seelenverwandter« blitzen in meinem Gehirn auf, aber Amy ist schneller.

»Marco ist mein Ehemann.«

Obwohl ich die Heiratsurkunde mit eigenen Augen gesehen habe, dringt der Satz aus ihrem Mund wie eine Stahlklinge in mich, schockierend kalt und tief. Ich taste nach meinem Glas und trinke einen ordentlichen Schluck des sprudelnden Sekts, in der Hoffnung, den Schmerz zu lindern, da dreht sich Amy zu dem Italiener um und ergänzt: »*Tecnicamente parlando*.«

Tellucci runzelt die Stirn, aber hebt zustimmend eine Augenbraue.

Was soll das jetzt? Ich möchte nachfragen, aber er beugt sich über den Tisch und wartet gespannt auf die nächste Frage.

»Und … du warst … weg … eine ziemlich lange Zeit.«

»Weg?«, wiederholt Marco, und ich würde gern »Kabul? Die internationale Raumstation? Leavenworth Gefängnis?« vorschlagen.

»Ja, ich lebe in San Francisco. Pac Heights. Kennst du es?«

»Nur den Film mit Melanie Griffith und Michael Keaton. Aber du *stammst* doch nicht aus Kalifornien?«

»Nein, nein. Aus *Monterosso al Mare*. Das ist ein kleiner Ort in …«

»*Cinque Terre*«, werfe ich ein. »Ich war nie dort, aber ich habe darüber gelesen. Soll sehr pittoresk sein.«

»Ist es«, sagt Marco, offensichtlich beeindruckt. »Du hast nie gesagt, dass er klug *und* welterfahren ist.«

Amy stellt ihr leeres Glas auf den Tisch, genau in dem Moment, als George mit der nächsten Flasche auftaucht und uns gern Nachschub bringt. Mein Glas ist auch leer.

»Vielleicht noch stilles Wasser«, sagt der Italiener, »ein paar Calamari und Antipasto misto für drei. Cyrus, du magst doch Anchovis?«

Auch wenn es eine Frage war, erwartet Marco offensichtlich keine Antwort. George zieht die Speisekarten, die er uns gerade reichen wollte, zurück und verschwindet, um die Bestellung weiterzugeben.

Ich spüre, wie sich ein nicht unangenehmer Schwips ankündigt. Ein vernünftiger, weniger angeschickerter, aber passend demütiger Cyrus würde seinen Stolz hinunterschlucken und abhauen, aber diese lockerere, etwas schockierende Version macht weiter und fragt: »Wo habt ihr euch kennengelernt?«

»In Burlington, an der UVM«, sagt Marco, »aber die Arbeit hat mich in den Westen verschlagen. Werbung.«

Ohne zu fragen, füllt er mein Glas wieder auf.

»Hättest du zu der Vorspeise lieber einen Pinot grigio?«

Ich denke an Paul Giamatti in *Sideways* und bin versucht, einen Merlot zu bestellen.

»Nein danke«, sage ich und denke, ich sollte wenigstens ein paar meiner Hemmungen behalten.

Entweder bestellt Marco jeden Abend dasselbe, oder George ist Hellseher, denn der Mann in Schwarz taucht am Rand meines Gesichtsfeldes mit einer dampfenden Platte voller knuspriger Gummibänder und einer Auswahl von Aufschnitt, Käse, Oliven und glitzerndem silbrigem Fisch auf. Er ist so nett und wünscht nicht »*Buon appetito*«, während er alles auf dem Tisch abstellt und verschwindet.

Ich falte meine Serviette auf und lege sie auf meinen Schoß.

»Entschuldigt … aber ihr wohnt in unterschiedlichen Staaten, und keiner von euch trägt einen Ring?«

Das bringt mir die volle Ladung ihrer blau-braunen Laser ein, als hätte ich zu viel gesagt. Ich rette mich, indem ich ein bisschen Salami knabbere und zu einer, wie ich dachte, süßen Peperoni greife. Natürlich stellt sie sich als scharfe Variante heraus, und da es kein Wasser gibt – wurde noch nicht gebracht –, bin ich gezwungen, einen großen Schluck der blubbernden und vernunftfressenden Flüssigkeit zu trinken.

»Alles in Ordnung?«, fragt Marco und füllt mein Glas rasch mit mehr Prosecco, nur zur Sicherheit.

Ich nicke und bemerke, wie mein Kopf sich bewegt, aber meine Augen und mein Gehirn brauchen einen Sekundenbruchteil länger, um mitzukommen. Ich spüre das langsame Blinzeln, das Lächeln, das droht, meine Lippen zu verbiegen, obwohl überhaupt nichts lustig ist. Nicht betrunken, aber definitiv angesäuselt. Ich werde ein Taxi rufen müssen.

Durch meine abgebauten Hemmungen befreit fange ich endlich an, mutig zu werden. Schließlich bin ich derjenige, der hinters Licht geführt wurde. Amy ist diejenige, die etwas zu erklären hat. Es ist an der Zeit, die Art von Fragen zu stellen, die ich später bereuen werde. Sie haben sich bereits in meinem Rachen gestapelt, als Amy ihre Serviette auf den Tisch fallen lässt, aufspringt und jemanden hinter meiner Schulter begrüßt.

»Charles«, ruft sie.

Ich drehe mich um und sehe einen großen, schmalen Mann in einem schwarzen Lederjackett und einem weißen Kaschmirschal. Wie den Typ in der Ecke mit Ms Knotenkopf, die sich hinter einer Speisekarte zu verstecken scheint, habe ich diesen Mann schon mal gesehen, aber mir fällt nicht ein, wo. Verdammte Blubberblasen!

Wieder Wangenküsse (ich wünschte, sie würde nicht so europäisch tun), dann nimmt Amy Charles am Arm und führt ihn an unseren Tisch.

Marco bleibt mit ernstem Gesichtsausdruck sitzen. Ist er eifersüchtig?

Ich lege meine Serviette ab und stehe auf, während Charles näher kommt. Amy stellt uns vor.

»Schön, dich kennenzulernen«, sage ich und deute auf den Stuhl neben mir, »vielleicht kann George noch einen Teller bringen.«

»Danke«, sagt Charles, »aber wir bleiben nicht lang.«

Ich bin mir nicht sicher, wen er mit »wir« meint.

»Kevin sagt, es ist alles bereit.« Er redet mit Marco. »Er sagt, es wird teuer, weil er an einem Sonntag arbeiten muss, aber alles ist geregelt. Wir können morgen um neun Uhr früh unterzeichnen. George hat mich sein Büro benutzen lassen. Die Unterlagen werden im Moment hierhergefaxt.«

Marco und Amy sehen einander an, schreien beide auf und umarmen sich. Ich bin völlig verwirrt.

Der Italiener, plötzlich mit Tränen in den Augen, wendet sich an Charles. »Ich kann gar nicht glauben, dass es endlich passiert.«

»Nun, das wird es nicht, wenn du diese Dokumente nicht bald unterschreibst.«

Marco trinkt sein Glas leer und steht auf. »Das wird wohl ein wenig dauern«, sagt er.

»Wir können warten«, sage ich.

»Nein, bitte, bestellt euer Abendessen. Wir wollen das hier erledigen. Stimmt's, Charles?«

»Auf jeden Fall. Ich will nicht länger als unbedingt nötig in diesem Kaff bleiben.«

Und als diese Wut aufblitzt, erkenne ich Charles. Er ist der Mann, mit dem Marco sich an der Tankstelle im Hummer gestritten hat. Ich stehe wieder auf (dieser Abend erinnert mich an die »Reise nach Jerusalem«), schüttle Charles die Hand und sehe zu, wie Amy ihren Ehemann fest umarmt. Kein Kuss, aber sie legt die Lippen an sein Ohr und flüstert etwas, das ich nicht hören kann.

Was auch immer sie sagt, es bringt Marco dazu, laut aufzulachen. Werde ich auf der Rechnung sitzen bleiben? Wie viel kostet dieser Prosecco?

Amy und ich sehen zu, wie sie gehen, und gewöhnen uns an das Gefühl, dass wir nun allein sind, bevor wir uns wieder hinsetzen. Unsere Teller sind mit den Resten angeknabberter Vorspeisen übersät.

»Ein sehr netter Mann«, sage ich.

»Das ist er. Er ist wunderbar.«

George taucht wie von Zauberhand auf, aber ohne Wassergläser.

»Darf ich abräumen?«

Amy nickt.

»Und wie wäre es mit einer Speisekarte fürs Abendessen?«

Amy sieht mich an, als frage sie sich, ob ich sie vielleicht sitzenlasse. Endlich habe ich sie in einer ruhigen, intimen Atmosphäre allein für mich.

»Ja, bitte«, sage ich, »und eine Weinkarte.«

Ich werde ganz sicher ein Taxi brauchen.

George reicht uns seine großen, in Leder gebundenen Speisekarten. Das übliche italienische Zeug, großzügig mit den üblichen Phrasen garniert: glasiert, gehobelt, mariniert, von und an. Scheint, als müsse der Koch eine Unmenge Trüffelöl loswerden. Amy verkündet schnell: »Huhn Piccata«, als hätte sie schon gewusst, was sie will. Ihre Eile ist ansteckend, ich bin versucht »Ich nehme dasselbe« zu sagen, aber passend zu meinem alkoholverursachten Motto, »Wage, anders zu sein«, bestelle ich eine Flasche Vermentino und entscheide mich für Fettuccine mit Shrimps. Bei dieser Wahl sieht Amy mich fragend an. Was kann schon verkehrt daran sein, Hunderte Meilen vom Meer entfernt an einem Sonntag Meeresfrüchte zu bestellen?

»Was hast du gedacht?«, fragt sie, sobald wir allein sind. »Wegen Marco?«

Wo soll ich anfangen?

»Äh … also, dass du eine glückliche Frau bist.«

Sie zögert, ihre gerunzelte Nase zeigt, dass sie genervt ist.

»Komm schon. Ich kann praktisch sehen, wie die Zahnräder in deinem Gehirn sich bewegen. Hör jetzt nicht auf. Du musst neugierig sein.«

»Oh, ja ich bin neugierig. Aber ich bin auch …«

»Was?«

»Traurig. Ja, traurig. Traurig, dass wir uns erst jetzt getroffen haben. Traurig, weil mein Timing nicht stimmt.«

Ihre gerunzelte Nase wird wieder glatt, sie neigt ernst den Kopf.

»Wann wolltest du es mir sagen?«, frage ich.

»Dieselbe Frage könnte ich dir stellen«, antwortet sie wie aus der Pistole geschossen.

Jetzt bin ich mit einem »Ich kann dir nicht folgen«-Stirnrunzeln dran, in dem Moment steht Ms Knotenkopf auf, schüttet dem Mann ihr gegenüber ein Glas Eiswasser ins Gesicht und kommt in meine Richtung.

»O mein Gott …«

Dieser innere Monolog entschlüpft mir, als niemand anderes als Mrs Crystal Haggerty, die Frau von Ken Haggerty, dem Direktor der Eden Falls Academy, gekleidet, um ihr üppiges Dekolleté und ihre Oberschenkel zur Geltung zu bringen, auf lächerlich hohen Absätzen an mir vorbeistöckelt.

Sie scheint eine Träne aus dem Augenwinkel zu wischen, als sie aus dem Restaurant stürzt. Ich sehe zurück zu dem jungen Mann an ihrem Tisch, der sich mit seiner Serviette das Gesicht abtrocknet und ihr nachschaut, da fällt mir ein, wo ich ihn schon einmal gesehen habe: Er ist der Besitzer eines Labradorwelpen und war letzte Woche beim Tag der offenen Tür bei uns.

»Ich hätte gedacht, dass sie etwas diskreter ist«, flüstere ich, sobald Crystal außer Hörweite ist.

»Weil sie verheiratet ist?«, fragt Amy, eine Hand auf der Brust, im besten Scarlett-O'Hara-Akzent: »Anders als andere Damen habe ich einen Ruf zu verlieren.«

Ich will nicht lachen, aber ich kann nicht anders, während der Labradorbesitzer um die Rechnung bittet, einige Scheine bezahlt und dann geht.

»Sieht so aus, als hätte jemand ein unmoralisches Angebot gemacht.«

Amy verdreht die Augen.

»Du musst noch viel über Frauen lernen. Crystal hat sich versteckt, seit wir hereingekommen sind. Sie wusste, dass sie aufgeflogen war. Ich garantiere dir, dass das alles nur Schau war, um ihr Gesicht zu retten. Ich wette, dass sie genau jetzt wieder zurückkommt und ihn in dem Zimmer trifft, das sie bereits bezahlt hat.«

Ich lehne mich im Stuhl zurück und seufze.

»Und woher weißt du das alles? Weibliche Intuition und Körpersprache?«

»Darauf kannst du wetten«, sagt sie. »Ach, und dein geschockter Gesichtsausdruck vorhin, als ich ›Ehemann‹ gesagt habe, hätte vielleicht deinen Schauspiellehrer an der Highschool überzeugt, mich aber nicht. Wann wolltest du mir denn vom Computerboy erzählen?«

»Hast du mit Gabe gesprochen?«

»Natürlich nicht. Aber Charlie Brown schon. Ich bin noch geblieben, als du gestern von den Knights nach Hause gegangen bist. Ich habe mich bei Doc Honey für ihren interessanten Vortrag bedankt und ihre Tochter auf ein Eis eingeladen. Hey, wenn man Informationen will, muss man sich der Schwächen anderer bedienen. Es wird dir gefallen, dass sie auf fettfreies Eis umgestiegen ist, anscheinend will sie sich in einen Bikini zwängen.«

Die Hände gefaltet, damit sie nicht zucken, Ellbogen auf dem Tisch, sage ich: »Okay, es war falsch, aber wenn du ich wärst, hättest du dann nicht auch versucht herauszufinden, wer er ist?«

»Doch«, sagt Amy, ohne zu zögern.

»Und hättest du mir davon erzählt?«

»Natürlich nicht.«

Ich hole tief Luft und greife noch mal nach einem Drink. Das ist jetzt der entscheidende Augenblick, der Wendepunkt, altes Leben oder neues? In den letzten Tagen habe ich die erste Hundeliebe meines Lebens aufgegeben – ja, ich gebe es zu, Liebe –, habe einen unzurechnungsfähigen Collie geheilt und eine Institution von Eden Falls gerettet. Wenn man es so aufzählt, klingt es nach Clark Kent. Dabei habe ich einfach nur meinen Job erledigt, meinen neuen Job, einen Job, dessen bester Lohn es ist, Menschen und Tieren eine zweite Chance zu verschaffen. Falls das hier meine zweite Chance ist, dann hoffe ich nur, dass Amy mich unterbrechen wird, bevor es zu peinlich wird.

»Also … vielleicht ist es einfacher, wenn ich weiß, dass du eine glücklich verheiratete Frau bist. Dass du unerreichbar bist, hat mir klargemacht, wie dumm ich war.« Mein Lachen ist die pure Unschuld. »Ich meine, ich dachte wirklich, da wäre etwas … ich weiß nicht … wenn ich bei dir bin, dass da etwas in mir klickt. Oh, nicht warm oder kuschelig, nein, es war eher physiologisch, wie du mein sympathisches Nervensystem angeschaltet hast – gesteigerte Herzschlagfrequenz, erweiterte Pupillen, trockener Mund, völlig jenseits jeglicher Kontrolle. Es ist mir peinlich, sagen zu müssen, dass du all diese Veränderungen in mir verursacht hast wie keine andere Frau, die ich je getroffen habe, und da ich nicht wusste, dass du vergeben bist, habe ich diese Gefühle genossen. Falls das typisch für jemanden ist, der …« Ich unterbreche mich gerade noch rechtzeitig, um das nächste Wort zu vermeiden: verliebt. »Falls mein Versuch, etwas über deinen geheimnisvollen Mann herauszufinden, als Eifersucht bei dir ankam, dann tut es mir leid. Aber die Wahrheit ist, ich war … bin … na ja … eifersüchtig.«

Ohne ein Wort zu sagen, halten wir einen Moment inne und sehen einander an, dann schenkt Amy mir noch einmal ein. Ich trinke und denke, warum nicht in Alkoholdunst verschwinden und alles darauf schieben? Komisch, dass unser Schweigen angenehm ist und so einfach wie mit Stash. Ohne Erwartungen aneinander genießen wir einfach die Gesellschaft des anderen.

Amy hebt ihr Glas an die Lippen, nimmt einen Schluck und sagt: »Charlie Brown hat sich so was schon gedacht. Ich meine, ihre Mom ist ein toller Fang, besonders für dich, aber die Tochter hat gespürt, dass es dich bereits erwischt hat…«

»Erwischt. Das ist exakt das richtige Wort.«

Genau da erscheint George mit unserem Essen und unserer neuen Flasche Wein. Meine Frage nach Wasser führt zu demütigen Entschuldigungen und dem Versprechen, dass sie sofort kommt. Trotz der Vorahnung ist das Essen gut, und Gott sei Dank vertraut George seinem Koch genug und kommt nicht zurück, um zu fragen, ob wir zufrieden sind.

»Ich nehme also an, dass das hier unser erstes und letztes Abendessen ist«, sage ich und spieße eine Krabbe auf.

Amy tupft mit ihrer Serviette ihre Mundwinkel ab und legt Messer und Gabel hin.

»Okay, ich bin dran. Ich hatte nicht geplant, dir von Marco zu erzählen. Er ist mein Ehemann, aber ich war nicht ganz aufrichtig zu dir.«

Meine Gabel kreist in aufgerollten Fettuccine.

»Ja, wir haben uns kennengelernt, als ich an der UVM studiert habe, aber was Marco nicht gesagt hat: Er war ein Austauschstudent, der für ein Jahr hier war. Während dieses Jahres wurden wir gute Freunde, und dann hat er sich schließlich verliebt.«

»Ja, so weit war ich schon, und es war unglaublich unangenehm, als ich das…«

»Halt die Klappe, Cyrus.«

Dieses Mal nehme ich einen ordentlichen Schluck.

»Er hat sich nicht in mich verliebt. Er hat sich in jemand anderes verliebt.«

»O-kay.« Ich trenne die Silben, habe keinen blassen Schimmer, worauf das hier hinausläuft.

»Sie wollten zusammen sein, und deswegen wollte er hier im Land bleiben.«

»Moment mal. Was hast du damit zu tun?«

»Die Person, mit der er zusammen sein wollte, war ein anderer Mann.«

»Ähm … dann … ist Marco nicht …«

»Er ist schwul. Immer schon. Wir waren beste Freunde im College. Ich wollte ihm helfen, und er brauchte eine Green Card, um hierbleiben zu können. So was tun Freunde. Jedenfalls dachte ich das damals. Ich war an keinen anderen Mann gebunden, und Marco brauchte meine Hilfe.«

»Einen Moment, ihr habt also nur zum Schein geheiratet?«

»Es ist ja nicht so kompliziert. Ich habe Marco tatsächlich seit Jahren nicht mehr gesehen. Es hat nicht geklappt mit seinem Freund. Er ist nach Kalifornien gezogen, wir wollten eigentlich in Kontakt bleiben, aber es dauerte nicht lang, da war er wie vom Erdboden verschluckt. Als wir beide dieses Date hatten, habe ich zum ersten Mal seit Ewigkeiten von ihm gehört. Er hat angerufen, weil er mit jemandem zusammen ist, Charles, und sie heiraten wollen, da es in Vermont legal ist. Aber zuerst musste er sich von mir scheiden lassen.«

Die Muskeln, die meine Lippen zu einem Lächeln verziehen, sind sehr viel schneller als die Freude, die in meinem Gehirn kreist. Wo ist diese Flasche Vermentino?

»Das Hin- und Herfaxen heute Abend ist also all der Papierkram und … und … warum, zum Teufel …«

Ich rufe, und die Waschbären ähneln plötzlich eher Erdmännchen, wachsam und aufrecht und aufmerksam, was ich da hinausposaune.

Ich beuge mich vor und spreche leiser. »Warum hast du mir das nicht schon früher erzählt?«

»Weil es in ein paar Tagen vorbei sein wird. Was ich getan habe, war dumm, aber, wichtiger noch, vollkommen illegal. Ich spreche hier von fünf Jahren Gefängnis und einer Viertelmillion Dollar Strafe. Ich konnte dich oder sonst wen nicht mit hineinziehen, auch nicht meinen Großvater. Ich wusste, dass du gerade mitten in einem Streit mit Dorkin gesteckt hast, und Dorkin ist genau die Art von Mensch, der herumschnüffelt und herausfinden könnte, was ich getan habe, um es gegen Bedside Manor einzusetzen. Marco hat geschworen, dass es schnell gehen würde und dass du und ich da weitermachen könnten, wo wir stehen geblieben waren. Und ich wollte nicht, dass du schlecht von mir denkst. Es war mir peinlich. Ich hatte allerdings nicht damit gerechnet, dass Sherlock Holmes diese Angelegenheit nicht ruhen lassen konnte, sondern herumschnüffeln musste und sogar einen Hacker engagierte, um meine Computerdaten herauszufinden.«

Ich schnappe nach Luft, lasse mich in meinen Stuhl zurücksinken, greife noch mal nach einem Drink, halte inne, stehe auf und rufe durch den Raum: »Kann ich bitte ein Glas Wasser haben?«

Schließlich kommt George eilig mit zwei Gläsern eiskaltem Wasser. Ich warte, bis er weg ist, bevor ich frage: »Wie konntest du dir so sicher sein, dass du mich nicht verlieren würdest?«

Amy hört auf zu essen, lächelt und sagt: »Das war ich nicht. Aber ich wollte dich schützen. Ich dachte, ich verliere dich lieber, indem ich dich da raushalte, als dass ich dich verliere, weil du Bescheid weißt. Außerdem«, fährt sie fort und grinst frech, »musste ich es dir heimzahlen, dass du in meinem Leben rumgeschnüffelt hast. Es war verstörend, doch so intensiv, wie deine Gefühle für mich wohl sind, total verständlich.«

»Moment Mal, diese Information wurde unter Zwang erpresst.«

»Also bitte, du hast es aus freien Stücken preisgegeben.«

Ich leere mein Wasserglas, und dieses Mal kommt George, um es aufzufüllen. Während er einschenkt, schiebt er einen gepolsterten Lederumschlag in meine Richtung, als bekäme ich die Rechnung. Vielleicht will er mir mitteilen, wie viel ich bereits ausgegeben habe. Ich klappe den Umschlag auf und finde zwei Dinge. Anstelle einer Rechnung liegt da eine handschriftliche Notiz.

Dr. Mills,
ich wollte Ihnen nur mitteilen, dass dieses Dinner komplett von Mr Tellucci bezahlt wurde. Er hat darauf bestanden, dass ich es auf seine Rechnung setze. Und in Anerkennung Ihrer sachkundigen Behandlung meines Katers Henry möchte ich Ihnen meine beste Suite anbieten, sollten Sie heute Abend nicht mehr nach Hause fahren wollen.
PS: Ich empfehle Ihnen, mein Angebot für diese Übernachtung anzunehmen. Chief Devito erwischt betrunkene Autofahrer nur zu gern!
Herzlich,
George

Der andere Gegenstand ist ein Schlüssel, der an einem kleinen Plastikteil hängt, auf dem die Zahl Neun steht.

»Was ist das denn?«

»Ähm … nur Geschäftliches«, murmle ich, während sich eine außergewöhnliche, nein eine ungeheuerliche Idee in meinem ungehemmten Gehirn zu formen beginnt. In einer traumartigen Trance lasse ich diese Idee frei.

»Amy, das war ein Abend voller Enthüllungen, und um beim Thema zu bleiben, habe ich einen Vorschlag. Er ist völlig untypisch für mich. Er ist vielleicht vollkommen unangebracht, aber ich werde ihn dir unterbreiten.«

Ich schiebe den gepolsterten Umschlag über den Tisch, fordere Amy mit einer Kinnbewegung auf hineinzusehen. Sie nimmt ihn und öffnet ihn auf ihrem Schoß wie ein Buch.

Ich räuspere mich und frage: »Was hältst du von einem kleinen Ehebruch?«

Die Frage hängt wie ein Echo zwischen uns in der Luft, und sehr lange passiert nichts. Amy ist unfähig oder unwillig, ihre erstaunt blickenden, zweifarbigen Augen von Georges Notiz loszureißen.

Plötzlich explodiert sie, klappt den Umschlag zu, knallt ihre Serviette auf den Tisch und steht auf, dabei nimmt sie mein volles Wasserglas und schüttet es mir ins Gesicht. Sie stürmt davon, bevor ich eine Entschuldigung murmeln kann.

Unglaublich. Ich werde diese Frau nie verstehen – nein, Frauen ganz allgemein. Ich nehme Amys Serviette und wische damit mein Gesicht trocken. Da spüre ich das Vibrieren in meiner Hose und nehme mein Handy heraus.

Es ist eine SMS.

Ich schaue über meine Schulter. Ich lese den Text noch einmal, dann fällt mir der Umschlag auf, ich öffne ihn und fange an zu lachen. Georges Notiz ist noch da, aber der Schlüssel zu Zimmer Nummer neun ist verschwunden.

Ich lege Messer und Gabel auf meinen Teller, schiebe ihn von mir weg, stehe auf und lese die SMS noch einmal.

Worauf wartest du?

DANKSAGUNG

Das Schreiben über einen Tierarzt in einer Allgemeinpraxis beweist sicherlich, dass *echte* Tierärzte sehr viel mehr wissen als ein Spezialist wie ich. Jegliche Fehler oder falsche Formulierungen, was Krankheit, Diagnose und Therapie betrifft, gehen auf meine eigene Fehlbarkeit zurück, die mich stets zum Lernen antreibt.

Ich muss Jennifer Fisher für ihre aufschlussreichen Vorschläge für die ersten Entwürfe danken, auch dem wunderbaren Team von Hyperion, darunter Martha Levin, Betsy Hulsebosch, Tareth Mitch, Cassie Mandel und Jill Amack. Nach fünf gemeinsamen Büchern könnte man glauben, dass mir keine Superlative mehr für meine Lektorin, Christine Pride, einfallen. Weit gefehlt. Scharfsichtig, schlau und genau ins Schwarze treffend. Christines Lektorat lässt mich immer viel besser aussehen, als ich es verdiene.

Jeff Kleinman, mein Agent, ist der Trainer, der weiß, wie er das meiste aus seinen Spielern herausholt, er inspiriert einen, das Beste abzuliefern. Danke, Jeff, es ist ein Segen, dich in meiner Ecke zu haben.

Jetzt, da meine Töchter Whitney und Emily das Nest verlassen haben, ist meine Frau, Kathy, die Hauptleidtragende meines Schreibwunsches und muss mit einem Ehemann leben, der immer wieder ins Leere starrt, gedankenverloren und auf der Suche nach der besten Art, eine Geschichte zu erzählen. Ihre Toleranz, Geduld und unablässige Unterstützung ermöglichen diese Bücher.

Schließlich einen großen Dank an Cathy Zemaitis und alle bei National Education for Assistance Dog Services (NEADS). Was diese unglaublichen Tiere für ihre Besitzer tun können, ist schlicht unfassbar, und ich bin begeistert, einen ihrer sogenannten »beurlaubten Lieblinge« adoptiert zu haben. Unser Labradoodle, Thai, hat mein Herz gestohlen und mich wieder zu einem besessenen, liebenden Vater gemacht.